꿈을 찾아 떠난
청년 사업가의 무한도전

사장님 만나주세요!

사장님 만나주세요!
꿈을 찾아 떠난 청년 사업가의 무한도전

초판 1쇄 펴냄 2020년 6월 10일

지은이 김상우
펴낸이 고영은 박미숙

책임편집 장영선 | 디자인 이기희 김효진
마케팅 오상욱 선민영 | 경영지원 김은주

펴낸곳 뜨인돌출판(주) | 출판등록 1994. 10. 11. (제406-251002011000185호)
주소 10881 경기도 파주시 회동길 337-9
홈페이지 www.ddstone.com | 블로그 blog.naver.com/ddstone1994
페이스북 www.facebook.com/ddstone1994
대표전화 02-337-5252 | 팩스 031-947-5868

ISBN 978-89-5807-760-2 03810

이 도서의 국립중앙도서관 출판예정도서목록(CIP)은 서지정보유통지원시스템 홈페이지
(http://seoji.nl.go.kr)와 국가자료종합목록 구축시스템(http://kolis-net.nl.go.kr)에서
이용하실 수 있습니다. (CIP제어번호 : CIP2020020774)

꿈을 찾아 떠난
청년 사업가의 무한도전

김상우 지음

한국에서 온 대학생입니다

사장님

만나주세요!

뜨인돌

룩 다운, 원 스텝
선행은 또 다른 선행으로 돌아온다
태국행 기차표를 구매하다

Interview

사와디 캅! 방콕
라차다피섹 역을 향해
방황하는 하루
다시 찾아온 회사
한국에서 온 대학생입니다
최악의 하루에서 최고의 하루로
섬에서의 여유로운 휴가
갑작스러운 일정 변경
뜻밖의 템플 스테이

Interview

───────
에필로그
새로운 도전을 앞에 두고

❗ 일러두기: 이 책의 집필 과정

• 지은이는 2015년 여름에 동남아시아 5개국을 여행하며, 현지에 진출한 한인 사업가들을 만나
  인터뷰하고 그 내용을 기록했다. 이후 3년간 군 복무를 하며 여행의 기록을 틈틈이 정리해나갔고,
  2018년 제대 후 본격적으로 글을 다듬고 보완하여 원고로 작성했다.

• 2019년 여름에는 2015년 여정 그대로 한인 사업가들을 다시 찾아가 이야기를 나눴다. 이를 통해
  기존 인터뷰 기록의 내용을 확인받고 그간의 변동 사항을 추가했다. 따라서 이 책에 담긴 일곱
  편의 인터뷰 원고는 2015년 상황을 주축으로 하되, 2019년의 상황을 일부 포함한다.

안녕하세요, 사장님. 저를 만나주세요!

캠퍼스를 수놓은 봄 풍경엔 눈길을 줄 여유조차 없었다.

대학교 4학년 마지막 학기. 사회로의 진출을 앞두고 동기들은 취업 준비에 여념이 없었다. 모두가 스펙을 쌓기 위해 사활을 거는 시간, 내 머릿속을 가득 채운 고민은 조금 다른 것이었다. 그때 나는 대학 4년간 배운 '수학'과는 전혀 상관없는, '해외 사업'에 대한 꿈을 꾸고 있었다. 졸업을 코앞에 둔 상황에서 전공과는 다른 진로를 생각하게 된 것이다.

대학 생활 동안 여러 소모임을 만들었던 나는 자연스레 창업에 대한 꿈을 가졌다. 더욱이 그 꿈을 해외에서 펼쳐보면 더 좋겠다는 생각이 들었다. 이 진로를 미리 염두에 두었더라면 애초에 경영학과로 진학했을 테지만, 흘러간 시간을 되돌릴 수는 없었다. 설상가상으로, 나는 졸업과 동시에 군대에 가야 했다.

사업에 대한 기초적인 지식조차 없는 내게, 주어진 기간은 단 두 달. 고민은 이거였다. 두 달 동안, 경영학도들이 4년간 배우는 경영의 지식을 과연 내가 혼자의 힘으로 갖출 수 있을까?

문득 한 은사님에게서 들었던 얘기가 떠올랐다. 인생에서 꼭 필요한 경우에 써볼 만한, 돌아가지 않고 빠르게 목표를 향해 나아가는 방법. 그건 바로 '전문가를 찾아가 직접 배우라'는 것이었다. 도서관 앞을 서성이며 고민하던 끝에 나는 무모한 계획을 세웠다. 마지막 여름방학 기간 동안, 해외에서 성공한 한인 사업가를 찾아가 경영에 대해 직접 배우고 오자는 것. 특히나 어떤 사업 분야를 선택해야 할지 가늠하기 위해서는 다양한 분야의 사업가를 만나는 게 좋겠다고 생각했다. 이윽고 나는 이렇게 결심했다.

'한 달 남짓 동남아시아를 일주하면서, 각 나라에서 성공한 한국인 사업가를 만나서 묻고 배우자! 그리고 그 여행의 과정과 인터뷰 내용을 책으로 엮어서, 나처럼 해외 사업을 꿈꾸고 고민하는 다른 청년들과 공유하자!'

동남아를 선택한 이유는 사실 좀 단순했다. 한국과의 거리가 적당해서 짧은 여행 기간 동안 이동 시간을 조금이나마 줄일 수 있고, 또 훗날 사업을 진행할 장소로 그곳을 염두에 두고 있었기 때문이다. 더욱이 마지막 방학을 앞두고 여행을 위해 일찍이 예매해둔 베트남 하노이행 편도 항공권이 있었기에 다른 선택의 여지는 없었다. 물론 그 누구와의 인터뷰 약속도 잡아놓은 바 없는 상태였다. 어떤 연줄도 없이, 덜컥 혼자서 생각하고는 실행에 옮기자고 다짐해보았을 뿐. 나는 이 거창한 계획을 지인 열 명에게 전했다. 단 한 명이라도 응원해주길 바라며. 하지만 반응은 냉랭하다 못해, 한창 달궈져 있던 내 마음을 얼려버릴 지경이었다.

"선배, 왜 굳이 그런 고생을 해요? 그냥 입대 전에 베트남 여행이나 살살 하고 오는 게 좋지 않겠어요?"

"야, 친한 사람하고도 밥 한 끼 하기 힘든 세상이야. 바쁜 사장들이 왜 널 만나주겠냐?"

"뭐? 동남아가 얼마나 위험한 동넨데, 무슨 일이라도 생기면 어쩌려고!"

고개가 점점 수그러들었다. "만나주겠다는 사람이 있기는 해?"라는 질문을 받았을 때는 다문 입을 더욱 꾹 다물어야 했다. 그제야 비로소 내가 처한 현실을 깨달았다. 지인들의 말대로, 해외에서 바삐 일하는 사업가들이 평범한 일개 대학생을 만나줄 리 없는 게 현실이었다.

포기할까 하는 생각이 슬그머니 치솟던 그때, 문득 스스로에게 이렇게 반문해보았다. '학생이라는 내 신분이 오히려 유리하게 작용할 여지는 없을까?' 그러자 정말로 유리할 법한 요소 세 가지가 후루룩 떠올랐다.

첫째. 사장이라는 위치, 생각보다 외로운 자리가 아닐까?

둘째. 그렇다면, 젊은 학생이 뭔가를 배우러 오겠다는데 반가운 마음이 들지 않을까?

셋째. 자신을 만나러 멀리 한국에서 왔다는 사실만으로도, 나의 열정을 높이 사주지 않을까?

생각이 여기에 이르자, 이상하게도 자신감이 쑥쑥 자라기 시작했다. 결국 나는 마음먹었다. '사장들께 인터뷰를 요청하는 메일이라도 보내보자!' 미친 척, 저질러보는 것이다. 만약 답장이 안 오거나 거절을 당하더라도 나에겐 딱히 잃을 것이 없었다. 그야말로 밑져

11

야 본전인 셈이었다.

학교 도서관 컴퓨터 앞에 앉아, 동남아시아 각 나라에서 활동하는 한인 사업가들을 검색하기 시작했다. 베트남, 캄보디아, 라오스, 태국, 말레이시아……. 그들의 활약상을 소개한 기사 등을 찾다 보니 야금야금 정보가 쌓이고, 인터뷰를 요청해볼 만한 사업가들의 목록이 잡혀나갔다. 일단 베트남에 있는 두 사업가에 주목했다. 한 사람은 현지 유제품 기업을 성공적으로 경영하고 있었고, 다른 한 사람은 현지 한인들을 위한 잡지를 발행하는 의미 있는 사업을 하고 있었다. 두 눈이 빨개질 만큼 집중해서 검색한 끝에, 결국 그들의 이메일 주소를 알아내게 되었다.

기말고사를 준비해야 하는 시간. 나는 다른 모든 일을 뒷전으로 미루고 두 사람에게 이메일부터 보냈다. 나의 상황과 심경, 기대를 솔직하게 담았다. '근데 과연 답장이 오기나 할까?' 고개를 절레절레 흔들었다. '만약 답장이 온다면 기적 같은 일이겠지.' 일단 시도라도 해봤으니 후회는 없겠다 싶었다. 그리고 다음 날, 깜짝 놀랄 일이 생겼다. 딩동. 스마트폰 알림 소리와 함께 답신이 온 것이다. 심지어 두 대표 모두에게서! 떨리는 마음을 다잡으며 답신을 읽던 중, 마지막 한 줄이 나의 가슴을 뛰게 만들었다.

"6월 22일 오전 9시쯤, 호찌민에 커피 한잔하러 오세요."

마지막 기말고사는 눈 깜짝할 사이에 지나갔다. 졸업 시험을 치르는 와중에 인터뷰 여행을 준비하려니 정신이 하나도 없었다. 난생처음 하는 인터뷰를 앞두고 부담감이 컸다. 사업가들에 대한 기사를 수시로 찾아 읽으며 어떤 질문을 할지 고민하는 데에 여유 시간 대부분을 썼다. 그러던 중 인터넷 쇼핑몰에서 주문한 50리터짜리 배낭이 집에 도착했다. 옷가지와 여행에 필요한 여러 물품, 그리고 지도를 챙겨 넣었다. 부랴부랴 준비를 끝냈을 때는 이미 출국 하루 전날이 되어 있었다.

6월 21일 이른 아침. 긴장과 흥분으로 빨라진 내 발걸음은, 서둘러 인천국제공항으로 향했다.

chapter 1

베트남
Vietnam

출국이 불가능합니다

일요일 아침, 인천국제공항.

청사에 들어서자 천장 유리를 통과한 햇살이 넓은 실내 구석구석을 밝히고 있었다. 처음 떠나는 동남아시아 여행길. 출발을 앞두고 긴장한 나는 두 손으로 가방끈을 바짝 끌어당겼다. 이어서 출국 수속을 위해 발걸음을 옮기던 중, 깜짝 놀라 입이 쩍 벌어졌다. 이미 수속 창구 앞에는 꼬불꼬불하게 긴 대열이 늘어서 있었다. 마침내 내 차례가 되어 창구 직원에게 여권을 펼쳐 보였다. 그 순간 귓가에 들려 온 대답은 청천벽력 같은 말이었다.

"고객님, 출국이 불가능하십니다."

"네?"

머릿속이 새하얘졌다. 이럴 리가 없는데, 도대체 무슨 상황이지? 직원은 차분히 설명을 했다. 무비자 여행인데 편도 항공권만 끊은 게 문제라고 했다.

"무비자인 경우에는 돌아오는 표를 사서 보여주시든 별도 서류를 작성하시든 해야 합니다."

"아, 정말요? 저는 전혀 몰랐어요."

내가 해외에 나가본 적은 딱 한 번. 해외여행에 초짜인 나는 이 사항을 미처 고려하지 못했다. 문제는, 당장 돌아오는 표를 사기도 애매하다는 점이었다. 현지 업체 대표들의 일정에 그때그때 맞춰야 하는 까닭에 나의 여행은 모든 스케줄이 불확실했다. 언제 어디에서 귀국하게 될지 전혀 알 수 없었다. 직원과 대화를 나눌수록 분위기는 심각해졌다. 직원이 굳은 표정으로 입을 열었다.

당장 내일 인터뷰를 해야 하는데 출국이 불가능하다니!
시작부터 불안한 이 여행, 그대로 진행해도 괜찮은 걸까?

"잠시만요, 고객님. 가서 매니저님을 모셔 올게요."

잠시 후 검은 정장을 입은 남자가 다가왔다. 그 역시 '출국이 불가능하다'는 말을 반복했다. 내가 거듭 자초지종을 설명하려 하자 매니저가 말을 잘랐다.

"저희가 고객님들의 개인적인 사정을 하나하나 봐드릴 수는 없습니다."

그의 심각한 얼굴을 보니 출국 가능성이 희박함을 단박에 알 수 있었다. 인터뷰를 코앞에 두고 출국을 포기해야 하는 상황이라니. 나는 어떻게 하면 좋을지 몰라서 멍해졌다. 그때였다. 조금 전 창구 직원이 말한 게 떠올랐다. 무언가 작성하면 된다고 했었다.

"방금 저 분이 뭔가 서류를 작성하면 된다고 했던 것 같은데, 그건 무슨 서류인가요?"

"아, 그건……."

난처해하는 매니저의 표정을 보니 왠지 미안한 마음이 들었다. 그러나 내가 할 수 있는 일은 그저 입을 꾹 다문 채 그들이 무언가 도와주길 기다리는 것뿐이었다. 한 오 초쯤이었을까, 말없이 서로 눈길이 오갔다. 내 느낌엔 마치 오 분간 공항 전체가 멈춰버린 듯했다. 먼저 입을 뗀 사람은 매니저였다.

"알겠습니다, 고객님. 이 서류를 작성해서 주세요. 대신 베트남 입국 수속 때 그쪽에서 고객님의 여행 계획을 물어보면 애매하게 대답하시면 안 됩니다."

"네, 그럴게요. 정말 감사합니다!"

시작부터 이렇게 순조롭지 못하다니, 앞으로의 여정이 어찌 될지 걱정이 앞섰다. 해외여행의 기본적인 지식조차 갖추지 못한 내가 이 무모한 도전을 잘 마칠 수 있을까? 만만치 않은 과정이 펼쳐지리라는 예감에 긴장은 더해갔다.

여행, 그 이상과 현실의 차이

강한 난기류를 만난 비행기는 거세게 흔들렸다.

"기류 변화로 기체가 흔들리고 있으니, 좌석 벨트를 매시고 이동을 삼가주시기 바랍니다."

기내에 울리는 승무원의 목소리는 단호했다. 벌써 네 번째 같은 내용의 방송이었다. 공포를 느낀 승객들은 여기저기서 크고 작은 비명을 내질렀다. 사람들은 좌석 팔걸이를 꽉 붙잡았다. 이토록 정신없는 순간, 나에겐 꼭 해야 하는 중요한 일이 있었다. 바로 내일의 만남을 준비하는 일이다. 기체가 흔들리는 와중에도 나는 손에 쥔 출력물을 읽는 데 여념이 없었다. 첫 번째 인터뷰 대상자인 '호 대표'에 관한 기사였다.

바쁜 사업가가 초면의 대학생을 위해 시간을 내준다는 것은 쉽지 않은 일이다. 나는 그 보답으로 인터뷰에 최선을 다하고자 더욱 철저히 그에 대해 공부하고 싶었다. 기사 내용을 거듭 읽으며 볼펜으로 밑줄을 그었다. 흰 종이 위에 검은 줄이 늘수록 머릿속에는 호 대표에 대한 정보가 가지런히 정렬되었다. 시간이 얼마나 지났을까. 어느새 비행기는 정상 기류에서 날고 있었다. 옆에 앉은 외국인은 이미 곯아떨어진 지 오래. 나는 창 쪽으로 고개를 돌렸다. 와! 순간 입에서 감탄사가 터져 나왔다. 창문 너머 하얗게 빛나는 수평선이 푸른 하늘과 바다를 잘라놓은 풍경, 거침없이 쨍한 여름의 창공에 문득 마음이 설렌 것이다. 진짜 여행이 시작되었구나! 네 시간

확신 없이 시작한, 한 치 앞을 예측할 수 없는 여행.
난기류를 만나 어둡고 흔들리는 기내,
자료를 보고 있으니 마음이 조금은 차분해졌다.

반에 걸친 비행 끝에, 나는 베트남 하노이에 도착했다.

노이바이 국제공항.

여행객들은 각양각색의 캐리어를 밀고 끌며 하나둘 공항을 빠져나갔다. 나는 해외에 도착했다는 기쁨도 잠시, 머릿속에 떠오른 일정 생각에 조급함이 밀려왔다. 내일 인터뷰할 장소는 이곳에서 1000킬로미터 이상 떨어진 호찌민시에 있었기 때문이다. 국내선을 한 번 더 타야 했다. 애초에 취소가 불가능한 하노이행 항공권을 구매한 나 자신이 원망스러웠다.

곧바로 국내선 청사로 이동했다. 저가 항공사인 비엣젯의 발권 창구 앞에 서자 말끔히 차려입은 직원이 물었다.

"무얼 도와드릴까요?"

"호찌민으로 가는 제일 저렴한 항공편은 언제 있나요?"

"밤 11시 45분 편이에요. 마지막 비행기입니다."

손목을 들어 시간을 확인했다. 현재 시각 오후 3시 30분. 순간 한숨이 나왔다. 무려 여덟 시간을 기다려야 하는 것이다. 여행 첫날부터 공항에서 장시간을 보내야 하다니, 최악의 일정이었다. 미소를 띤 직원이 물었다.

"이걸로 드릴까요?"

"음, 잠깐만요."

나는 고민을 시작했다. 돈을 더 써서 빨리 출발하는 항공편을 선택할까? 하지만 이후 여정에서 지출이 얼마나 발생할지 예측하기가 어려웠다. 갑자기 큰돈을 써야 하는 상황이 생길 수도 있다. 결국 나는 힘이 풀린 목소리로 말했다.

"네, 그걸로 주세요."

표를 받아 들자 고민에 빠졌다. 남은 시간 동안 무엇을 해야 하나? 잠시 후 내린 결론은, 하노이를 잠깐 둘러보자는 것이었다. 잘하면 베트남을 관광하는 좋은 기회가 될지도 모를 일이었다. 나는 힘찬 발걸음으로 청사 문을 열고 나섰다. 하지만 공항 안으로 되돌아온 건 불과 오 분 만의 일이었다. 사우나 안처럼 습한 날씨에 도저히 적응할 수 없었다.

도대체 이 긴 시간을 어디서 무얼 하며 보내야 할지 고민되었다. 나는 청사 안을 어슬렁거리며 이곳저곳을 살폈다. 그러나 이미 수많은 인파가 들어 찬 청사 안에서는 마땅히 쉴 곳을 찾을 수 없었다. 어딜 가든 사람들이 보이자 피로가 한 번에 밀려왔다. 입에서 하품이 저절로 새어 나왔다. 어디든 잠시라도 앉아 쪽잠을 자고 싶었다. 빈자리를 찾아 청사 안을 돌아다닌 지 삼십여 분. 결국 내가 인파를 피해 선택한 곳은 화장실 변기 위였다. 잠시나마 걸터앉아 조용히 한숨 돌리자는 생각으로.

"상우야, 베트남 여행 가서 좋겠다!"

며칠 전 만난 친구들은 해외에 가는 나를 부러워했다. 여행 하면 으레 떠오르는 장면은, 고급 호텔 방에서 짐을 풀고 해변으로 달려나가 바닷바람을 쐬는 것. 하지만 이상과 현실은 딴판인 경우가 많다. 지금 내 처지가 바로 그랬다. 변기 위에 걸터앉은 채 가방을 껴안고 있는 현실! 불쾌한 냄새에 코가 무감각해질 지경인데도, 나는 잠시나마 단잠에 들고 말았다.

도전은 처음 만난 사람의 마음도 움직인다

예정된 출발 시간을 넘겨, 자정이 지나고 나서야 호찌민행 비행기에 탑승했다.

복도 쪽에 앉은 나는 창 쪽으로 고개를 돌렸다. 잠든 듯 고요한 공항의 풍경. 멍하니 있던 나는 문득 중요한 사실을 떠올렸다. 바로 오늘 호 대표를 만난다는 것이다. 그와 약속한 시간은 오전 10시. 하노이를 뜬 비행기는 새벽 2시가 되어야 호찌민에 도착할 것이다. 숙소를 예약하기엔 아주 애매한 시간이다. 호스텔을 찾다가는 괜히 시간만 허비할 것 같았다. 고민 끝에 나는 공항에서 밤을 보내기로 결심했다. 아침에 화장실에서 대강 씻고 약속 장소로 출발하자는 생각이었다.

구름을 뚫은 비행기는 순항 고도에 안착했다. 나는 간이 테이블 위에 파란색 노트를 펼쳤다. 그리고 펜을 잡고 일기 쓰기에 집중하기 시작했다. 온 신경을 모아 기록에 열중하고 있을 때였다. 이따금 내 시선이 창가 쪽의 남자에게로 향했다. 현지인으로 보이는 그가 나를 힐끔힐끔 쳐다보고 있었다.

"안녕! 어느 나라에서 왔어?"

또래로 보이는 얼굴. 호기심 가득한 눈빛의 그는 내게 영어로 질문했다. 내가 답했다.

"한국에서."

"와우! 너 한국에서 온 거야?"

그는 환하게 웃으며 신기하다는 표정을 지어 보였다. 그러고는 자신을 소개했다. 이름은 '탱', 영국에서 대학원을 다니는 그는 경영에 관련된 박사 과정을 준비하고 있다고 했다. 질문은 쉴 새 없이 쏟아졌다.

"베트남에는 언제 도착했어?"

"여행하는 이유는 뭐야?"

나는 잠을 자둬야 한다는 사실을 잊은 채 탱과의 대화에 빠져들었다. 이 여행의 목적을 그에게 진지하게 전했다.

"나는 해외 사업을 꿈꾸고 있어. 그런데 아직 경영에 대해서 아는 게 없고 어떤 분야로 가야 할지도 모르겠어. 그래서 동남아에 있는 한인 기업가들을 인터뷰하며 경영에 대해 배우려고 해. 첫 번째 인터뷰가 바로 오늘 아침에 예정돼 있어."

탱은 입을 벌린 채 놀란 표정을 지었다.

"대단하다! 베트남에서는 너와 같은 도전을 한다는 것은 생각도 하기 어려운 일이야."

"왜?"

"여기 사장님들은 우리처럼 경험이 없는 대학생들을 만나줄 리가 없거든."

그는 겸연쩍어했다. 하지만 그건 한국에서도 크게 다르지 않았다. 나 역시 그런 걱정에 머뭇거린 게 사실이니까. 내가 사업가들과 인터뷰를 하러 진짜로 외국에 와 있다는 게 스스로 신기할 따름이었다.

"킴, 그런데 숙소는 잡았어?"

탱이 나를 쳐다보며 물었다. 그러자 방금 전까지만 해도 으쓱했던 어깨가 슬며시 움츠러들었다. 잘 곳이 없어 노숙을 해야 한다는 사실이 떠오른 것이다. 나는 말끝을 흐렸다.

"아니, 예약을 못 했어. 그래서 그냥 아침까지 공항에서 기다리다가 가려고…….."

"아, 그래? 난 호찌민에 있는 친구 집에 갈 건데, 나랑 같이 가지 않을래?"

"진짜? 그래도 돼?"

우리가 대화한 시간은 고작 한 시간 반. 탱은 비행기에서 처음 만나 잠깐 대화를 나눈 외국인에게 선뜻 숙소를 마련해준 것이다. 진심이 담긴 또래의 도전에, 같은 청년으로서 공감했던 것일까. 진심은 국경을 초월하여 사람의 마음을 움직일 수 있다는 것을 문득 깨달았다.

호찌민 공항을 빠져나온 우리는 택시를 타고 가다가 어느 캄캄한 골목에서 내렸다. 탱은 한 주택 앞에 서서 내게 말했다.

"잠깐만."

그는 누군가와 통화했다. 그리고 잠시 뒤 그의 친구가 문을 열고 나왔다. 방금 일어난 듯 머리에 까치집이 지어져 있었다.

"반가워. 내 이름은 '효'야."

"묵게 해줘서 고마워. 난 킴이야."

방과 거실이 하나씩 있는 단출한 실내. 거실에는 온갖 짐과 물건이 정리되지 않은 채 쌓여 있었다. 자리에 누운 나는 얇은 이불을 목까지 끌어올렸다. 불 꺼진 방의 캄캄한 어둠 속에서 나는 눈을 깜빡였다. 도대체 내가 어떻게 이 집까지 오게 된 거지? 몇 시간 만에 발생한 우연들에 어안이 벙벙했다. 도저히 예측할 수 없는 시간들이 그렇게 흘러가고 있었다.

드디어 결전의 날이 밝았다. 밤새 얇은 잠에 들어 있었는지 알람이 울자마자 바로 눈이 뜨였다. 이른 아침, 배낭을 메고 효의 집을 나섰다. 나는 베트남의 습한 공기 속으로 숨을 내뱉으며 탱에게 말했다.

"정말 고마웠어."

"그래. 여행 잘 하고."

빨리 작별하는 게 아쉬웠는지 탱은 배웅하겠다며 따라나섰다. 우리는 허름한 주택들 사이로 난 길을 걸었다. 잠든 동안 비가 내려 아스팔트는 젖어 있었다. 골목은 밤중에 본 것보다 더욱 좁았다. 그때 탱이 한 곳을 가리키며 말했다.

"킴, 저기서 아침 식사 하고 가는 건 어때?"

저곳이 식당이라고? 나는 눈을 동그랗게 떴다. 건물도 없이 맨바닥에 펼쳐진 야외 식당이었다. 보이는 집기라곤 골목 한편에 놓인, 낮은 스테인리스 탁자들이 전부였다. 우리는 투박한 간이 의자에 앉았다. 탱은 자주 왔었는지 앉자마자 자연스럽게 주문했다.

잠시 후 의외의 한 상이 차려졌다. 바게트 빵, 그리고 동그란 접시 위에 놓인 달걀 프라이와 베이컨. 단돈 1달러로 즐기는 푸짐한 식사였다.

"와, 맛있다!"

만족한 미소를 지으며 외치니, 탱은 다행이라며 웃었다. 내가 그에게 말했다.

"탱, 이메일 주소 좀 알려줄래? 나중에 꼭 연락할게."

"그래."

그는 내가 건넨 노트에 연락처를 적어 주었다. 이내 식사를 마친 우리는 택시 앞에서 작별했다. 차에 올라탄 나는 기사에게 이메일

노상 식당의 투박한 스테인리스 식탁 위에 펼쳐진 아침상.
소박하기 그지없지만, 가난한 청년 여행자에게는
더없이 화려하고 감사하기만 한 밥상이다.

에 적힌 주소를 보여주었다.

"이 주소로 가주세요."

차창 너머로 호찌민의 풍경이 스쳐 지나갔다. 잠시 후 인터뷰가
시작된다는 생각에 마음이 초조해졌다. 수능 시험 보러 가던 차 안
에서도 이렇게 떨리지는 않았던 것 같다. 배낭 안을 뒤적거리며 혹
시 빼놓은 물건은 없는지 거듭 확인했다. 노트, 녹음기, 카메라. 모
든 것이 준비되어 있었다. 나는 마지막으로, 오늘 질문할 내용을 되
뇌었다.

택시는 어느 사거리에서 멈추었다. 기사는 도착했음을 알리려 나
를 돌아보며 미소 지었다. 나는 앙다문 입술로 어색하게 웃음을 지
었다. 차 문을 열자 바로 앞에 건물이 보였다. 중심가에 위치한 이
건물의 1층은 카페로 운영되고 있었다. 문을 열고 안으로 들어갔

다. 코끝에 진한 커피 향이 와 닿았다. 주위를 둘러보던 나는 호 대표가 보낸 이메일 내용을 기억해냈다. '오자마자 나를 찾으세요'라는 메시지였다.

"안녕하세요. 호 대표님 계시나요?"

나는 직원에게 다가가 영어로 물었다. 그녀는 무언가 생각났다는 듯 대답했다.

"아! 이쪽으로 오세요."

그녀는 카페 한쪽에 위치한 계단으로 나를 안내했다. 조심스럽게 한 발짝 한 발짝 계단을 따라 올랐다. 2층에 다다르자 한편에 문이 보였다. 호 대표와 인터뷰를 진행할 장소였다.

똑똑.

직원은 가볍게 문을 노크하고는 손잡이를 돌렸다.

Dalat milk

달랏밀크

호^{Ho} 전^前 대표

**원리를 이해하고 공부를 더하면
하지 못할 사업은 없다**

달랏밀크Dalat milk는 베트남의 유제품 기업이다.
국영 기업이었던 라도 목장을 2010년에 한국 기업이 인수하면서,
주주인 호 대표가 전문경영을 맡게 되었다. 저온살균법을 적용한
달랏밀크의 우유는 베트남 내에서 최고급 품질이라는 평가를 받고
있다. 또한 고급화 전략을 택해 외국 카페 브랜드와 고급 호텔과 독점
계약을 맺으면서 성장 가도를 달리는 중이다. 2020년 현재
호 대표는 새로운 유제품 기업 무밀크Moo Milk와, 커피 및 식품
유통 회사 보보스VOVOS를 설립해 운영하고 있다.

©Cgoodwin

군더더기 없이 깔끔하고 널찍한 사무실. 첫눈에 들어온 것은 벽을 뒤덮은 기다란 책장이었다. 편안한 인상의 호 대표는 책상 앞에 앉아 있었다. 그가 독서를 무척 좋아한다는 걸 한눈에 알 수 있었다. 우선 나는 힘차게 인사를 건넸다.

김상우(이하 김)　대표님, 안녕하세요!
호 대표(이하 호)　아, 반가워요. 여기에 앉아요.

우리가 만난 공간은 회사 응접실 겸 그의 집무실이었다. 옆엔 영업 사무실이 있다고 했다. 우리는 사무실 한쪽에 마련된 의자에 앉았다. 차분한 표정의 호 대표는 나를 가만히 보더니 입을 열었다.

호　되게 앳돼 보이네요.
김　네, 저 스물네 살입니다. 군대는 아직 안 갔는데, 올해 9월에 장교로 입대하려고 준비하고 있습니다.
호　아, 장교 시험을 준비하는군요.

간단한 인사를 주고받는 사이, 직원이 문을 열고 들어와 음료를 주문받았다. 그가 나가자 호 대표가 말했다.

호　내가 하는 일이 베트남에서의 로컬 사업이라서 김상우 씨가 딱히 배울 만한 건 없을 텐데…….

그는 자신이 별 도움이 되지 않으리라 말했지만, 스스로 낮추는 그의 모습에서 나는 오히려 신뢰감을 느꼈다. 그에게서 무언가 꼭 배우고 싶다는 의욕이 샘솟았다.

김 베트남에서 사업을 하신 지는 얼마나 되셨는지요?

호 아, 벌써 20년이 훌쩍 넘었네요.

김 제가 어느 기사에서 2010년에 이 회사를 인수하셨다는 내용을 봤는데, 그보다 한참 전부터 계셨나 봐요.

호 네, 1992년에 건너왔어요. 그러니 뭐 이젠 베트남 사람이죠. 나처럼 여기서 사업하면서 정착해서 기반 잡고 있는 사람들 많아요. 재야의 고수들이 꽤 있죠.

호 대표의 집무실이 있는 호찌민 시내의 한 건물.
연륜이 느껴지는 단아한 모습이 베트남 도시의 정취를 물씬 자아낸다.

사실상 베트남 사람이라고 자임하는 호 대표는, 사업의 꿈을 현실로 옮기고 또 성공하게 해준 베트남에 대한 고마움이 짙다. 그래서 한국 이름 말고, 현지에서 불리는 '호'로 불러달라고도 했다.

호 대표는 부드럽게 미소를 지어 보였다. 그 모습을 보자 첫 번째 질문거리가 떠올랐다. 그는 어떻게 이곳에서 유제품 사업을 진행하게 된 걸까?

달랏밀크의 시작

'현지화로 성공을 거둔 대표적인 업체.'

한국에서 읽은 호 대표 회사에 대한 기사에서 가장 눈에 띈 문구다. 초원의 목장에서 고품질 저온살균 우유를 생산하는 달랏밀크. 그곳의 생산 제품은 베트남에서 가장 고가로 팔리면서도 성장 가도를 달리고 있었다. 그는 회사를 운영하게 된 이야기를 시작했다.

호   국영 기업이 민영화될 때 여러 명이 함께 인수를 한 거죠.

달랏밀크는 원래 베트남의 국영 기업에서 출발했다. 1976년에 설립된 '라도Lado' 목장이 시초다. 2010년, 이 목장이 민영화된다는 정보를 접한 호 대표 측은, 베트남 유제품 시장의 미래를 내다보고 업체를 인수했다.

김   인수 후에 호 대표님이 경영자가 되셨는데, 업체의 지분 구조 같은 걸 설명해주실 수 있나요?

호 주식회사라는 걸 보면, 회사 지분 30퍼센트를 가진 주주도 있고 10퍼센트를 가진 주주도 있고 그렇잖아요? 그리고 주주에 머물지 않고 직접 경영에 참여하는 사람도 있지요. 나 같은 경우는 주식을 가진 전문 경영인이에요. 주식 10퍼센트를 가지고 경영을 하며, 이익을 내서 주주들에게 배당을 해주는 역할을 담당하는 거예요.

김 어찌 보면 투자를 받아 경영하시는 거네요?

호 그런 셈이죠. 주주들이 다들 서로 노력하면서 이끌어가는 거죠. 한국에서는 주식회사가 사실상 개인회사처럼 운영되는 경우도 많지만, 해외의 주식회사 대다수는 말 그대로 주식회사예요. 애플도 스티브 잡스가 창업한 기업이지만 그를 쫓아내기도 했잖아요? 회사 경영을 창업자 혼자 다 하는 게 아니니 그런 일도 얼마든 있을 수 있죠.

호 대표가 이어서 말했다.

호 우리가 그런 케이스예요. 사업이라는 것에는 온갖 변수가 있기 때문에, 기업의 형태도 다양할 수밖에 없어요.

김 대표님께서는 기존 업체를 인수해서 경영하는 사업을 주로 하신 건가요?

호 그렇죠. M&A를 한 거예요.

김 그 방식이 성공 확률이 더 높았나요?

호 단순히 성공 확률을 따진 게 아니라, 현지화 전략의 이점에 주목한 거예요. 새로 설립된 회사보다는 기존에 자리 잡고 있던 회사가 현지 사람들에게는 이질감이 덜하기 때문이죠. 하지만 여기도 신경 써야 할

게 있어요. 국영 기업들은, 전부 그런 건 아니지만, 일반적으로 운영 상태가 방만하지요.

김　아, 그런 요소가 또 숨어 있군요.

호　그런 여러 가지 고려 요소들의 장단을 잘 판단하고 조율해야 해요.

　　호 대표는 국영 기업체 중에는 브랜드 관리를 제대로 못하는 경우가 많다고 말했다. 국가에서 운영하는 기업은 민간 기업에 비해 국민들에게 더 많은 신뢰를 받을 것 같지만, 실제로는 그렇지 못한 경우가 많다. 경영 상태가 불량해서 결국 국영을 포기하고 민영으로 넘어간 경우는, 알다시피 우리나라에도 많다.

호　엊그제 포르투갈에서 온 친구가 그러더군요. 자기네 나라에서 회사를 하나 매각했는데, 팔길 잘했다고. 국영 항공사인데 맨날 적자 신세를 면치 못했대요. 그래서 회사 지분 상당 부분을 브라질 쪽 항공사 컨소시엄에 넘겼다고 하더라고요.

김　계속 갖고 있어봤자 생돈 버리면서 운영할 상황이라서 그런 거겠죠?

호　맞아요.

　　업체를 인수하고 나서 우여곡절이 있었겠지만, 현재 달랏밀크의 제품들은 현지에서 최고급 우유로 평가를 받고 있다. 실제로 품질을 까다롭게 따지는 현지 고급 마트와 호텔, 레스토랑, 카페 등에 공급되고 있다. 호 대표는 이처럼 위기에 처한 회사를 인수한 후, 경영 혁신을 통해 성공적으로 변모시켜 경영하고 있었다.

사업의 원리를 알면 다양한 도전이 가능하다

맨 처음 그가 회사를 맡았을 때 어려움은 없었을까? 이 부분에 대해 조심스레 질문해보았다.

호　글쎄요. 딱히 어려움이 있진 않았어요.

돌아온 대답은 의외였다. 이어서 호 대표는 테이블 위의 커피 잔을 가리키며 말했다.

호　이 커피도 우리 커피예요.
김　앗, 그럼 커피 사업도 하시는 건가요?
호　네.

깜짝 놀랐다. 그가 유제품 사업 하나만 운영하고 있으리라 생각했기 때문이다.

호　사실 우리가 진행하는 사업이 여러 가지예요.
김　정말요? 미처 몰랐습니다.

깜짝 놀란 내 눈이 커다래졌다. 한 가지 분야에만 몰두해도 성공하기 쉽지 않은데, 어떻게 다양한 영역에 도전할 수 있는 것인지 궁금해졌다. 내가 입을 열었다.

김 　원래부터 낙농업 쪽에 경험이 있으셨나요?

호 　아뇨. 이쪽은 전혀 몰랐어요.

김 　그러면 우유에 대해서도 잘 모르셨겠네요?

호 　그렇다고 해도 별다를 건 없었어요.

김 　아, 그런가요?

알쏭달쏭하기만 한 대답이다. 아직 감을 잡지 못하는 내 표정을 보며, 호 대표가 예를 들어 설명했다.

호 　자기 전공만 공부하면 한계가 있을 수 있는데, 다양한 책을 보고 시야를 넓히면 뭐든 할 수 있어요. 식당 운영하는 것도 똑같다고 봐요. 어떻게 보면 식당 운영이 공장보다 더 힘들 수 있어요. 공장은 몇 곳하고만 경쟁하면 되지만 식당은 한 동네에서 열몇 명이 같은 장사를 하니까요. 사업을 크게 한다고 무조건 힘든 것도 아니고 작다고 무조건 간단한 게 아니거든요. 대부분 다 겁을 내는데, 나는 기본은 똑같다고 봐요. 어떻게 전체적인 프레임을 볼 수 있느냐가 중요한 거지. 낱낱의 어려움을 가지고서, 이건 이래서 어렵고 저건 저래서 어렵다고 하다 보면 끝이 없어요.

사업에는 규모와 분야에 대한 고민에 앞서, 전체적인 흐름을 볼 수 있는 능력이 필요하다는 것이다. 나는 이것과 관련해서 솔직한 고민을 밝혔다.

김 　사실 제가 대표님들을 만나 뵙는 건, 다양한 사업 분야에 대해 보고 들으면서 제 길을 찾아 가고 싶기 때문이에요.

호 그렇죠. 그게 맞는 거예요.

김 네. 저는 겨우 기업가라는 꿈을 가졌을 뿐, 대학교 4년 동안 딱히 사업 분야를 생각해보지 못했어요.

나는 자신감 없는 목소리로 말했다. 기초적인 사업 지식이 없이 꿈만 가진 내 모습은 스스로도 허황돼 보이기만 했다. 그러나 호 대표는 이런 나를 다독였다.

호 걱정할 필요 없어요. 사업이라는 게 본질은 다 똑같아요. 한국에 모자를 만드는 회사가 있는데, 그곳에서 버스 생산 업체를 인수한 적이 있어요. 사람들은 모자를 길거리 잡화로만 보고, 그걸 만드는 회사가 버스를 만든다고 하니까 비하했거든요? 그런데 그때 그 회사 회장님이 하신 말씀이 있어요.

김 어떤 말씀을 하셨나요?

호 "모자는 예쁘게 디자인하고 원단을 자른 뒤 재봉을 잘 해서 고객에게 좋은 가격에 팔면 된다. 마찬가지로 버스도 디자인을 잘해서 철판 자르고 조립을 잘 한 뒤에 좋은 고객 찾아서 팔면 된다." 그 말이 딱 맞아요. 간단하죠?

김 네, 기본은 다 비슷하다는 말씀이군요.

호 사업의 원리는 사실상 동일해요. 기초에 충실하면서도 다각도로 연구하여 적용한다면 누구나 성공적인 사업을 이룰 수 있다고 저는 생각해요.

나는 고개를 끄덕이며 호 대표의 설명에 계속 귀 기울였다.

호 아직 사업 분야를 못 정했다고 했죠? 그건 아무 상관 없어요. 대학 갈
때 뭐 어디 정해놓고 가는 거 아니잖아요. 서툴러도 본인이 부딪쳐 도
전하다 보면 전공자들보다 잘할 수도 있죠. 자기가 길을 정해놨다고
해서 그대로 가는 것도 아니거든요. 그렇죠?

김 맞습니다. 스스로 계획을 잘 세웠더라도 생각과는 다르게 틀어질 수
도 있고요.

호 상황이라는 게 수시로 바뀌는 거고, 일하다 보면 예상 못 한 변수가 생
길 수 있는 거죠.

나는 그가 다양한 분야에 도전할 수 있었던 이유를 어렴풋이 알
것 같았다. 호 대표는 사업의 원리를 이해하고 다양한 영역에 유연
하게 적용시키고 있었던 것이다.

모르는 분야이기에 더 잘할 수 있다

성공하려면 한 우물을 깊이 파라.

널리 알려진 성공의 법칙이다. 그러나 호 대표는 이 격언과는 달
리 살고 있었다. 새로운 것을 개척하는 삶. 하지만 그 과정에는 부
단한 노력이 숨어 있을 것이다. 이에 대해 깊이 배우기 위해 좀 더
구체적인 질문을 했다.

김 유제품 기업을 처음 인수하고 운영하실 때 관련 정보는 어떻게 얻으
    셨나요?

호 대표는 당시를 회상하며 입을 열었다.

호 음…… 여러 유제품 회사에 가봤죠. 공장을 어찌 지어야 하는지 보려
    고요.
김 그전에는 우유에 대해서 전혀 모르셨던 건가요?
호 전혀 몰랐죠.

사업을 시작하기 전에 그는 우유를 마셔본 것 외엔 유제품 관련
경험이 없었다고 한다. 공장이 어떻게 돌아가는지도 전혀 몰랐던
것이다. 그러나 호 대표는 시장에 적합한 품목을 찾고, 효율적인 공
장 시스템을 설계하기 위해 노력했다. 이를 위해 한국의 서울우유,
건국우유, 빙그레뿐 아니라 대만의 추루 목장과 태국의 유제품 공
장 등을 돌아 보았다. 그가 입을 열었다.

호 어떤 게 우리에게 제일 적합한지 알고 설계를 해야 하니까요.

새로운 도전 뒤에 그만의 열정이 숨어 있었다. 이어서 그가 툭 던
진 말은 나를 놀라게 했다.

호 우리 직원들 중에 우유 공장에 일했던 사람은 한 명도 없어요.
김 네? 진짜요?

호 네, 한 명도 없어요. 전부 시골에서 농사짓다 온 사람들이에요.

일반적인 경영자라면 경력직 인재를 선호할 수밖에 없을 텐데, 그가 새로운 사람들을 택한 이유는 무엇일까. 여기엔 그만의 철학이 존재했다.

호 안 해봤으니까 오히려 새로운 방법으로 더 잘할 수 있죠. 열심히 하면 해본 사람보다 더 잘할 수 있어요. 예전 파스퇴르유업 회장님이 "타성에 젖으면 변화가 어렵다"고 말씀하신 적 있어요. 경험이 있어도 그게 오히려 마이너스가 될 수 있는 거죠.

김 와, 의외의 말씀이네요.

이어서 호 대표는 또렷하게 자신의 생각을 밝혔다.

호 네. 해봤던 게 중요한 게 아니라 시장을 잘 이해하는 게 중요한 거죠. '경영 이론에 나온 걸 하라'는 건 맞는 말이에요. 하지만 자기 스스로 혁신적이거나 영감을 받았다고 생각하면 안 해본 일일지라도 더 잘할 수 있지요.

김 네. 그런데 잘 모르는 영역에 대한 도전이라는 게 역시 쉬운 일은 아닌 것 같아요. 어제 만난 베트남 친구는 제가 대표님을 만나 뵙는 계획을 가지고 있다고 하니까 깜짝 놀라더라고요. 베트남에서는 대학생이 사업가를 만난다는 게 불가능한 일이라더군요. 갭이 크고 경험 없는 사람은 만나주지 않는다는 거예요.

호 그렇죠. 그 누가 만나주겠어요?

나는 고개를 끄덕이며 그의 말을 들었다.

호 아, 그런데 그 친구는 달랏밀크를 알던가요?

김 그 친구요? 하노이에서 들어보긴 했는데 아직 마셔본 적은 없다고 하더라고요.

호 네, 우리는 품질관리를 위해서 냉장 유통이 되는 곳에만 납품하고 있어서 그래요.

김 그것도 사업 전략인가요?

호 그런 면도 있죠. 오픈 경쟁을 해서 좋을 게 아무것도 없거든요.

김 어떻게 보면 틈새시장이네요?

호 그렇기도 한데, 품질을 유지하려면 꼭 필요한 방식이에요. 아직까진 조그만 구멍가게에서는 품질관리가 어려운 부분이 있어요.

때마침 직원이 기다란 유리잔에 우유를 담아 왔다. 한 모금 마시니 깔끔한 맛이 느껴졌다. 이에 대해 말하자 호 대표는 "동남아시아에서 제일 맛있는 우유예요"라며 웃었다.

다양한 책을 읽으며 지식의 폭을 넓히라

사업을 등산에 비유한다면, 현재 나는 등산로 입구에 서 있는 것과 같았다. 산 중턱에 오른 사람만이 숲을 내려다보며 길을 안내할 수 있다. 그렇기에 나는 사업의 선배인 호 대표의 조언을 통해 지금 내가 준비해야 할 것에 대해 배우고 싶었다.

김 만약 대표님께서 사업을 준비하는 제 입장이 된다면, 어떤 준비부터 하시게 될까요?

이어진 그의 대답은, 사무실을 뒤덮은 책장과 연관이 있었다.

호 우선 다양한 책을 보는 게 중요해요. 제가 책을 제일 많이 볼 때는 한 달에 책값만 300만 원이 들었어요.

김 와 정말요? 정말 많이 읽으시나 봐요.

호 이런 습관이 저로 하여금 다양한 생각을 가능하게 했죠.

주로 어떤 책을 보는지 그에게 물었다. 나는 당연히 경영 관련 서적을 주로 볼 것이라 추측했다.

호 인쇄된 것은 다 봐요. 만화도 보고, 철학 책도 봐요. 수학 책은 빼고……. 하하! 요즘 '인문학' 많이 얘기하잖아요? 그런 것도 보고 디자인 책도 봐요. 하다 못해 이제는 기계, 자연에 관한 것 등등 여러 가지 다 봐요. 책이 좋으면 일단 사다 쟁여놓기도 하고요.

김 네, 그런데 책을 본다고 해서 사업 구상이 바로 떠오르는 건 아니지 않나요?

호 사업 구상으로 직결되는 건 아니지만, 그게 다른 것과 결합이 돼요. 우리가 역사 공부를 하는 게 사는 데 바로 도움이 되지는 않잖아요? 그러나 사실 다 연결돼요. 예를 들어서, 그제 포르투갈에서 온 친구와 사업 협상을 했는데, 그 사람이 기분 좋게 돌아갔어요.

김 아, 어떤 일이었죠?

호　커피머신 사업 얘기를 했는데, 만약 내가 포르투갈에 대해 전혀 모르면 공감대가 안 생기잖아요. 그런데 내가 15세기, 18세기의 포르투갈 역사를 이야기하니까 그 친구가 듣고는 좋아한 거죠. 모든 지식은 언젠가 필요한 데가 생겨요.

나도 그 말에 동의했다. 협상을 하는 데는 조건을 내세우기 전에 우선 상대의 마음을 얻는 것이 중요하기 때문이다. 그는 폭넓은 지식으로 파트너의 마음을 연 것이다.

호　한 분야에만 정통하다고 해서 일이 다 잘 될까요? 그러면 축산학과 교수들이 다 우유 공장 만들어서 성공해야겠지요. 그런데 아마 대부분 망할 거예요.
김　왜 그런 걸까요?
호　자기 분야밖에 모르면 주변에서 도와주지 않아요. 비즈니스는 종합적인 건데, 자기가 아는 것이 많다고 상대방 얘기를 안 듣는다면 망하게 되죠.

그는 매주 일요일엔 이곳에 와서 책을 읽는 시간을 반드시 가진다고 했다. 전체를 볼 수 있는 눈을 가져야 사업을 잘한다는 것이 그의 생각이다.

직장을 다녀봐야 직원 입장을 이해할 수 있다

노트를 들여다본 나는 다음 질문을 했다.

김　대표님께서 보시기에는, 제가 군대를 갔다 온 뒤에 바로 사업에 뛰어
　　드는 건 어떨 것 같으세요?

호　그건 자기가 판단할 문제죠. 젊어서 바로 뛰어들어도 괜찮은 사업이
　　있고 안 되는 사업이 있어요. 그런데 내가 볼 때는 젊은 나이에 사업에
　　뛰어들어서 성공할 확률은 좀 낮아요. 왜냐면 사업은 일단 인맥이 중
　　요한데, 젊은 사람한테는 그게 없잖아요. 그렇죠?

김　네, 맞습니다.

호　이해관계가 얽혀 있으니 안 도와줄 수도 있죠. 일단 경력을 쌓으면서
　　사람들을 알고 인간관계를 형성해야 돼요. 사업에 뛰어든다고 다 잘
　　된다면 누가 월급 받고 일하려고 하겠어요? 다 창업하고 말지.

사실 나는 이런 고민을 품고 있었다. 군 복무를 마친 후 바로 사
업에 뛰어들어서 부딪히며 배워나갈지, 아니면 취직을 하고 경력을
다진 뒤에 도전할지.

호　샐러리맨은 당장은 월급 받고 남의 일을 하지만, 남의 일을 내 일같이
　　하다 보면 언젠가는 자기 일을 할 수 있어요.

김　멋진 말씀이네요.

나는 그의 말을 노트에 기록하며 대답했다. 호 대표는 직장 생활

경험을 쌓아보기를 권하며, 그 이유를 설명했다.

호 남의 일을 내 일같이 하는 사람은 드물어요. 근데 자기가 남을 거느리려면 우선 남 밑에서 일을 해봐야 하거든요. 여기도 에피소드가 있는데, 내가 아는 어떤 회장님이 직장 생활을 안 해봤어요. 이십 대에 바로 사업을 시작했는데, 부하 직원들의 어려움을 잘 모르겠다고 하소연을 하더라고요. 본인도 직장인 경험을 안 해본 것이 치명적인 약점이라고 얘길 해요.

김 그러다가 직원들의 불만이 터질 수 있겠네요.

호 실제로 직장에서 상사가 부하 직원한테 "너 왜 얘기 안 했어?"라고 추궁하는 경우가 생기곤 하지요. 근데 부하 직원 입장에서는 일을 하다 보면, 상사에게 미처 보고하지 않은 채 임의로 일을 진행하는 경우도 생기잖아요. 본인이 부주의해서 그럴 때도 물론 있지만, 정말 본인도 의도치 않은 상태에서 일이 그렇게 돼버리거나, 피치 못해 급히 일을 진행하느라 그리될 때도 있죠. 그런데 그 회장님은 그전까지는 그런 상황이 발생하는 걸 이해하지 못했는데, 〈미생〉이라는 드라마를 보면서, 그 시스템에서는 이야기를 못 하는구나 하고 이해가 되더래요.

김 대표님 말씀 들어보니 직장에서 경험을 쌓아보길 추천하는 이유는, 이후에 사장이 될 사람으로서 직원들의 입장을 더 잘 이해하기 위한 것이군요?

호 다양한 계층의 경험을 해봐야 훗날 높은 위치에 갔을 때 주의를 할 수 있어요. 장교도 마찬가지죠. 장교를 지원했다고 했는데, 자, 군대에 가면 맨 처음 어떻게 배워요? 일단 훈련소부터 거치죠.

김 네. 장교 임관 전에 훈련부터 받습니다.

호 직장 생활도 그렇다고 생각하면 돼요. 장교가 부하를 지휘하려면 본
   인이 먼저 훈련을 받아봐야 하듯이 말이에요. 간단하죠?

직장 생활은 업무 능력을 올려줄 뿐 아니라, 이후에 상대의 입장
을 이해하는 데에도 큰 도움이 된다는 메시지였다.

김 제가 어떤 직장을 선택했다고 해서 나중에 반드시 그 분야로 가야 하
   는 건 아니겠죠?
호 네, 그건 아니에요. 자기가 아무리 가고 싶다고 해서 그 길이 반드시
   내 앞에 펼쳐지는 게 아니거든요.

무엇이든 단번에 인생의 중요한 결정을 할 수는 없다. 나도 일단
무엇이든 경험하다 보면 그에 연관된 여러 길이 보일 거라는 생각이
들었다.

호 대표와 함께.
겸손하고 유연하지만 도전적인 그의 모습을 보자,
난 그에게서 무언가 꼭 배워야겠다는 의욕을 느꼈다.

어느덧 시간이 훌쩍 지나 인터뷰를 마칠 때가 되었다. 마지막으로 호 대표는 말했다.

호   열심히 준비하고 성공해서 10년 뒤에 다시 만날 수 있도록 합시다. 가끔 이메일도 주고요.
김   네, 그럴게요. 오늘 정말 감사했습니다!

그는 내게 명함을 건넸다. 마지막으로 사진을 찍은 우리는 다음의 만남을 기약하며 작별했다.

첫 번째 인터뷰가 끝났다.

계단을 내려온 나는 아직 얼떨떨했다. 기분이 붕 떠서 현재 상황이 실감 나지 않았다. 한편으로는 회사 대표와 대화한 경험이 처음이기에, 인터뷰를 하며 부족한 부분은 없었는지 거듭 되짚어보게 되었다.

건물 밖으로 나와 하늘을 보자 잿빛 구름이 껴 있었다. 어디로 가야 할지 몰랐던 나는 일단 거리 위를 무작정 걷기로 했다. 긴장이 풀린 걸까. 숨어 있던 피로가 한꺼번에 밀려와 발을 내디딜수록 몸이 땅속으로 꺼지는 것 같았다. 이따금 주위 사람들의 시선이 내게로 향했다. 무더운 날씨에 커다란 배낭을 멘 모습이 신기했던 것이다. 우선 짐을 내려놓을 곳이 필요했다. 결국 나는 눈에 띄는 한 호스텔에 들어갔다.

"반갑습니다."

아담하게 꾸며진 1층 로비. 카운터 앞의 남자가 미소 지으며 영어로 말했다. 내가 물었다.

"1박에 얼마예요?"

"도미토리와 싱글 룸이 있는데 어떤 걸 원하세요?"

한 방에 다수의 사람들이 함께 숙박하는 도미토리는 비용이 저렴한 게 장점이었다. 1박에 6달러라고 했다.

"그럼 그걸로 할게요."

나는 별다른 고민 없이 도미토리를 선택했다. 그는 나를 3층으로 안내했다. 직원이 문을 연 곳은 좁은 방이었다. 복층 침대 세 개 중

한 침대를 선택했다. 그리고 이내 눈을 감고 숙면을 취했다.

　로비 의자에 앉은 것은 저녁 무렵이었다. 나는 머릿속으로 이메일 내용을 떠올렸다. 두 번째 인터뷰 대상은 '라이프플라자'의 안치복 대표. 나는 어제 그에게 구체적인 만남의 일정을 확인받았다. 그는 "화요일 오전 사무실에서 봅시다. 호찌민 '푸미흥'이라고 하면 택시 기사들이 알 거예요"라고 전해 왔다. 내일이 바로 화요일, 잠시의 여유를 만끽할 겨를도 없이 다음 인터뷰를 준비해야 하는 상황이었다.

　나는 곧바로 안 대표와 관련된 기사를 보면서 질문을 선정하는데에 집중했다. 사업가와의 만남은 여전히 익숙하지 않은 일이기에 벌써부터 긴장되기 시작했다. 활짝 열린 현관 밖으로는 여행자들이 시끌벅적하게 이동하고 있었다. 호찌민의 밤을 즐기는 사람들을 보자 현재 나의 모습과 비교하게 되었다. 원하는 만큼 얼마든 관광하고 움직일 수 있는 그들이 새삼 부러웠다.

　나는 기사를 정독하다가 잠시 깊은 생각에 잠겼다. 아직 해결 못한 고민이 떠올랐기 때문이다. 내일이면 베트남에서의 일정이 끝난다. 하지만 이후 캄보디아로 넘어가서 만날 사업가를 미처 찾지 못한 것이다. 인터뷰 준비를 마친 뒤에 밤늦도록 인터넷 검색을 해봤지만 정보를 얻을 수 없었다. 그냥 캄보디아를 통과해서 라오스로 가야 하나? 이대로라면 다음 여행지에서의 인터뷰는 상상할 수 없었다. 아쉬움에 마음이 착잡해졌다.

땡볕 속의 이동

인터뷰를 앞둔 긴장감 때문이었을까.

알람이 울리기도 전에 눈이 절로 떠졌다. 손목시계를 확인해보니 6시 55분. 아무것도 보이지 않는 캄캄한 방은 여행자들의 낮은 숨소리로 채워졌다. 나는 고양이 걸음으로 화장실에 들어가 샤워를 했다. 그리고 모든 짐을 정리한 뒤 일찌감치 숙소 문을 나섰다.

호스텔에서 푸미흥까지 거리는 6킬로미터. 이제 어떻게 이동할지 결정할 차례였다. 순간, 어제처럼 편안하게 택시를 타고 가면 좋겠다는 생각이 들었다. 하지만 나는 고개를 좌우로 흔들었다. 이곳에 온 뒤로 나는 어느새 지독한 짠돌이가 되었다. 불확실한 일정을 앞둔 상황에서 돈을 아끼는 것만이 오래 생존할 수 있는 방법이기 때문이었다. 이제는 편의점에서 콜라 한 캔을 사 먹는 데도 세 번의

말로만 들었던 베트남 도심의 오토바이 행렬.
직접 목격하니 장관이었다. 그나저나 나도 얼른 인터뷰 장소로 가야 하는데…….

고민이 필요했다. 많은 생각 끝에 마침내 나는 결심했다. 인터뷰 장소까지 걸어가기로 한 것이다.

해가 점차 떠오르는 시간. 회색 배낭을 등에 붙인 나는 길을 따라 걸었다. 도로에 나가니 오토바이 행렬이 내 옆을 스쳐 지나갔다. 도심은 매연 냄새가 진동하고 있었다. 잠시 후 보도는 강 위에 세워진 아치 형태의 다리로 이어졌다. 그 위에 올라서자 좌우로 시원하게 뻗은 강을 향해 시야가 활짝 열렸다. 물결을 따라 불어오는 바람을 맞으며 나는 잠깐 풍경을 감상했다. 강 양편으로 자라난 나무들은 한 폭의 수채화를 연상케 했다. 나는 입을 벌리고 생각했다. 아, 내가 여행을 하는 게 맞긴 맞구나. 인터뷰 준비에만 신경 쓰고 있던 터라 여행 중이라는 사실을 종종 잊곤 했다. 사뭇 표정이 밝아진 나는 이동을 계속했다.

그러나 얼마 못 가서 문제가 닥쳤다. 미리 갖춰 입은 인터뷰 복장이 날씨에 맞지 않았던 것이다. 햇볕은 생각보다 훨씬 강렬했다. 와이셔츠와 긴 바지를 입은 나는 숨을 헐떡거렸다. 마치 사우나에 온 것처럼 살갗을 뚫고 나온 땀방울이 이마에서 줄줄 흘렀다. 와이셔츠는 목덜미에서 배꼽까지 'V' 자를 그리며 금세 젖어버렸다. 이제야 동남아시아의 날씨를 실감했다. 오토바이를 탄 사람들은 머리카락을 휘날리며 나를 향해 안쓰러운 시선을 던졌다. 나는 허벅지에 짝짝 달라붙는 바지를 당장 벗어 던지고 싶었다. 그렇게 걷기를 삼십 분, 시야에 백화점이 들어오자 내 발걸음은 쏜살같이 빨라졌다. 건물 화장실에 들어간 나는 그제야 반팔과 반바지로 갈아입을 수 있었다.

푸미흥에 도착한 시간은 출발한 지 한 시간 반이나 지난 뒤였다.

나는 입구에 들어설 무렵 새로운 정보를 얻게 되었다. 이곳은 바로 한인타운이었다. '○○갈비' '○○치킨' 등 상가마다 달린 한국어 간판을 보자 마치 오랜 친구를 만난 것 같은 반가움을 느꼈다. 나는 그 풍경을 담기 위해 카메라로 연신 찍어댔다. 푸미흥은 발걸음을 내디딜수록 미소가 지어지는 곳이었다. 블록마다 깔끔하게 정비된 도로들. 그리고 서양식으로 지어진 아담한 상가 건물들이 가지런히 길가에 정렬해 있었다. 건물 앞마다 심어진 나무들은 쾌적한 풍경을 연출했다.

계속해서 걷다 보니 라이프플라자 건물을 찾을 수 있었다. 나는 회사 간판을 보자마자 반사적으로 침을 한 번 삼켰다. 내가 가장 먼저 할 일은 옷을 갖춰 입는 일이었다. 나는 손에 든 와이셔츠를 확인했다. 방금 전까지만 해도 땀에 젖었던 옷은 어느새 바싹 말라 있었다. 나는 사람들이 보이지 않는 곳에서 후다닥 옷을 갈아입었다. 이어서 조심스럽게 문을 열었다. 1층에는 현지인 직원들이 일을 하고 있었다. 안 대표는 이메일에서, 도착하자마자 '미스터 김'을 찾으라고 했었다. 나는 한 직원에게 다가가서 물었다.

"여기에 미스터 김 계시나요?"

"네. 이쪽으로 오세요."

그녀는 나를 2층으로 안내했다. 위층의 사무실에는 컴퓨터 앞에서 작업을 하는 또 다른 직원들이 보였다. 내 시선은 한 남자에게 향했다. 한국인으로 보이는 그가 바로 미스터 김이었다. 하지만 남자는 내게 다가와 희망적이지 않은 말을 건넸다.

"지금 대표님이 시간이 안 될 텐데……."

"아…… 그런가요?"

그는 당황한 나를 사무실에 앉혀두고 "여기서 잠깐 기다려요" 하고는 어딘가로 향했다. 도대체 어떻게 되는 걸까? 나는 초조한 마음으로 기다렸다. 그리고 십여 분이 지난 뒤 미스터 김이 다시 방으로 돌아왔다. 그는 미소를 지으며 말했다.

"대표님이 지금 괜찮다고 하시네요. 자, 같이 올라갑시다."

"네, 감사합니다."

그의 뒤를 쫓아 사장실로 향했다. 올라가는 계단의 개수만큼 나의 심장박동도 함께 빨라졌다.

Lifeplaza

라이프플라자

안치복 대표

좌충우돌 시작한 사업,
결단력에 안목을 더해 성공하다

라이프플라자Life Plaza는 베트남 한인을 위한 잡지다.
2005년에 창간했으며, 현재는 호찌민과 하노이뿐 아니라
캄보디아에서도 매월 2회, 한 달에 1만 6000부를 발행한다. 호찌민을
대표하는 한인 잡지사로서, 국영 항공사인 '베트남 에어라인'의
기내지 『헤리티지 코리아』를 맡아 발행하기도 했다.
한편 안치복 대표는 베트남에서 '한국어 웅변대회'와 '나라사랑
독도 사생대회'를 주최하는 등, 한국과 베트남 양국 간 문화 교류
영역에서도 중요한 역할을 맡고 있다.

문을 열자 실내가 보였다. 내 시선은 소파에 앉은 남자에게 꽂혔다. 다부진 체격에 짧은 스포츠머리. 첫 만남이지만 그에게서 거리감이 느껴지지 않을 만큼 친근함이 풍겨 나왔다. 바로 라이프플라자 안치복 대표다.

안치복 대표(이하 안) 그래, 뭐가 궁금해서?

그가 내게 던진 첫마디였다. 나는 고개를 숙여 인사를 하고는, 그에게 사업에 대해 배우고 싶다는 말을 조심스레 전했다. 그러자 안 대표가 입을 열었다.

안 나는 어떻게 알았어?

김 네. 베트남에 계신 한인 사업가를 검색하다가 대표님에 대해 알게 되었습니다.

나는 가방을 뒤적거려서 그에 대한 기사가 담긴 출력물을 꺼내 보였다. 그러자 안 대표는 놀랍다는 표정을 지으며 웃었다.

안 이야, 스크랩을 다 했네.

김 네. 비행기에서 공부하려고요.

안 올해 스물세 살인가?

김 스물네 살입니다.

안 아, 내 딸보다 한 살 많구나. 내 딸은 하노이 대학교를 다니고 있는데.

잠시 생각하던 그는 곧바로 사업에 대한 생각을 밝혔다. 돌아가지 않는 시원시원한 성격임은 한눈에 봐도 알 수 있었다.

사업할 때 고려해야 하는 두 가지

안 첫째, 사업 시장성 조사를 철저히 해야 돼.

안 대표는 자신감 있는 목소리로 말했다. 그는 사업을 준비할 때 고려해야 할 중요한 요소 두 가지를 설명하기 시작했다.

안 큰 공장이든 동네 구멍가게든 마찬가지야. 일단 물건을 사줄 사람이 있어야 팔 거 아니야? 사줄 사람은 한두 명밖에 없는데 덮어놓고 물건부터 만들면, 인건비에 임대료에…… 배보다 배꼽이 더 커서 당연히 마이너스가 되겠지? 사업을 시작하는 데는 돈이 필요하니 투자부터 받아야겠다고 생각하는 것은 어불성설이야. 사업은 수요, 시장성이 없으면 말짱 헛일이지.

김 초기 자본의 액수가 얼마나 되는지보다는 시장의 수요를 확인하는 게 우선이라는 말씀이죠?

안 그래. 장사는 100원을 가지고도 할 수 있고, 빚을 내서도 할 수 있어. 그건 문제가 안 되는데, 중요한 건 시장성이야. 북극에 가서도 물론 냉장고를 팔 수 있어. 그런데 그것도 물건을 사줄 사람들이 있는 데서나 가능한 얘기겠지? 엉뚱한 데 가서 북극곰한테 냉장고를 팔 수는 없는 노릇이잖아? 그러니 일단 시장성이 있어야 한다는 거야.

나는 고개를 끄덕이며 그 말에 동의했다. 아무리 자본을 투자해도 시장성이 없는 물건은 재고로 남아 쌓이기 때문이다. 안 대표는 이어서 말했다.

안 두 번째로는 아이템이 맞아야지. 우스갯소리로 북극에서 냉장고를 팔수 있다고 했지만, 거기 사람이 늘어날 가능성이 있을까? 개발이 돼서 100가구가 1000가구, 만 가구로 늘어난다면 팔러 가야지. 그런데 계속 100가구만 있으면 갈 필요가 없잖아.

김 네, 맞아요.

안 시장성과 장래의 가망성. 그게 맞아떨어져야 진행이 돼.

김 그렇군요.

안 여기 호찌민 같은 경우도 마찬가지야. 포장마차를 할지라도 사람이 많은 데를 가야 돼. 예를 들어 지하철에서 내려서 바삐 지나가는 사람은 뭘 사 먹을 시간이 없어. 단순히 유동 인구가 많은 곳보다는 주변에 공원이나 볼거리가 있는 곳인지 따져봐야지. 물건 사줄 사람이 모여 있는 장소가 그렇게 중요하다는 거야.

사람이 많다고 해서 다 되는 게 아니라는 얘기다. 지속적인 사업이 가능한 환경인가, 안 대표는 이 부분을 강조했다. 그는 이어서 말했다.

안 베트남에 삼성이 들어온 거 알고 있지? 여기에 공단이 있는데, 그 안에 식당이나 카페를 차린 걸 보고 '그걸 왜 해? 근무시간만 되면 파리 날릴 텐데'라고들 했지만, 봐봐. 점심시간이 되면 사람들이 줄을 서서 사 먹어.

김　고정 수요가 확보돼 있는 거죠?

안　그렇지. 공단에 있는 사람들은 몇만 명이잖아. 시장성 충분하지. 이렇게 시장성과 가망성을 보면서 투자를 할 때 수익을 많이 내는 거야.

나는 끄덕이며 그의 말을 노트에 받아 적었다. 그렇다면 그는 어떤 생각으로 자신의 회사를 창업한 것일까? 나는 본격적으로 그의 창업기에 대해 질문하기로 했다.

라이프플라자 창업 스토리

라이프플라자는 베트남 대표 항공사인 '베트남 에어라인'의 기내지를 발행하고 있었다. 한국을 소개하는 잡지를 제작할 만큼 현지에서 한인 대표 잡지사로서 신뢰받고 있었다. 나는 안 대표에게 사업의 시작에 대해 질문했다.

김　대표님께서는 원래부터 매거진 일을 하셨나요?

안　아니.

그는 한마디로 대답했다. 어제 인터뷰에 이어서 예사롭지 않은 답변이 또 돌아왔다. 그는 자신의 창업 이야기를 들려주기 시작했다. 나는 흥미로운 그의 이야기에 집중했다.

안 예전에 나는 나이트클럽을 운영했었어. 여기 와서는 오락실을 하다가 망했지. 그러다가 조그만 식당을 열게 된 거야.

김 아, 그러셨군요.

안 당시에 광고지를 내는 교민이 있었어. 내가 그 사람한테 우리 식당 광고를 맡겼지. 그런데 그 양반이 실수로 지면에 내 광고를 빼먹고 안 넣은 거야.

김 그럼 다시 요청하셨겠네요?

안 응. 그런데 나한테 미안한 기색도 없이, 광고를 내줄 테니 돈을 다시 지불하래.

어처구니가 없는 상황이었다. 보통 이런 경우라면 선택은 두 가지다. 기분이 나빠서 아예 광고를 안 내버리든가, 어떻게든 설득해서 무료로 다시 광고를 싣든가. 하지만 그는 제 3의 선택을 했다.

안 그때 내가 "뭐 이런 거 가지고 사람을 열받게 합니까?" 하고는, 나도 광고지 만들어버리겠다고 했지.

김 와, 화끈한 결단을 하셨네요!

안 성질이 나서 업체를 하나 차렸지. 마침 베트남에 한국인 디자이너가 있었어. 그 사람하고 처음 만든 게 80페이지짜리 매거진이야.

안 대표는 간단히 말했지만, 곧바로 광고 잡지를 발행한다는 건 어려운 일이었을 것이다. 궁금증이 생긴 내가 입을 열었다.

김 그럼 대표님은 원래부터 글을 잘 쓰셨나 보네요?

안 아니. 나는 글 못 쓰지.

김 그런데 어떻게 80페이지나 만드셨어요?

안 알다시피 10~20년 전에는 인터넷이 시원찮아서 지금처럼 정보를 쉽게 찾을 수가 없었어. 그나마 느린 인터넷으로 긁어 붙이고 해서 광고 페이지를 만들면서 시작한 거야.

안 대표는 허허 웃으며 설명했다. 그의 노력이 얼마나 들어갔을지 잠시 상상해보았다.

안 지금 다시 하라고 하면 못 하지.

김 그러면 창업을 하시고 자리 잡기까지의 과정은 어떠셨어요?

안 주위 사람들 도움이 없었으면 못했을 거야. 고마운 분들이 있었지. 사람들이 이렇게 말했어. "쟤는 하다가 곧 접을 거야. 그러니 6개월만 도와주면 돼." 그런데 그 6개월 덕분에 자리를 잡았어.

잠시 과거를 회상하며, 그는 당시 상황을 설명했다. 이처럼 안 대표는 시작 단계에서 인맥의 도움을 받았지만, 그의 매체가 어엿한 잡지의 형태를 갖추어가자 여기저기서 광고 요청이 들어오기 시작했다고 한다.

안 그리고 3년쯤 됐을 때는 남들보다 과감한 시도를 했어. 잡지에 캄보디아 내용을 담으면서 2개국을 다루게 된 거야.

나는 고개를 갸우뚱했다. 베트남의 다른 도시도 있는데 왜 하필 캄보디아였을까? 안 대표는 그 이유를 밝혔다.

> **안** 여기서 하노이는 멀어서 기차로 2박 3일이나 걸리는데, 캄보디아 프
> 놈펜은 여섯 시간이면 가니까. 하노이보다 가까운 곳이지.
>
> **김** 아, 나라는 다르지만 거리로만 따지면 접근성이 더 좋네요.
>
> **안** 당시 프놈펜에는 약 5000명의 교민이 있었어. 그런데 캄보디아 현지
> 시장이 열악하다 보니까 거기 사람들이 베트남을 자주 방문한다는 걸
> 알았지. 나는 그들에게 베트남 정보를 주면 우리 책을 보리라고 예상
> 했는데, 아니나 다를까 사람들이 많이 찾는 거야.

국경을 초월해 인근에 위치한 캄보디아 시장을 공략한 것은 좋
은 효과를 불러일으켰다. 그는 이후에 더 나아가 호찌민 교민 잡지
최초로 하노이까지, 총 세 도시를 아우르는 회사로 성장시켰다. 라
이프플라자는 베트남과 캄보디아의 교민을 잇는 가교 역할을 하는
잡지사로서 자리를 잡게 되었다.

안 대표는 홧김에 시작한 잡지 발행이라며 대단치 않은 일인 듯
말했지만, 어찌 보면 그는 시장성에 대한 재빠른 판단을 하며 사업
을 확장시켜 나간 것이다. 나는 그에게서 용기 있는 결단과 시장을
내다보는 안목에 대해서 배울 수 있었다.

동업에 대한 생각

문득 나는 또 다른 질문거리를 떠올렸다.

흔히들 '동업하지 마라'는 말을 하는데, 그는 동업에 대해 어떻게 생각하는지 듣고 싶었다. 내가 이에 대해서 묻자 반대로 내게 질문이 돌아왔다.

안 자, 세계 3대 상인이 뭐, 뭐, 뭐야?

김 일단…… 중국 상인요?

안 그래. 그리고 유대 상인, 아랍 상인. 그중에서도 가장 대표적이면서 우리에게도 잘 알려진 게 중국계 상인들이잖아?

김 네. 그렇죠.

안 각 나라마다 뿌리를 박고 있는 게 화교인데, 그들 중 상당수는 동업을 하지.

중국인의 사업 스타일에 대해서는 처음 알게 되었다. 나는 귀 기울여 듣기 시작했다.

안 어느 화교가 중국 식당을 차린다고 해보자. 그러면 다른 화교 사업가가 투자를 해. 그렇게 자리를 잡고서 다른 사람이 또 들어오면 어떻게 할까. 기존의 두 사람이 힘을 합쳐서 그 한 사람을 받아들이고 도와주는 거야.

서로 힘을 모아주는 형태라는 것이다. 안 대표는 "이게 화교의 바탕이야. 동남아시아 어디를 가도 그들이 현지 상권을 꽉 잡고 있잖아"라고 강조했다. 그는 이어서 말했다.

안　동업을 하지 말라고? 자, 한번 따져보자. 동업 말고 혼자 힘으로만 사업을 한다면 어느 선까지는 재미를 보겠지. 그런데 내가 100평짜리 가게를 운영한다고 해볼까? 어느새 옆에 1000평짜리가 들어오는 거야. 그게 바로 주식회사야. 100평짜리에서 팔아봐야 하루에 콩 100개를 파는데, 1000평에서는 주주 1000명이 1000개를 팔아.

김　결국은 동업한 팀에 당할 수밖에 없네요?

안　그래. 혼자서는 자본이 안 되는 거야. 100을 만들어야 되는데 혼자서 사업하면 자기 힘만으로 100을 다 마련하느라 용을 써야 하는 반면에, 100명이 동업하면 각자 1씩만 준비하면 돼.

김　맞아요. 투자를 같이 하니까요.

나는 고개를 끄덕이며 다음 말을 기다렸다.

안　물론 처음에는 수익이 적어. 그런데 1 플러스 1은 3도 되고 5도 된다. 왜? 작게 포장마차를 낸다고 해도 한 개 할 수 있는 걸 두 개 하면 수익이 몇 배로 늘 수 있어.

김　점점 이곳저곳으로 번지기 때문이죠?

안　그렇지. 이게 중국 사업 스타일이야. 한 개 해서 잘되면 분점을 세우는 거지. 그럼 수입이 더블이 될 수 있어. 그리고 또 차리는 거야. 관리비가 비싸다면 다른 사람에게 지분을 내고 들어오게 하면 돼. 이게 주식회사야. 혼자서 주식을 100퍼센트 가진 사람은 드물어. 결국 주식회사라는 건 실보다 득이 커서 매력적인 사업 형태라 볼 수 있지.

하지만 동업에는 무조건 장점만 있다고 볼 수도 없다. 안 대표가 이렇게 자세히 말할 수 있는 건 뼈아픈 경험이 있었기 때문이다. 그는 "조심해야 할 것은 정산이야"라며 묵직하게 말했다.

> **안** 예전에 내가 동업으로 아주 큰 식당을 했어. 그런데 사업이 잘 안 되니까 문제가 생긴 거야. 원래 내가 80퍼센트, 상대는 20퍼센트를 투자했는데, 망할 기미가 보이니 동업자가 빠지려는 것이었지.

그는 혼자 모든 걸 떠맡게 된 것이다. 함께 시작했다가 '너 때문에 이렇게 되었다' 하는 순간 좋지 않게 끝날 수밖에 없다고 했다. 그리고 안 대표는 지분이 다를 때 주의할 점에 대해 말했다.

> **안** 둘이서 사업을 하는데 내가 100원, 동업자가 80원을 냈다고 해봐. 그럼 지분이 다르잖아? 그런데 이후에 불만이 터질 수가 있지.
>
> **김** 자신에게 돌아오는 게 적으니까요?
>
> **안** 응. 본인이 적게 투자한 것은 생각 못 하는 거야. 돈을 벌면 지분에 따라 5 대 4로 나눠 가져야 하는 게 맞지. 하지만 동업자끼리 고생은 똑같이 했는데 수익에서 차이가 난다며 불만이 쌓일 수 있어. 그런데 화교들은 그러지 않아.
>
> **김** 남 탓 안 하고 정산이 확실하면 문제가 없겠네요?
>
> **안** 그렇지. 10원을 벌더라도 제대로 나누고, 안 된다 싶으면 같이 정리해버리는 거지.

이어서 안 대표는 정반대의 상황도 설명했다.

안 만약 두 사람이 100원씩 투자한 사업이 있다고 해보자. 그런데 사업이 힘들어져서 한 사람이 "나는 빠질게"라고 말하면 투자금을 챙겨줘야 하잖아? 회사도 어려운 마당에 돈을 주기가 힘들겠지. 그럴 때는 사업을 지속하는 상대에게 "나중에 성공하면 200원을 주고, 망하면 50원만 줘"라고 말한다면 서로 고마운 관계가 되는 거야.

김 홀로 사업을 지속하는 사람에게도 부담이 적겠네요.

안 그런데 한국 사람은 이런 경우 알아서 달라고 그래. 알아서 뭘 어찌 해줘야 하지? 이게 되게 난감한 거야.

김 서로 얼마를 줘야 하는지도 모르는 거죠?

안 응. 그리고 사업이 망했어, 그러면 서로 돈을 나눠야 하는데 애매해지는 거지. 한국 사람들이 안타까운 게, 지분에 따른 정산을 제대로 명시하지 않는 거야.

안 대표의 경험에서 나온 가르침은 나에게 강하게 와닿았다. 그는 "실제로 겪어봤으니까"라며 답했다.

해외 사업의 어려움은

김 잘 알겠습니다. 혹시 만약 제가 베트남에서 사업을 한다면 특별히 조심해야 할 점이 있나요?

잠시 생각하던 안 대표가 입을 열었다.

안 모든 사람이 자네 비즈니스의 적이야.

김 외국이라서 그런가요?

안 아니. 뭐든지. 한인을 대상으로 하는 사업을 염두에 두고 있다면 일찌 감치 생각을 바꾸는 게 좋아. 그런 생각은 교민 사업가 누구든 쉽게 떠 올리기 마련이지. 이곳 베트남에 없는 품목을 내놓지 않는 한, 교민끼 리의 경쟁을 피할 수는 없을 거야.

김 그렇군요.

안 분명한 건, 한인을 상대로 한 사업 말고 로컬, 그러니까 현지인 대상 사업을 해야 가능성이 커진다는 거야.

나는 더 자세한 설명을 부탁했다. 안 대표는 소파에 몸을 기대며 말했다.

안 미얀마에서는 미얀마인 상대로 하고, 캄보디아에선 캄보디아인 상대 로 하고, 태국에선 상대가 누구겠어?

김 태국인요. 근데 현지인보다 관광객을 상대로 사업하는 편이 부가가치 가 더 높지 않을까요?

그는 고개를 좌우로 흔들며 "아니지"라고 답했다.

안 해외 사업을 꿈꾸는 사람이 현지인을 상대로 장사하겠다는 정공법으 로써 사업 구상을 해야. 자, 소스 생산 업체를 세운다고 가정해봐. 그걸 누가 다 사 먹어주겠어? 현지인들이지. 여기 있는 한국 사람들이 다 먹어준다고 쳐도 고작해야 몇십만이야. 근데 베트남 국민 수는 얼마야? 비교 자체가 안 되지?

김 　로컬로 해야 수요 자체가 커질 수 있다는 말씀이죠?

안 　그렇지.

하지만 의문점이 있었다. 그는 한국인을 대상으로 사업을 하고 있었기 때문이다. 나는 이에 대해 질문했다.

김 　대표님께서는 현재 한인을 대상으로 사업하고 계신데, 이 부분은 틈
　　 새시장인가요?

안 　나는 특수한 케이스야. 맨 처음 내가 베트남에 왔을 때 할 수 있는 언
　　 어가 한국어밖에 없었으니까 이 사업을 선택했지만, 결국 교민들을
　　 돕는 일이기 때문에 대상이 명확해진 분야라고 볼 수 있지.

김 　그렇군요. 저는 사실 대표님께서 사업을 시작한 이야기를 들려주실
　　 때, 해당 분야의 지식이 없는 상황에서 도전하신 것에 깜짝 놀랐어요.
　　 대표님이 보시기엔, 사업을 시작한다는 것 자체는 크게 어려운 일은
　　 아닌가요?

안 　무엇이든 시작하고 나서가 문제지. 시작하는 것 자체는 별거 아니야.

김 　저는 아직 창업해본 경험이 없어서 그런지, 회사를 세우는 것 자체에
　　 만 집중했던 것 같아요.

그는 "아니야. 시작하고 나서가 문제야"라며 다시 한 번 강조했다. 직접 사업을 하며 산전수전을 겪은 사람의 풍모가 전해져왔다.

매거진 사업은 마약이다?

마지막으로 그에게 질문했다.

김　매거진 분야가 가지는 장점과 단점이 뭐라고 생각하세요?

안　음…… 장점이고 뭐고, 이제 이곳에서 잡지 사업은 시작을 안 하는 게
　　돈 버는 거야.

김　무슨 뜻인가요?

안　교민 잡지를 해서 얻는 건 두 가지야. 인맥 그리고 명예. 잡지를 하면
　　서 지역사회에서 대우를 받긴 하지. 그런데 누군가 이걸 한다고 하면
　　나는 말리겠어. 내가 시작했을 때는 교민 만 명에 잡지가 두 개뿐이었
　　거든. 그런데 어느새 여덟 개로 늘었고, 읽을 사람은 한정되어 있지.

자신은 남들이 잡지 발행업을 하지 않을 때 선수를 두어 성공했
지만, 현재는 새로 시작하면 수익을 내기 어려운 업종이 되었다는
얘기였다.

김　정말요?

안　잘된다 싶으면 누가 또 뛰어들어. 그럼 다 같이 망하는 거거든. 한국
　　사회에서도 자주 일어나는 일이잖아?

그럼에도 불구하고 그가 잡지사를 계속해서 운영하는 이유는
무엇일까. 나는 이에 대해 물었다. 안 대표는 다소 과감한 표현을
써서 대답했다.

김   잡지는 마약이야.

김   네?

안   이건 내가 좋아해서, 하고 싶어서 하는 일이거든. 망하기 전까지는 발 빼지 못하는 사업이야.

김   왜 그런가요?

안   보통 장사는 안 되면 혼자서 접으면 그만이야. 하지만 잡지는 꾸준히 봐오면서 다음 호가 나오길 기다리는 독자가 있거든. 매 호마다 판권 면에 발행인으로 내 이름 석 자가 따박따박 박히고.

그는 몇 년 만에 만난 지인에게서 "책 잘 보고 있어요"라는 말을 들을 때 보람을 느낀다고 했다. 안 대표는 미소를 지으며 말했다.

안   그리고 무슨 일이 있으면 잡지에 실어달라고 연락이 와. 그건 내 잡지 를 보고 있다는 뜻이잖아.

김   마약이라 표현하신 부분이 재밌네요. 사업을 놓고 싶어도 놓지 못하 신다는 거죠?

안   일종의 사명감이지. 내가 하고 싶어서 하는 거기도 하지만 헤어 나올 수도 없는 거야. 기다리는 사람 때문에.

그는 덧붙여서 "기다리는지 안 기다리는지는 모르겠지만"이라고 말하며 웃었다. 나도 그를 따라 함께 웃었다.

안   이메일을 열어보면 '광고 요청합니다' '며칠 전에 무얼 했습니다'라는 연락이 수시로 와 있어. 오늘은 무슨 소식이 있을까 궁금하지.

김 요청이 들어올 때마다 계속할 수밖에 없다고 생각하시겠네요?

안 그렇지.

안 대표는 고개를 크게 끄덕였다. 나는 그가 이 사업에 대해 얼마나 애착을 가지고 있는지를 그의 말에서 느낄 수 있었다.

뜻밖의 소개

베트남에서의 마지막 인터뷰를 마칠 시간이 되었다. 상상한 인터뷰가 실제로 이뤄졌다는 기쁨과 동시에, 나에겐 두려운 마음 또한 커졌다. 다음 여행지인 캄보디아에서 만날 사업가가 없었기 때문이다.

김 저는 베트남에 며칠 있다가 캄보디아로 가려고 합니다. 그리고 동남
아 각 나라에서 사업가 한 분씩 꼭 뵙는 게 목표예요.

그에게 다음 여행 계획을 소개하자 그가 입을 열었다.

안 캄보디아 가면 우리 가게도 있어.

김 정말요? 근데 인터넷을 검색해봐도 캄보디아 현지에서 사업을 하시
는 한인 대표님을 찾을 수가 없더라고요.

한숨 섞인 대답이었다. 어떻게 해야 할지 막막했다. 그러나 이어

진 안 대표의 한마디에 상황은 역전되었다.

안 프놈펜에 최대룡 사장님이 있어. '초이스택시'라는 업체가 있는데 거
기 대표야.

김 앗! 그럼 혹시 이메일이 있으신가요?

안 이메일은 없어. 전화번호 줄게.

김 감사합니다! 안 대표님 소개로 왔다고 하면 될까요?

그는 고개를 끄덕였다. 그리고 이어서 최대룡 대표의 회사를 좀
더 소개해주었다. 택시와 버스를 운영하는 운송 사업을 한다는 것
이었다. 그토록 원하던 바가 이렇게 이뤄지다니. 나에겐 놀라운 경
험이었다.

나는 프놈펜까지 자전거를 타고 갈 계획이었다. 캄보디아행 버
스 요금보다 자전거를 한 대 사는 값이 더 저렴하리라고 짐작한 나
는, 교통비도 조금 줄일 겸 하루 내내 자전거를 타보는 것도 나쁘지
않겠다고 생각했다.

김 아, 그런데 여기서 자전거 가격이 얼마나 할까요?

안 왜? 그걸 사면 짐만 되는데. 버스에도 안 실어줄 거고.

김 네, 그래서 저는 아예 자전거를 타고 프놈펜까지 가려고요.

내가 왜 그런 무모한 생각을 했는지 모르겠다. 현실감각이 전혀
없었던 것이다. 다행히도 안 대표가 계획을 적극 만류해주었다. "길
이 일직선이 아니야." "자전거를 타려면 비상용 타이어랑 체인을

사뒀다가 돌발 상황에 대비해야 해." "그리고 검문소 통과하는 것도 어렵다고." 그 덕분에 나는 버스를 타고 가는 것으로 마음을 바꿀 수 있었다.

안 베트남이 여행 시작지야? 며칠 됐어?

김 오늘이 사흘째입니다.

안 음, 여기 베트남이 좋은 게, 인터넷이 싸고 무료 와이파이가 많아. 하다못해 커피 한잔 먹으러 가도 와이파이가 다 되지. 근데 너는 밥값 아끼느라 그런 데도 돈 안 쓰겠네?

김 네. 하하하!

우리는 서로 이를 내보이며 웃었다.

김 대표님과 얘기 나누는 게 너무 재미있어요. 워낙 성격이 호탕하셔서 그런가 봐요.

호탕한 성격의 안치복 대표.
강인한 인상 너머엔 자상한 성격이 도사리고 있었다.

71

안 내가 말하는 스타일이 그래.

김 네, 정말 좋아요. 오늘 진짜 너무 큰 도움이 됐습니다.

나는 그에게 감사를 전하고 인터뷰를 마무리했다. 그 후 안 대표는 나를 주방으로 데려가 직접 감자탕을 대접해주었다.

안 이거 하루 동안 푹 끓인 거야.

김 와, 감사합니다!

안 어서 먹고 한 그릇 더 먹어.

베트남에서 감자탕을 먹다니. 눈이 휘둥그레져 밥 한 그릇을 순식간에 해치웠다. 식사 도중 안 대표가 옆에 있던 미스터 김에게 "얘가 레라이에서 여기까지 걸어왔대. 버스 타고 오면 되는데" 하자, 그가 "아이고, 저런!" 하며 웃었다.

우리는 밥을 다 먹고 사장실로 다시 내려왔다.

안 좋은 여행이네. 열심히 해라. 몸조심하고.

김 네, 멋진 사업가가 되어 찾아뵙겠습니다. 시간 내주셔서 감사합니다!

나는 안 대표와 악수를 나눴다. 그런데 떠나려는 찰나, 마지막으로 꼭 묻고 싶은 질문이 있었다. 물어볼까 말까 고민을 하다가 나는 입을 열었다.

김 대표님. 저는 일면식도 없는 대학생인데, 제가 이메일을 보냈을 때 왜 만나주겠다고 답장하셨어요?

안 하하, 나도 왜 그랬는지 모르겠어.

그는 미소를 지으며 한마디 덧붙였다.

안 오늘 약속까지 취소하면서 말이야.

그의 말에 나는 큰 감동을 받았다. 나의 인터뷰 여행은 바쁜 사업가들의 배려 속에서 진행되고 있다는 것을 문득 깨달았다. 나는 다시 한 번 그에게 감사를 표했다.

이렇게 베트남에서의 일정은 마침표를 찍었다.

다음 여행지인 캄보디아로는 모레 떠나기로 했다. 그 전까지 호찌민시를 좀 더 둘러보고 싶었던 것이다. 두 번째 인터뷰를 성공적으로 마치고 마음이 홀가분해진 나는 시내 중심지로 향했다. 처음 발걸음을 옮긴 장소는 인근의 공원이다. 울창한 열대 나무들이 군데군데 심어진 이곳은 시민들을 위한 그늘이 마련되어 있었다. 나는 기다란 벤치 위에 배낭을 베개 삼아 누웠다. 그리고 배에 손을 얹고 여유롭게 숨을 내쉬었다. 그러자 얼굴에는 자연스레 미소가 번졌다. 어제까지만 해도 인터뷰에 대한 부담감에 짓눌려 있었지만 지금은 마치 큰 과제를 끝낸 기분이 들었다.

시간이 나자 주변에 어떤 볼거리가 있는지 궁금해졌다. 지도 책자를 펼쳤다. 가까이에 시청이 있다고 적혀 있었다. 사실 그다지 관심이 가지 않는 곳이었다. 한국에서도 시청이라면 차를 타고 가다가 잠깐 스쳐가는 정도였기 때문이다. 하지만 별 생각 없이 목적지에 다다랐을 때 내 입이 쩍 벌어졌다. 여기가 동남아라고? 눈앞의 풍경은 유럽의 한 장소를 떠다 놓은 듯한 모습이었다. 걸음을 멈추고 천천히 살펴보았다. 연한 베이지색으로 옷을 입힌 외벽과 죽 늘어선 흰 기둥. 주변의 열대 나무와 함께 자리 잡은 유럽풍의 건물은 신비로움을 자아냈다.

과거 베트남은 프랑스가 점령했던 시절이 있었다. 프랑스 식민지 시절인 19세기에 지어진 이 건물은 서구의 영향을 고스란히 보여주었다. 독특한 경관에 매혹된 관광객들은 저마다 카메라를 꺼내들

호찌민 시청.
환하게 불을 밝힌 유럽풍의 건물이
검푸른 저녁 하늘과 어우러져 이국의 정취를 한껏 뿜어냈다.

었다.

"잠깐만요. 사진 좀 찍을게요."

나도 그들 틈에 껴서 장면을 기록했다. 이 순간만큼은 내 일을 잊고 여행객으로서의 기분에 빠져들었다.

계속해서 나는 지도의 안내를 따라 이동했다. 오 분 정도 길가를 따라 걷자 다시 한 건물이 눈에 들어왔다. 바로 호찌민 노트르담 대성당이다. 프랑스인들이 미사를 드리기 위해 지었다는 이 건물은 붉은 벽돌로 몸체를 쌓고 그 위에 첨탑을 올려놓았다. 공산주의 국가에 가톨릭 종교라니. 두 존재가 지닌 부조화의 간격만큼 눈앞의 건물이 특별하게 보였다. 성당 밖에는 수많은 인파가 몰려 있었다. 건축물 정면에 세워진 성모상을 감상하는 사람들이었다.

실제로 미사가 이뤄지고 있는지 궁금했다. 워낙 지어진 지 오래

되어서 관광지로서의 역할만 하고 있을 수도 있겠다 싶었다. 나는 중앙의 정문 앞으로 바짝 다가갔다. 그러자 아치 형태로 실내를 감싸 안은 천장과 스테인드글라스가 보였다. 그리고 그 안에서 실제로 신부가 의식을 거행하고 있었다. 이 모습은 한국에서 보았던 미사와 달리, 사뭇 이색적인 느낌을 주었다.

나는 우측의 횡단보도를 건넜다. 그러자 중앙 우체국이 보였다. 이곳은 베트남에서 가장 규모가 큰 우체국이라고 했다. 건물 앞의 작은 광장에 모여든 사람들을 보니 행정기관뿐 아니라 관광지로서의 비중도 크겠다는 생각이 들었다. 프랑스 콜로니얼 양식으로 지

호찌민 중앙 우체국의 내부 풍경.
식민지 시절 지어진 이 고색창연한 공간은,
다양한 나라에서 온 여행객들로 활기 가득했다.

76

어졌다는 외관은 노랗게 칠해져 있었다. 놀라운 것은, 이 건물 설계에 참여한 건축가가 에펠탑을 설계한 귀스타브 에펠이라는 점이었다. 이 사실을 알자 우체국이 더욱 새롭게 보였다. 한껏 기대를 품은 나는 정문으로 들어갔다.

실내는 시야가 탁 트여 보이는 아치형의 천장으로 웅장함을 더했다. 그리고 가장 시선을 압도하는 것은 정면 중앙에 걸린 호찌민의 초상화였다. 거대한 액자의 크기만큼 그에 대한 국민들의 애정이 느껴졌다. 조금 더 걸어가자 중심부에 관광객들을 위한 기념품과 우표를 판매하는 장소가 있었다. 다양한 지역에서 온 여행객들은 아기자기한 물건을 앞에 두고 눈을 초롱초롱 밝혔다. 그 옆으로는 실제 우체국 업무를 보는 직원들이 있었다. 나는 그렇게 주변을 돌아보며 오후 시간을 보냈다.

어느덧 도시엔 땅거미가 내리기 시작했다. 숙소로 발걸음을 옮기다가 문득 떠오른 생각이 있었다. 도미토리에서 그저 잠만 자는 데 6달러를 쓰는 게 아깝다는 것. 그 돈을 아껴서 먹는 데 쓸 수 없을까? 결국 나는 공항에서 밤을 보내자는 결론에 도달했다. 실제로 하노이 공항에서 여덟 시간을 있어보니, 깔끔한 시설에 에어컨까지 있어 꽤 쾌적했다. 더욱이 인터넷을 확인해보니 시내 중심에서 공항까지는 단돈 300원이면 버스를 타고 갈 수 있었다.

"공항으로 가는 버스는 몇 번이에요?"

정류장 인근의 대합실에 가서 직원에게 물었다. 그러자 그녀는 안타까운 표정으로 "지금은 공항으로 가는 버스가 끊겼어요"라고 말했다. 그냥 어제의 숙소로 돌아갈까 했지만 나는 한 번 더 도전해보기로 했다. 베트남의 오토바이 택시인 모또를 타고 가자는 생각이었다. 이미 주변에는 여행객들을 잡기 위한 기사들의 호객 행위가 한창이었다.

"공항까지 얼마예요?"

나는 한 남자에게 물었다. 기껏해야 3달러로 예상했다.

"8만 동이에요."

이런! 그가 부른 금액은 4달러다. 여기서는 부르는 대로 돈을 내면 호구가 되기 십상이다. 나는 협상을 해보기로 했다. 내 목표는 5만 동, 우리 돈으로 2500원 정도였다. 나는 그에게 "5만 동으로 해주세요"라고 떠보았다.

"그러면 7만 동! 더 이상은 안 돼요."

"안 돼요. 파이브요!"

표정의 변화 없이 내가 단호하게 말하자 그는 당황한 눈치였다.

"지금 장난해요? 그럼 식스. 이게 마지막이야."

이렇게 실랑이를 벌이자 우리 주변으로 사람들이 모여들었다. 어떤 가격에 정해지는지 그들도 궁금했던 것이다. 나는 쐐기를 박으며 "파이브"라고 한마디를 던지고 등을 돌렸다. 그리고 좀 더 단호해 보이고자 한 발짝씩 걸음을 떼기 시작했다. 그때였다.

"좋아, 좋아. 5만 동! 얼른 타요!"

결국 나는 원하는 가격에 숙박 문제를 해결하게 되었다! 모또는 시내를 뚫고 질주하기 시작했다. 기사는 공항 주차장에 멈췄다. 나는 지갑을 열어서 돈을 냈다. 2만 동 두 장, 1만 동 한 장. 그리고 고마움에 팁까지 얹어 주었다. 돈을 세어본 기사는 밝은 표정으로 떠났다.

하지만 문제가 발생한 건 그때였다. 잠시 공항 앞에 앉아 돈을 정산하는데 무언가 잘못되었음을 알아챘다. 캄보디아로 가기 위해 남겨둔 20만 동 지폐 두 장이 사라진 것이다. 무려 우리 돈 2만 원. 내겐 큰돈이었다. 어디서 돈을 잃어버렸지? 생각을 거듭한 끝에 결국 알아냈다. 방금 모또 기사에게 돈을 낼 때 2만 동이 아니라 20만 동 지폐를 줘버린 것이다.

"젠장!"

어떻게 깎은 돈인데, 모든 것이 물거품 되었다.

밤 10시가 넘은 시간, 공항 2층에는 불이 꺼진 채 아무도 없었다. 나는 땅바닥에 멍하니 앉아 있었다. 헛웃음이 나왔다. 방금 전의 실수는 다시 생각해도 화가 났다. 하지만 상황은 돌이킬 수 없었다. 대리석 바닥에서는 한기가 올라왔다. 옷을 한껏 껴입은 나는 그대로 그 위에 누웠다. 임시방편으로 배낭에서 바지를 꺼내 바닥에 깔았다. 그리고 새우잠을 잤다. 여기서의 하룻밤에 2만 원이나 들다니. 나는 쓴웃음을 지으며 눈을 감았다.

포기하고 집으로 돌아갈까?

아침이 되어 찌뿌둥한 몸을 일으켰다.

한껏 부은 얼굴로 하품을 했다. 내일이면 베트남과도 작별이구나, 생각하며 공항 밖으로 나섰다. 하늘을 가득 메운 구름은 햇빛이 삐져나올 틈 하나 없이 도시를 완전히 뒤덮었다. 언제 비가 오더라도 이상하지 않을 만한 날씨.

어느덧 오후가 되어 공원에 들렀다. 벤치에 앉은 나는 멍한 표정으로 쉬고 있었다. 그런데 습하고 흐린 날씨 탓인지 그간에 꽁꽁 숨겨왔던 부정적인 생각들이 스멀스멀 올라오기 시작했다.

사실 베트남은 미리 한국에서 인터뷰 약속을 잡고 방문한 터라 큰 걱정거리가 없었다. 하지만 모든 일정을 마치고 새로운 여행지로의 이동을 앞둔 지금, 나는 현실을 마주했다. 캄보디아부터는 어떤 사업가와도 미리 약속된 것이 없었기 때문이다. 갑자기 다가올 여정이 두려워지기 시작했다. 더 이상 사업가들을 만나지 못하고 여행이 끝나는 것은 아닐까. 시간 낭비만 하다 군대에 가진 않을까. 보장할 수 없는 인터뷰 여행을 두고 복잡한 생각이 꼬리에 꼬리를 물었다. 그럴수록 내 마음은 점점 무거워졌다.

그 순간 머리 위로 물방울이 떨어졌다. 나는 고개를 들었다. 수분을 가득 머금은 먹장구름이 빗물을 토하기 시작했다. 처음 맞는 베트남의 소나기다. 한국에서보다 더 크고 무거운 빗방울에 내 눈도 함께 커졌다. 놀란 행인들은 소리를 지르며 건물 밑으로 달려갔다. 모또 기사들은 분주히 우비를 꺼냈다. 나도 손바닥으로 머리 위를 가린 채 허겁지겁 근처 호스텔 안으로 뛰어 들어갔다.

5평 남짓한 작은 도미토리. 불 꺼진 방 안에 나는 혼자 앉아 있었다. 창문을 두드리는 빗소리가 실내를 가득 채웠다. 문득 내 머릿속으로는 안락한 우리 집이 선연히 떠올랐다. 그냥 아무 걱정 없이 식탁에 앉아 어머니가 끓여주는 김치찌개가 간절히 먹고 싶었다. 그러자 문득, 군 입대도 얼마 남지 않은 상황에 굳이 내가 여기서 고생을 해야 하는지 의문이 들었다. 보장되지 않은 인터뷰. 예측이 안 되는 미래. 내가 스스로 선택한 여행이지만, 그 순간, 후회가 들었다. 한국으로 돌아가고 싶었던 것이다.

그러나 이 생각을 돌이키게 한 존재가 있었다. 바로 내 여행을 반대했던 지인들. 동남아시아에서 한인 사업가들을 만나는 것은 무리라며 나를 말렸던 그들의 모습이 떠오르자 포기하고 싶은 마음이 일순간 사그라든 것이다. 나는 그들에게 창피해지기 싫어서라도 끝까지 해보겠다고 다시 결심했다.

하루가 마치 거대한 변주곡과 같았다. 결국 나는 숙소 인근의 여행사에 들러 캄보디아 프놈펜행 버스표를 끊었다. 그렇게 베트남에서의 마지막 날이 흘러갔다.

chapter 2

캄보디아
Cambodia

동갑내기 친구, 브랜던

이제 막 잠에서 깨어난 호찌민시의 아침.

숙소를 나서자 도로에는 빨간색 고속버스가 서 있었다. 머리를 감지 않은 나는 모자를 푹 눌러 쓴 채 차에 올랐다. 그리고 의자에 등을 기대어 창 너머의 풍경을 바라보았다. 새로운 나라로 떠나는 시간. 비행기를 타지 않고도 국경을 넘을 수 있다는 것은 나에게 새로운 경험이었다.

어느새 버스는 캄보디아 국경 안으로 진입했다. 몇 시간이 더 지나자 나는 풍경만 보고도 수도인 프놈펜에 들어왔다는 사실을 알 수 있었다. 평야의 허름한 건물들이 사라지고 빛나는 빌딩들이 눈에 들어왔다. 한 나라 안이라고 느껴지지 않을 만큼 풍경은 대비되었다. 캄보디아라는 나라는 어떤 곳인지 더욱 알고 싶어졌다. 여섯 시간에 걸친 운전 끝에, 기사는 갓길에 차를 멈춰 세웠다.

"종점입니다."

버스 직원은 승객들에게 말했다. 사람들이 줄지어 차에서 내리기 시작했다. 나도 뒤따라 하차하려는 순간 문 앞에 와글와글 모여든 사람들이 보였다. 어림잡아 열댓 명이 넘어 보이는 현지인들, 그들은 일제히 나를 쳐다보며 말을 걸었다.

"툭툭?"

"유, 툭툭?"

이곳의 운송 수단으로는 오토바이에 수레를 이어 붙인 '툭툭'이 유명하다. 그들은 관광객인 내게 호객 행위를 하고 있었다. 나는 재빨리 정신을 차렸다. 그리고 그들을 피하고자 눈앞에 보이는 건물

안으로 직행했다.

프놈펜에 대해서는 별다른 정보를 얻지 못한 상황이었다. 그렇기에 우선 숙소를 정하고 짐을 내리는 것부터가 급선무였다. 나는 그 건물 안 사무실에서 정보를 얻어보기로 했다. 그러나 직원들은 갑자기 들어온 여행객들을 상대하느라 정신이 없었다. 나는 그중 한 직원에게 지도를 보여주며 물었다.

"여기가 지도에서 어디쯤이에요?"

"잠시만 기다리세요."

하지만 내 차례는 돌아오지 않았다. 구석에 박혀 가만히 기다리고 있을 무렵, 한 남자가 나에게 영어로 말을 걸어 왔다.

"무엇을 도와드릴까요?"

노란 티셔츠를 입은 그는 어림잡아 오십 대로 보였다. 내려간 눈꼬리로 선해 보이는 인상. 특히나 한국인에 가까운 외모였기에 더욱 친근감이 느껴졌다. 나는 이 사람에게 도움을 받아야겠다고 결심했다. 내가 입을 열었다.

"프놈펜에서 갈 만한 여행자 숙소는 어디에 있나요?"

"아, 네."

직접 펜을 잡은 그는 지도를 짚어주며 상세히 설명했다.

"일단, 현재 우리가 있는 곳은 여기이고요. 호스텔은 주로 강 주변에 있어요. 그런데 강변은 값이 비싸니 시내 안쪽에 있는 곳을 예약하시는 게 좋아요."

"와, 정말 감사합니다!"

사소한 정보까지도 정성을 다해 알려주는 그의 모습에 나는 큰 감동을 받았다. 그는 "즐거운 여행 되세요"라고 말하며 눈웃음을 지었다. 덩달아 나도 기분이 좋아졌다.

이제 지도에 표시된 지역에 가면 된다. 나는 비슷한 상황의 여행자 세 명과 함께 툭툭에 올라탔다. 그리고 여러 숙소를 돌아본 끝에 하나를 결정했다. 한 건물을 통째로 사용하는 '11 Happy Backpackers'라는 호스텔이다. 내가 도미토리를 요청하지 가운터 직원은 나를 안내했다. 그를 따라 계단을 올랐다. 3층 복도의 문을 열자 커다란 실내가 보였다. 'ㄱ' 자로 꺾인 방. 그 안에는 개인 침대가 여럿 있었다. 나는 그중 가장 구석에 있는 하나를 골랐다.

드디어 어깨를 짓누르던 짐을 내려놓았다. 그러자 온몸에 찬물을 들이붓고 싶은 생각이 간절했다. 나는 곧바로 샤워를 마쳤다. 침대로 돌아와보니, 방금까지 비어 있던 옆자리에 새로운 여행자가 와 있었다. 어? 나는 그를 보자 얼굴에 화색이 돌았다. 그가 한국인으로 보였기 때문이다. 잘하면 이 친구와 여행을 함께할 수 있겠다는 생각에 나는 조심스럽게 영어로 물었다.

"혹시 한국인이에요?"

"아니요, 중국에서 왔어요."

"아……."

나는 속으로 아쉬운 마음이 컸다. 하지만 우리는 자연스럽게 대화를 이어나갔다. 그의 이름은 브랜던. 중국에서 엔지니어로 일을 하다가 휴가를 내서 여행을 왔다고 했다. 그는 나에게 질문했다.

"킴, 넌 나이가 어떻게 돼?"

"한국에서는 스물넷, 너희 나라 나이로는 스물셋이야"

대수롭지 않은 대답에 브랜던은 깜짝 놀랐다. 그는 "잠깐, 그럼 몇 년에 태어난 거지?"라고 되물었다. 나는 그에게 내가 태어난 해를 말했다.

"오, 세상에! 혹시나 해서 묻는데, 몇 월 며칠에 태어난 거야?"

"5월 22일."

"말도 안 돼! 장난치는 거 아니지?"

"왜?"

"난 같은 해 5월 20일에 태어났어! 내가 너보다 이틀 형이네. 하하하!"

기막힌 우연이다. 생일이 단 이틀 차이 나는 동갑내기 친구를 호스텔에서 만난 것이다. 이런 공통점 때문에 우리는 빠르게 가까워졌다. 브랜던은 저녁에 시장에 다녀오겠다고 했다. 나도 자연스럽게 그를 따라나섰다.

"사실 나는 한국 TV 예능 프로그램을 엄청 좋아해."

툭툭을 타고 프놈펜의 야시장 골목 속으로.
여행이 선사한 예기치 않은 우연들은,
고난의 연속일 것만 같던 나의 여정을 때때로 위로해주었다.

"정말?"

숙소로 돌아오는 툭툭에서 그는 한류에 대한 얘기를 했다. 브랜던은 유명한 한국 방송은 이미 웬만큼 섭렵했을 정도로 한류 팬이었다. 우리는 숙소에 돌아온 뒤에도 한국 연예인에 대한 얘기로 대화의 꽃을 피웠다. 왠지 캄보디아에서는 이 친구와 함께 많은 추억을 쌓을 것 같다는 기대감이 들었다.

200만분의 1의 확률

아침이 되자 저절로 눈이 뜨였다.

옆 침대의 브랜던은 곤히 잠들어 있었다. 나는 건물 옥상에 위치한 바에 올라갔다. 이곳은 천장을 제외하고 사방이 뻥 뚫려 있었다. 넓은 통로를 따라 들어온 선선한 바람이 내 머리카락을 흔들었다. 더 이상 여유로울 수 없는 아침이었다. 나는 소파에 눕다시피 몸을 기대어 잠시 희망했다. 이곳에서 마음껏 여행하고 즐길 수 있다면 얼마나 좋을까?

하지만 나에겐 시간이 무한정 주어진 게 아니었다. 그렇기에 지금부터 인터뷰 준비를 서둘러야 했다. 나는 곧바로 자세를 고쳐 앉았다. 그래도 다행인 것은, 내겐 이미 소개받은 사업가가 있다는 점이었다. 하지만 내가 알고 있는 정보는 그의 이름과 전화번호가 전부였다. 나는 더 많은 정보를 얻기 위해 인터넷 검색을 시작했다.

구글에 '초이스택시' '최대룡 대표'를 검색했다. 그러자 인터넷에는 다양한 사이트들이 떴다. 나는 하나씩 클릭하며 확인하기 시작했다. 하지만 아무리 검색을 해도 최 대표에 대한 기사를 발견할 수 없었다. 그 이유는 잠시 후에 깨달았다. 알고 보니 상호명이 'Choi's Taxi'가 아니라 'Choice Taxi'였던 것이다. 나는 정확한 명칭으로 다시 검색했다. 그리고 마침내 그에 대한 인터넷 기사 하나를 발견했다. 스크롤을 내리자 그가 직원들과 함께 찍은 사진이 보였다. 겨우 그의 얼굴을 찾았을 때 반사적으로 내 눈동자는 흔들리기 시작했다.

왜일까? 초면이어야 할 그가 낯설지 않았다. 캄보디아에 어제 처음 왔는데 그를 봤을 리가 없지. 나는 고개를 내저었다. 하지만 어딘가 익숙한 그의 모습은 머릿속에서 떠나지 않았다. 도대체 어디서 보았는지 기억을 되돌리는 순간 내 입은 쩍 벌어졌다. 눈꼬리가 내려간 선한 인상의 남자. 어제 나를 도와준 그 사람이 떠올랐기 때문이다. 분명, 그였다.

캄보디아라는 나라에 내가 온 이유는 하나였다. 최대룡 대표를 만나기 위해. 그런데 그를 만나러 온 이곳에서 내가 가장 먼저 대화한 사람이 바로 최 대표라니. 이 상황은 도대체 얼마의 확률일까? 프놈펜에는 대략 200만 명의 사람이 거주하고 있다고 하니, 200만 분의 1의 확률이다. 나는 입이 다물어지지 않았다. 이제 내가 할 일은 분명했다. 그를 만나러 가면 되는 것이다. 침대로 돌아오자 부스스한 얼굴로 잠에서 깬 브랜던이 보였다. 그를 보자 좋은 아이디어 하나가 떠올랐다.

"브랜던, 오늘 오토바이 빌려서 같이 타고 다닐까?"

"오토바이?"

어차피 최 대표의 회사로 가기 위해서는 이동 수단이 필요하다.

그렇다면 우선 오토바이를 타고 회사에 가서 인터뷰 약속을 잡은 뒤, 남은 하루 동안 브랜던과 함께 관광을 하면 되겠다 싶었다. 둘이서 한 대를 대여하면 비용이 절감된다는 이점도 있었다. 나는 그 계획을 브랜던에게 제안했다. 그러자 그는 활짝 웃으며 말했다.

"나야 좋지!"

나는 브랜던을 뒷좌석에 태웠다. 부릉부릉! 힘찬 소리와 함께 바퀴가 굴러가기 시작했다. 캄보디아의 무더위를 날릴 만한 시원한 바람이 얼굴을 때렸다. 우선 나의 목적지는 한 곳. 어제 버스에서 내리자마자 호객꾼들을 피해 들어간 건물, 바로 거기였다. 나는 기억을 떠올리며 도로를 누볐다. 하지만 초행길이라서 그런지 건물을 찾기에는 어려움이 있었다.

"킴, 정말 여기가 맞아?"

"음, 올림픽 경기장 주변인 건 기억나는데……."

순간 머리가 하얘졌다. 어제 분명 지도에 위치를 표시해두었는데, 브랜던이 자기 지도를 가져간다는 말에 내 것을 그만 호스텔에 두고 온 것이다. 칠칠맞지 못한 내 모습에 한숨이 나왔다.

"킴, 다른 방법이 있을까?"

"대표님의 전화번호를 받아뒀는데 연락해볼까?"

"거기로 전화하자. 그게 가장 빠를 거야."

브랜던의 스마트폰으로 전화를 걸었다. 하지만 수화기 너머로는 알 수 없는 캄보디아 말만 들려오고 있었다. 그러는 동안 태양은 머리 위로 떠올랐다. 내리쬐는 뜨거운 직사광선에 우리는 바싹 타고 있었다. 나를 위해 기다리며 흐르는 땀을 닦는 브랜던을 보자 나는 단념할 수밖에 없었다. 나는 그에게 말했다.

"이건 다음으로 미루고 일단 오늘은 같이 관광을 하자."

"좋아. 그러자."

최 대표를 만나기 위한 첫 번째 시도는 수포로 돌아갔다.

당일치기 오토바이 여행

"직진! 이번엔 오른쪽. 다음 블록에서 왼쪽이야."

뒤에 앉아 커다란 지도를 펼쳐 든 브랜던, 그는 길잡이 역할을 톡톡히 해냈다. 나는 오직 헬멧 너머로 들리는 그의 음성을 따라 방향을 틀었다. 우리 둘은 어제 처음 만난 사이였지만 환상적인 팀워크를 발휘했다. 마치 오랫동안 호흡을 맞춘 스포츠 팀처럼 각자의 역할을 능숙하게 수행하고 있었다. 그렇게 오전에 돌아본 곳은 우체국과 기차역이었다. 관광지에 도착한 우리는 순식간에 사진을 찍고 이동하기를 반복했다. 흡사 하루 동안 얼마나 많은 여행지를 구경할 수 있는지 테스트하는 모습 같기도 했다. 여행지 곳곳을 방문한다는 사실 자체만으로도 성취감을 느꼈던 것이다. 잠시 후 기차역 앞에서 다시 시동을 걸려는 찰나, 내가 고개를 돌려 말했다.

"브랜던, 다음 목적지는 어디지?"

"이번엔 중앙 시장에 가보자!"

"오, 기대되는데?"

마침 배도 출출해졌기에 안성맞춤이라 생각했다. 곧바로 핸들을 손에 쥐고 힘차게 당겼다. 그리고 도로 위를 질주하자 오 분 뒤 시장 건물이 보였다. 시장은 중앙의 커다란 돔을 중심으로 네 개의 다

커다란 돔을 중심으로 네 갈래로 뻗은 시장 안에는 온갖 물건이 즐비했다.
외국인 관광객을 상대로 한 호객 행위에 지칠 수도…….

리가 뻗은 모양이었다. 얼핏 불가사리를 연상케 했다. 운전하면서
도 신기한 외관에 자꾸만 눈길이 갔다. 시내에서도 특히 돋보이는
연한 황금색의 건물은 블랙홀처럼 관광객들을 빨아들이고 있었다.

자연스럽게 입구 쪽으로 발걸음을 옮겼다. 그러자 우리의 눈은
휘둥그레졌다. 가방, 의류, 귀금속, 선글라스, 화장품, 수산물까지,
각각의 점포들에서 온갖 물건을 판매하고 있었다. 그야말로 캄보
디아 최대의 만물 상점가였다. 여기선 세계 유명 브랜드의 모조품
이 진품의 100분의 1도 안 되는 가격에 팔리고 있었다. 곧이어 안에
들어서자 사방에서 목소리가 들렸다.

"헤이, 중국인? 가방 좀 보고 가요."

"싸게 줄게요. 여기로 와요."

"구찌! 프라다! 지갑 필요하지 않아요?"

관광객을 본 상점 주인들은 기회를 놓치지 않고 호객 행위를 했
다. 고개를 돌리기만 해도 자신에게 오라고 손짓하는 모습에 인상

이 찌푸려졌다. 하지만 한편으로, 매일 이곳에 앉아서 똑같은 하루를 보내야 하는 상인들 또한 답답하겠다는 생각이 들었다. 그들에겐 이 일이 생업이니 말이다.

어느새 도착한 돔의 중심부에는 시계탑이 서 있었다. 창문의 노란 스테인드글라스 빛을 받아 진열대의 목걸이는 더욱 반짝였다. 우리는 이곳저곳 돌아다니며 다양한 물건을 구경했다. 그러다 보니 어느새 배고픔은 더욱 커졌다.

"킴, 우리 식사하러 갈까?"

"그래. 밥 먹을 곳을 찾아보자."

시장 안의 한 음식점에 들어간 우리는 국수를 주문했다. 국물을 한 술 뜨자 시큼한 고수 향이 입안을 자극했다. 나에겐 먹기 힘든 맛이었지만 꾸역꾸역 먹었다. 그러나 브랜던은 현지 음식이 입에 잘 맞는지 그릇을 싹싹 비웠다. 배를 채운 우리는 다시 오토바이에 올랐다.

다음으로 향한 곳은 캄보디아 국립 박물관이다. 프랑스 건축가가 설계한 이 건물은 1920년에 개관했다고 한다. 타오르는 불꽃처럼 장식된 처마 끝이 고풍스러웠다. 크메르 건축 양식으로 지어진 것이라 했다. 만약 이런 정보를 모른 채 방문했다면 종교 의식을 치르는 사원쯤으로 생각하고 그냥 지나쳤을 것 같다. 잠시 후 매표소 앞에서 내가 말했다.

"성인 두 명요."

"네. 표 받아 가세요."

정문의 계단을 오른 우리는 사방을 훑었다. 박물관의 내부는 생각보다 넓지 않았다. 아담한 'ㅁ' 자 구조로, 각 면마다 유물들이 배치되어 있었다. 놀라운 것은, 공간의 크기에 비해 상당히 많은 유물이 전시돼 있다는 점이었다. 선사시대의 토기에서부터 캄보디아 근현대의 물건까지, 오랜 역사와 문화가 어린 유물과 조각상들은 촘촘하게 자리를 지키며 관광객을 맞이하고 있었다. 현재 국립 박물관이 보유하고 있는 유물은 1만 4000점이 넘는데, 이곳에 전시된 것은 그중 일부였다.

수많은 조각상들 사이에서 나와 브랜던은 진지한 표정으로 유물을 감상했다. 그러던 중 한 설명문이 걸린 벽 앞에 섰다. 이 나라의 역사에 대해 간략히 정리한 내용이었다. 나는 문장의 줄을 바꾸어

캄보디아 국립 박물관.
크메르 양식으로 지어진 건물이 마치 사원 같아 보인다.
국립 박물관이라기엔 사뭇 작은 규모, 그러나 그 안에 전시된 유물은 알차다.

가며 천천히 읽기 시작했다.

초기 캄보디아의 정치사는 크게 세 개의 시대로 나뉜다고 적혀 있었다. 그중 세 번째에 해당하는 9~15세기 앙코르 시대에 호기심이 생겼다. 나는 인터넷을 검색하며 정보를 찾아보았다. 그러자 새로운 사실을 알게 되었다. 크메르 제국이 세워진 이 시기에 캄보디아는 강대국으로서 면모를 보였다는 것이다. 세력이 강할 때는 현재 태국의 동북부, 라오스와 베트남의 일부도 점령하여 동남아시아의 드넓은 영토를 호령했다고 한다. 캄보디아 역사의 전성기를 이끈 왕들 중에서도 가장 유명한 왕은 자야바르만 7세였다. 그는 크메르 제국의 혼란스러운 시기를 수습하고 세력을 떨쳐 전성기를 이끌었다. 그런 인기 때문인지 박물관의 중앙에 그의 좌상이 자리 잡고 있었다.

박물관에서는 앙코르와트에서 발굴된 유물들도 소소하게 볼 수 있었다. 일정상 시엠레아프에 위치한 앙코르와트를 보지 못하고 캄보디아를 떠나야 한다는 점이 아쉬웠다. 다음에 다시 여행을 온다면 반드시 가봐야겠다고 생각했다.

마지막으로 브랜던이 추천한 여행지는 프놈펜 왕궁이다. 우리가 들어간 매표소 안에는 이미 관광객들이 줄지어 대기하고 있었다. 나는 사람들 틈에 섞여 왕궁 내부로 통하는 오솔길을 걸었다. 발걸음이 궁정 입구에 다다랐을 즈음, 내 시야가 새로운 장소를 향해 활짝 열렸다. 궁정은 마치 흠 없이 조성된 공원 같았다. 카메라를 든 관광객들은 황금빛으로 뒤덮인 건축물들을 향해 셔터를 눌러댔다. 이곳은 1866년에 지어진 이후로 현재까지도 국왕이 거주한다고 했다.

뒷짐을 진 브랜던은 느긋하게 궁의 내부를 거닐었다. 무리를 지은 관광객들은 지도의 코스를 따라 이동했다. 건물 하나하나가 시선을 빼앗을 만큼 섬세하고 세련된 모습이었다. 하지만 나는 화려한 왕궁 속을 걸으면서도 마음이 마냥 편하지만은 않았다. 내가 캄보디아를 여행하는 동안 목격한 현지인들의 삶과는 사뭇 달랐기 때문이다. 그들이 보여준 일상은 이곳이 건네는 여유로움과는 거리가 있어 보였다. 사람들을 뒤쫓아 움직이다 보니 어느새 출구가 보였다. 이렇게 우리의 일일 여행은 마무리가 되었다.

캄보디아의 아물지 않은 상처

우리는 오토바이를 세워둔 주차장으로 걸어갔다.

시간은 아직 해가 쨍쨍한 오후 4시였다. 그러나 하루 동안에 구경한 관광지는 무려 다섯 곳이나 되었다. 단시간에 프놈펜을 둘러봤다는 것으로 의기양양해진 내가 말했다.

"프놈펜에 있는 관광지는 다 가본 거지?"

"응 거의. 너 지금 호스텔로 돌아가고 싶어?"

"당연하지. 일단 샤워부터 하고 싶어."

땀에 흥건하게 젖은 티셔츠 때문에 여간 찝찝한 게 아니었다. 하지만 브랜던은 무언가 아쉬움이 남은 듯한 표정이었다.

"왜? 너는 아직 가고 싶은 곳이 남았어?"

"응, 감옥."

"감옥이라고?"

순간 내 고개가 갸우뚱해졌다. 굳이 감옥 같은 데를 관광할 필요가 있나? 나는 그가 말한 것의 의미를 이해하지 못했다. 그런 나를 본 브랜던은 캄보디아의 현대사를 간략히 설명했다.

"70년대에 '폴 포트'라는 지도자가 캄보디아를 통치한 적이 있어. 그는 극단적인 공산주의를 내세우면서 자국민을 대량 학살했는데, '킬링필드' 사건으로 유명하지. 나는 당시에 수용소였던 곳을 가보고 싶어."

현재 그 수용소는 당시 상황을 그대로 보여주는 박물관이 되어 '킬링필드'의 참혹한 역사적 사실을 알리고 있다고 했다. 나는 브랜던의 말을 듣자마자 반드시 가봐야겠다고 결심했다. 뙤약볕 아래, 이마에 흐르는 땀을 닦으며 말했다.

"나도 그곳을 가보고 싶어."

오토바이를 타고서 대로를 따라 이동했다. 한참 시간이 지난 뒤, 브랜던이 뒤에서 손가락을 뻗으며 "저기야"라고 말했다. 그가 가리킨 곳에는 3층 높이의 건물이 보였다. 성한 곳 없이 벗겨진 외벽이 시대의 아픔을 고스란히 드러냈다. 분명 따뜻한 날이었지만 회색 콘크리트로 된 외벽은 차갑게만 느껴졌다.

마침내 '투올 슬렝 박물관'의 입구에 도착했다. 안으로 들어갈 무렵 브랜던의 목소리가 들렸다.

"이곳은 원래 고등학교였대. 그런데 국민들을 학살하기 위한 장소로 이용된 거야."

순간 온몸이 바르르 떨렸다. 학교와 수용소. 도저히 가까워질 수 없는 두 단어의 간극만큼 당시의 참혹함이 커다랗게 느껴졌다.

야자수가 심어진 정원을 건물들이 'ㄷ' 자 형태로 에워싸고 있었다. 나는 좌측 건물부터 들어갔다. 한때는 교실로 쓰였을 장소다. 하지만 그 안에는 고문용 철제 침대와 낡은 족쇄가 놓여 있었다. 이 곳에 약 2만 명이 들어왔으나 생존자는 단 열두 명밖에 없었다고 한다. 벽면에는 당시에 찍힌 흑백사진이 붙어 있었다. 발이 묶인 채 피를 쏟으며 죽은 한 남자, 장기를 배 밖으로 꺼내놓고 기절한 누인 의 모습. 인상이 찌푸려질 정도로 보기 힘든 사진들이었다. 여러 나 라에서 모여든 관광객들 모두 숨죽인 채 발걸음을 옮기며 둘러보고 있었다.

브랜던과 나는 정원으로 나왔다. 역시나 이곳에도 고문 도구가 배치돼 있었다. 물고문 하는 데 쓰인 커다란 항아리였다. 당시 광경 을 상상하니 한쪽 눈이 질끈 감겼다.

두 번째 건물로 발걸음을 옮겼다. 좁은 교실 안 사방에 수백 명의 영정 사진이 붙어 있었다. 희생자는 어린 소녀에서 늙은 노인까지 연령층이 다양했다. 그들은 사진기 앞에서 무슨 생각을 했을까. 순 간 눈동자가 나를 향한 듯한 느낌이 들어 숨이 멎을 것 같았다. 그 들의 눈빛이 처량해 보였다. 분명 저마다 꿈꾼 미래가 있었을 것이 다. 기회를 펼쳐보지도 못한 채 사라져간 그들을 생각하자 먹먹해 졌다. 평화로운 나라와 시대에 태어난 것은 결코 당연하게 여길 것 이 아님을 새삼 깨달았다.

이 모든 일을 자행한 사람은 크메르루주 정권의 지도자였던 폴 포트다. 그는 1975년에 내전에서 승리하여 프놈펜을 점령했다. 그 리고 국가 개조라는 미명 아래 대학살을 실행했다. 1979년까지 희 생된 국민의 수는 최대 200만 명으로 추산된다고 한다.

나와 브랜던은 남은 교실을 마저 돌았다. 참상을 살펴보며 우리

투올 슬렝 박물관의 을씨년스러운 풍경.
고등학교 교정이었다가 대학살의 현장이 된 이곳에서,
꿈이란 말조차 사치였을 사람들을 생각하니 말문이 막혔다.

는 서로 아무런 말도 할 수 없었다. 구름 낀 날씨의 풍경은 적막함
을 더했다. 안타깝게 희생된 사람들의 다음 생은 평안하기를 바랄
뿐이었다. 그리고 이런 안타까운 일이 다시는 발생하지 않기를 염
원했다. 나는 마음속으로 기도를 마친 뒤 박물관을 나왔다.

편지는 진심을 싣고

어느새 해는 뉘엿거리며 붉은 꼬리를 감추기 시작했다.

숙소에 돌아온 나는 허겁지겁 샤워를 마치고 지도를 손에 들었
다. 오늘이 가기 전에 다시 한 번 사무실에 가보려는 것이었다. 하지
만 내 모습을 본 브랜던은 걱정스러운 말투로 물었다.

"곧 어두워지는데 괜찮겠어?"

"응, 오늘 안에는 가봐야 할 것 같아."

"그럼 이걸 빌려줄게. 무슨 일이 생기면 써."

브랜던은 내 손에 자신의 스마트폰을 쥐여주었다. 어느새 우리 둘 사이에는 이만큼의 신뢰가 쌓여 있었다. 나는 그에게 고마움을 표했다.

다시 시동이 걸린 오토바이는 매연을 뒤로 뿜으며 질주했다. 조금이라도 늦는다면 사무실 문은 닫힐 것이다. 조급해진 나는 속력을 높였다. 하지만 노을은 생각보다 빨리 내려앉았다. 어느새 밤이라 불러도 될 정도로 깜깜해졌다. 이미 모두 퇴근하지 않았을까? 불안감이 스멀스멀 밀려왔다. 마침내 저 멀리 사무실이 보였다. 나는 환한 미소를 지었다. 다행히도 창문 밖으로 불빛이 새어나오고 있었기 때문이다.

건물 앞에 오토바이를 멈추고 숨을 골랐다. 최 대표를 만나면 어떻게 나를 소개할까? 긴장되는 마음으로 문을 열었다. 그러나 그곳에는 현지인 직원 한 명만이 사무실을 지키고 있었다. 어제 최 대표를 만났던 자리에는 아무도 없었다. 일단 나는 어제 내가 만난 분이 최대룡 대표가 맞는지부터 확인하고 싶었다. 만약 그가 맞다면 '초이'라는 이름을 사용할 터였다. 나는 직원에게 물었다.

"미스터 초이는 안 계시나요?"

"네, 지금은 안 계세요."

"그렇군요."

이름을 확인한 뒤 나는 미소를 지었다. 이곳은 역시 그의 사무실이었다. 하지만 문제는 지금부터였다. 최 대표에게 인터뷰를 요청해야 하기 때문이다. 어떻게 하면 좋을까 고민하기 시작했다. 순간

번뜩이는 아이디어가 떠올랐다. 손수 편지를 적어 남기는 것이다. 나는 내 상황을 적은 내용과 함께 만약 인터뷰에 응한다면 이메일 주소로 답변을 부탁한다는 말을 남기기로 했다. 갑작스레 찾아와서 만나달라고 하면 무례한 행동으로 보일 것 같았다. 직원에게 펜과 종이를 빌린 나는 사무실 구석에 앉아 편지를 작성했다. 그리고 직원에게 부탁했다.

"최 대표님이 오시면 전달해주시겠어요?"

"네, 그럴게요."

편지는 내 손을 떠났다. 어떤 결과로 이어질지는 알 수 없었다. 숙소로 돌아온 나는 단잠에 들 수 있었다.

다음 날 아침, 일어나자마자 전날 직원이 한 말이 떠올랐다. 그는 "최 대표님은 보통 오후에 이곳으로 오세요"라고 말했었다. 원래는 이메일 답장을 기다리려 했지만 나는 생각을 바꿨다. 최 대표를 직접 만나 뵙고 편지를 전달하고 싶다는 생각이 든 것이다. 점심 때가 되어 사무실에 도착해보니 아직 최 대표의 모습은 보이지 않았다.

"미스터 초이는 안에 계시나요?"

내가 한 직원에게 물었다. 그는 "대표님이 이곳에 언제 오실지 자세히 모르겠어요"라고 답했다.

거리로 나선 나는 잠시 주변을 산책했다. 오늘 인터뷰에 대한 응답을 들을 수 있으리라 생각하니 조마조마했다. 마음을 달래며 시간을 보낸 뒤, 다시 사무실에 들어섰다. 그런데 때마침, 유리창 안쪽에 노란 티셔츠를 입은 최 대표가 보였다. 그도 이제 막 회사에 들어선 모양이었다. 나는 그를 따라서 문을 열고 들어갔다. 마침 직원이 최 대표에게 내 편지를 전달하고 있었다.

"저 분이 쓴 편지예요."

직원은 손으로 나를 가리켰다. 최 대표와 눈이 마주친 순간, 그는 나에게 반갑게 영어로 말을 걸었다.

"여행은 즐거우셨나요?"

"네, 좋은 시간이었어요."

"며칠 전에 제가 당신을 만났었는데 기억하시나요?"

"네, 당연하죠."

특유의 환한 미소를 짓는 최 대표. 그는 아직 내가 여행자로서 찾아온 것으로 생각하는 듯했다. 나는 조심스럽게 입을 뗐다.

"사실 어제 제가 대표님께 드릴 편지를 썼어요."

입이 동그랗게 벌어진 그는 '굳이 왜 나에게?'라는 표정으로 나를 쳐다보았다. 그리고 봉투를 열어 편지를 읽기 시작했다. 그는 놀랍다는 듯이 읽다가 처음으로 우리말로 내게 물었다.

"한국인이었어요?"

"네."

최 대표는 다시 편지를 집중해서 읽었다. 그 짧은 순간이 내게는 한없이 길게 느껴졌다. 마침내 그의 입에서 한마디가 나왔다. "내일 봅시다." 그제야 나도 안도의 미소를 지었다.

"안치복 사장을 만났어요?"

"네. 며칠 전에 베트남에서 만나 뵈었습니다."

그가 잠시 무언가 골똘히 생각하는 틈을 놓치지 않고, 나는 그에게 편한 약속 시간과 장소를 물었다.

"저희 회사가 좀 먼데 괜찮아요?"

"네, 괜찮습니다!"

"그럼 내일 아침 우리 회사에 전화해서 택시를 한 대 잡으세요. 기사에게 본사로 가달라고 하면 됩니다. 내일 10시에서 11시 사이에 만나요."

"감사합니다! 내일 뵙겠습니다."

힘찬 목소리로 대답을 한 뒤 나는 사무실을 나왔다. 두 번째 나라 캄보디아에서 사업가와의 약속이 성사된 것이다.

다음 날 아침, 은색의 택시는 정해진 시간에 숙소 앞에 도착해 있었다. 노란 와이셔츠를 차려입은 기사는 환한 표정으로 말했다.

"반갑습니다."

나는 인사하며 본사로 가달라고 말했다. 구름 한 점 떠 있지 않은 맑은 날. 시내에서 멀리 떨어진 본사까지 차는 달려갔다. 택시가 도착한 곳에는 거대한 차고지가 보였다. 노란색 버스와 택시들이 운행 준비를 하고 있었다. 그리고 그 바로 옆에 본사가 위치해 있었다. 나는 문을 열고 안으로 들어갔다.

"대표님 계시나요?"

"아직 안 오셨어요."

실내 중앙에 앉아 있던 직원은 나를 응접실로 안내했다. 큰 책상 앞에 가죽 소파 네 개가 놓여 있었다. 나는 호기심 가득한 눈으로 이곳저곳을 살펴봤다. 벽면에는 거대한 프놈펜시 지도가 부착되어 있었다. 자세히 보니, 지도의 곳곳에 회사 마크 스티커가 붙어 있었다. 시내에 있는 지점들의 위치를 표시한 것이다.

잠시 후, 최 대표가 안으로 들어왔다. 그는 보기만 해도 기분이 좋아지는 표정으로 인사를 건네 왔다.

"많이 덥죠?"

에어컨을 켠 최 대표는 자상한 얼굴로 말했다.

"시원한 음료 한잔 할래요?"

"감사합니다!"

직원은 얼음을 동동 띄운 커피 두 잔을 가져왔다. 그리고 자연스럽게 인터뷰가 시작됐다.

트랜스초이스, 트래비초이스

최대룡 대표

부드러운 리더십과 신뢰의 서비스,
불모지를 갈아엎고 성공의 꽃을 피우다

최대룡 대표는 캄보디아 운송업계의 개척자이다.
그가 2009년에 설립한 트랜스초이스Transchoice는 '초이스택시'로 잘
알려진 회사로, 캄보디아에서 최초로 브랜드 택시와 콜택시 영업을
시작한 기업이다. 300명의 기사를 보유하고 있고, 근래에는 한국의
'타다'와 협약을 맺어 캄보디아 운송업 시장을 확장해나가기도 했다.
2010년 설립된 트래비초이스Traviechoice는 베트남 호찌민행 국제선
고속버스를 담당하고 있다. 최 대표는 금호고속 베트남 법인과
파트너십을 맺은 뒤, 캄보디아 내에서 호찌민행 최다 버스 노선,
그리고 매출액 1위를 달성했다.

우리는 소파에 마주 앉았다. 긴장된 나의 얼굴엔 어색한 미소가 감돌았다. 나는 침을 한 번 삼켰다.

김   시간 내주셔서 감사합니다. 저는 지금 대학교 4학년이고 올 8월에 졸업할 예정이에요.

바쁜 상황에도 시간을 허락해준 그에게 우선 감사를 표했다. 그러자 최 대표는 활짝 웃으며 입을 열었다.

최대룡 대표(이하 최)   그럼 이제 다 끝났네요?

김   네. 저는 수학을 전공했는데, 딱히 진로가 있어서 선택한 것은 아니었습니다. 그런데 지금에 와서 해외 사업에 대한 목표를 가지게 되었거든요.

최   어떤 쪽으로 생각을 하고 있어요?

김   분야 말씀이죠? 제가 그걸 알고 싶어서 여러 책을 봤지만, 글로만 길을 찾는 것은 어렵더라고요. 그래서 해외에 계신 사업가분들을 만나 말씀을 듣고 싶어서 찾아왔습니다. 저는 사업가가 되고 싶지만, 솔직히 사업가가 어떤 일을 하는 것인지 잘 모르기도 하고요. 단지 막연하게 사업을 하고 싶다고 생각하는 수준이랄까요.

최   그렇군요.

사실 내가 처음 사업에 관심을 가진 것은 단순한 이유였다. 진로를 찾는 과정 중에 다양한 소모임을 개설했는데, 새 프로젝트를 추진할 때 행복해하는 자신을 발견했기 때문이다. 이렇게 계속된 생각은 창업에 대한 호기심으로 이어졌다.

김 저는 특히 해외에 계신 분들에게 사업가로서의 삶과 사업의 분야에
　　대해 듣고 싶었어요. 한국에서 월급을 받으며 일한다면 좀 더 쉽게 생
　　활을 영위할 수 있는데, 굳이 해외에서, 그것도 위험 부담을 안고 사업
　　을 펼치는 까닭은 무엇인지……. 대표님께서는 어떤 이유로 캄보디아
　　로 건너와 사업에 도전하시게 됐나요?

자연스럽게 첫 번째 질문이 던져졌다. 과연 최 대표가 사업을 선
택하게 된 이유는 무엇이었을까?

사업가와 직장인은 다르지 않다

최 그보다 먼저 알아야 할 게 있어요. 월급을 받는 사람이나 사업을 하는
　　사람이나 본질은 사실상 같아요.

최 대표가 말했다. 나는 어떤 의미인지 더 듣고 싶었다. 몸이 앞
으로 기울어졌다.

최 사업은 아무나 다 할 수 있는 게 아니에요. 성격상 사업이 맞는 사람도
　　있고, 월급을 받으면서 다른 사람을 보조하며 일하는 게 맞는 사람도
　　있어요.
김 사람마다 가진 개성을 말씀하시는 건가요?

최 그렇죠. 과연 내가 사업가 스타일인가? 아니면 전문경영인 밑에서 기획을 해주는 게 맞는가? 아니면 영업에 자신이 있는가? 이런 걸 파악하는 게 우선이에요.

나는 고개를 끄덕였다. 이를테면 성격상 애초에 조직에 속하기 힘든 사람도 있기 때문이다. 이 경우 취직보다 자기 사업을 운영하는 게 나을 것이다. 최 대표는 이어서 설명했다.

최 자기의 적성부터 따져보고, 그 다음에 자신이 정말 사업을 할 수 있는지를 보는 거죠. 사업에 성공하기 위해서는 자기의 관심 분야를 잘 알고 있어야 해요. 그 분야를 즐기고 몰입할 수 있을 정도의 흥미가 있어야 하죠. 돈을 버는 것 자체는 사업의 결과물이잖아요?

김 네, 맞아요.

최 본인이 사업가가 아니라 월급을 받는 입장이더라도 원하는 분야에서 성공하는 데는 사업가 이상의 노력이 필요할 수도 있어요. 회사원이 조직에서 두각을 보이려면 그 누구보다도 창의적인 생각과 노력이 필요하거든요.

김 사실 전 직장인보다 사업가에게 더 많은 어려움이 있을 거라고 단순히 생각해온 거 같아요. 하지만 반드시 그렇지는 않다는 말씀이죠?

최 무엇이든 간에 성공하기 위해서 기본적으로 갖춰야 하는 일이 있잖아요? 월급을 받든 사업을 하든, 업무를 대하는 사람으로서 기본기를 갖춰야 하죠.

사업가와 샐러리맨. 이 둘은 직위에서 차이가 있을 뿐, 성공을 위해서는 기본을 다지고 노력해야 하는 건 마찬가지다. 나는 최 대표의 말을 통해서 '일'에 대한 개념을 확장시킬 수 있었다. 노트에 그 깨달음을 재빨리 적었다.

최 그러니 이 일이 내게 맞느냐, 좋아하는 일이냐, 잘할 수 있는 일이냐를 확인해야죠. 그 후에 내가 사업가 스타일인지 아니면 나 혼자서 다 하기에는 부족한 것이 많기 때문에 남을 서포트하는 게 맞는지에 대한 판단이 따라야 해요. 그래야 사업가로서든 샐러리맨으로서든 성공할 수 있어요.

김 우선 자신에 대해 정확히 알아야겠네요. 대표님이 생각하실 때는 기업가로서 가장 필요한 자질이 뭐라고 생각하시나요?

최 책임감이에요.

그는 망설임 없이 곧바로 대답했다.

최 기업에서 수익을 창출하는 건 사장 혼자서만 할 수 있는 게 아니잖아요. 물론 작은 가게를 열고 물건을 파는 사람은 자기가 그 일을 다 커버할 수 있겠지만, 그것은 '장사'겠죠. 사업가는 자기 밑에 전문 파트 담당자들을 두어야 하는데, 그들을 관리하고 이끌어가는 데 책임감이 필요해요.

그는 한 회사 안에는 제조, 회계, 기술 등 다양한 분야가 있음을 상기시켰다. 경영자는 그 모든 것을 살펴야 한다는 것이다.

김 그렇다면 사업을 하시면서 특히 신경 썼던 자기 관리 경험이나 사례가 있으신가요?

최 책임감이라는 것은 사소한 것에서부터 시작돼요. 본인이 사장이니까 늦게 출근할 수도 있고 빨리 퇴근할 수도 있는데, 책임감 있는 사람이라면 직원들보다 더 빨리 나올 수도 있고 더 늦게 들어갈 수두 있어야 해요.

김 누구보다 주인 의식을 가지고 있어야 한다는 말씀이네요?

최 그렇죠. 주인 의식은 자신에 대한 것이기도 하지만, 함께 일하는 모든 사람에 대한 책임감도 될 수 있어요. 회사가 잘못되면 누구든 책임을 져야 하잖아요? 직원들은 맡은 일에 대해서만 책임을 지면 되지만 사업가는 결국 모든 걸 다 책임져야 해요.

김 그렇군요.

최 회사에 문제가 생겼을 때 해당 부서나 직원을 지목하며 모든 책임을 묻는 사장이 이따끔 있어요. 근데 그게 결국은 자기가 자기에게 욕하는 셈이에요. 사장은 모든 부분에 대해 스스로 책임져야 해요.

사업에 대한 비전과 꿈

최 대표의 대답은 다음의 궁금증을 불러 일으켰다. '그가 막중한 책임감을 가지고 뛰어들 만큼 사업을 통해 이루고 싶은 꿈과 비전은 무엇일까?' 이내 답변이 돌아왔다.

최 저마다 사업을 할 때 목적으로 삼는 게 다른 법이죠. 어떤 분은 많은 돈을 벌기 위해서 사업을 하는 반면에, 어떤 분은 사업 목표의 성취 그 자체를 우선으로 생각하니까요.

김　대표님의 경우엔 어떤 것을 우선순위로 두시나요?

최　저는 돈 버는 데도 물론 목표가 있지만, 일을 만들고 이루는 데에서 오는 성취감이 보다 큰 것 같아요. 그래서 아직도 아이디어를 내고 시너지 효과를 낼 수 있는 부분을 만들어가고 있어요.

그는 주변 사람들로부터 종종 '왜 골치 아프게 사업을 넓히느냐'는 말을 듣는다고 한다. 사실 회사는 택시 한 가지만으로도 수익이 난다. 하지만 그는 버스와 트럭 운수업에까지 도전하고 있다. 뿐만 아니라 다른 지역으로의 사업 확장도 진행 중이었다.

최　수학을 전공했다고 하니 말하는 건데, 어려운 수학 문제를 풀었을 때 오는 만족감 알죠? 물론 돈도 벌어야겠지만 저는 그게 우선이에요.

김　그렇군요.

최　그걸 해내면 수익은 자동적으로 따라와요. 돈을 벌기 위해 마지못해 하는 건 일 하나하나가 짜증이 나요. 근데 성취감에 집중해서 사업을 벌이다 보면 부가적인 가치도 자연스레 따라오게 되는 거예요.

김　결국 대표님께서는 새로운 사업을 하면서 따라오는 재미에 힘을 얻으며 책임감을 갖고 일을 진행하시는 건가요?

그는 고개를 끄덕이며 말했다.

최　최우선 순위가 성취감. 거기엔 많은 책임이 따르고 고민도 많아요. 나 혼자서 할 수 없으니 직원들도 같이 노력해줘야 하고. 조직 관리에도 내가 해야 할 일이 많아요. 저는 사업을 거대한 예술 작품이라고 생각해요. 본인이 잘하면 다 되는 것 같지만, 자기 옆에 사람과 조건, 환경이 갖춰져야 비로소 제대로 이룰 수 있어요. 절대 나 혼자 잘해서는 사업이라는 게 될 수 없죠. 예를 들어 삼성그룹의 회장이 혼자 일을 다 하는 것은 아니잖아요? 본인이 혼자 반도체 만들고, 차와 배를 만들 수는 없어요. 밑에 유능한 직원들이 있었기에 되는 건데, 그런 사람들을 잘 뽑고 배려하는 게 사업가의 능력인 거예요.

김 네, 정말 그렇네요.

최 사실 모르는 게 많아도 돼요. 회계를 모른다고? 그럼 그걸 잘하는 사람을 뽑으면 되잖아요. 나 같은 경우는 직접 차량 정비를 할 수 없으니 잘하는 사람을 뽑으면 되죠. 문제는, 그런 사람들과 어떻게 조화를 이루는가. 이것이 결국 사업가의 능력이에요.

나는 최 대표와의 대화를 통해 기업가의 책임을 다시금 생각해 보았다. 혼자서 모든 일을 할 수 없기에, 조직원들이 열성을 다할 수 있는 환경과 조건을 만드는 것이 큰 역할임을 깨달았다.

갑질 현상에 대한 생각

근래 한국 사회에서 크게 불거진 이슈가 있다. 바로 사장과 직원 간의 관계에서 발생하는 '갑질 현상'이다. 나는 이런 현상이, 사장이 직원을 자신의 소유물로 여긴 결과라고 생각한다. 개개인의 소중함을 안다면 그럴 수 없기 때문이다. 그렇다면 최 대표는 어떤 입장일까? 그는 우선 자신이 직원에 대해 갖고 있는 생각을 밝혔다.

최   저는 제가 캄보디아라는 나라에 와 있는 것부터 해서, 저와 함께하고 있는 우리 직원들 자체가 다 제게 주어진 귀한 인연이라 생각해요. 어떤 사장은 자기가 월급을 주니까 직원은 시키는 대로 해야 한다고 생각해요. 하지만 사실은 달라요. 둘은 떨어져 있는 게 아니거든요. 직원이 일을 해주니까 내가 월급을 주는 거죠. 또 제가 월급을 주니까 직원은 일을 하고요.

김   네.

최   요새 한국에서는 '갑질'이 기승이라고 하는데, 보기에 참 안타까워요. 저 사람이 있으니까 내가 있는 거예요. 아무리 제가 돈을 주고 일을 시키고 싶어도 일할 사람이 없으면 불가능하잖아요? 그러니 서로 존중해야 해요. 저 사람들은 제게 돈을 벌게 해주는 사람들이잖아요.

김   네. 맞아요.

최   우리 기사들이 열심히 손님을 태워서 돈을 벌어다 주니까 저도 사는 거죠. 그러니 '너는 직원이니까 시키는 대로만 해!' 이런 건 절대 있을 수가 없어요.

김   간단하지만 멋있는 말씀이네요.

최   사업이란 게 거창한 게 아니고, 본인에게 직원 한 사람만 있어도 사업이잖아요. 그 직원과의 관계, 그리고 각각의 역할이 중요하죠.

사장과 직원은 갑과 을의 수직 관계가 아니라, 서로를 위해 존재하는 공생의 관계라는 얘기였다. 내가 최 대표에게 질문했다.

김   대표님께서는 직원들과 마음을 맞추는 노하우가 있으신가요?

최   사장부터 청소 담당 직원에 이르기까지, 일에 있어서 다 동등하다는 개념을 가지고 있어야 돼요. 오늘은 제가 잠깐 외부 일이 있어 유니폼을 안 입고 왔는데…….

김   아, 저번에 뵈었을 때 입고 계셨어요.

첫 만남 때 그가 입고 있었던 노란색 티셔츠가 떠올랐다. 직원과 같은 옷을 입고 있으니 나도 그가 대표인지 모르고 지나쳤던 것이다. 최 대표가 말을 이었다.

최   회사에는 사장이나 세차하는 사람이나 각각 역할이 있죠. 그 역할들이 얼핏 크거나 작아 보일 수도 있지만 사실은 다 중요해요. 일은 만들어나가기에 따라 달라지는 거니까요. 나는 사장이니까 지시만 한다? 아니에요. 자기가 맡은 분야에서 모두가 최선을 다할 때 사업은 크는 거예요.

김   서로 존중해주는 게 중요하네요.

최   그렇죠. 존중과 배려. 직위가 높은 사람은 아래 직위의 사람을 배려해주고, 직원들은 사장의 경영에 대해서 존중하는 거예요. 서로의 역할을 이해하고 인정해주는 거죠. 다 동등한 거예요.

나는 그제서야, 그가 맨 처음에 자기 적성을 먼저 파악하는 것이 중요하다고 말한 까닭을 깨달았다. 모두가 자신이 잘할 수 있는 역할을 찾고, 서로 그 역할을 존중하는 자세가 필요하다는 메시지였다. 최 대표는 계속해서 설명했다.

최 청소부라고 해서 일이 나쁘고 낮은 게 아니에요. 맡은 역할에 최선을 다하다 보면 나중에는 자기 세차장을 운영할 수도 있죠. 한국의 금호고속 같은 경우도 처음에 광주 택시 두 대로 시작했거든요. 그 택시 두 대가 열 대가 되고, 나아가 버스 사업까지 할 수 있었어요. 결국 항공업까지 하는 금호그룹이 되었잖아요? 자기가 택시를 하든 세차를 하든 포지션 자체는 상관이 없어요.

김 네. 잘 알겠습니다.

최 그래서 처음에 자기가 무얼 할 수 있는가를 먼저 파악하는 게 중요해요. 그냥 사업을 하고 싶다고만 하면 안 돼요. 내가 지금 하고 있는 역할, 나의 능력을 객관화해서 본 뒤에, 사업을 하고 싶으면 자기가 어떤 단계를 밟아나갈 것인가를 생각해야죠. 하루아침에 사업가가 되는 게 아니니까요.

나는 그의 말을 곱씹으며 되뇌었다. 누구나 회사에서의 직위와 관계없이 자신의 역할에 최선을 다하고, 나중에 그걸 자기 사업화하면 하나의 기업을 이루게 된다는 것. 각각의 직원이 미래에 어떤 사람이 되어 있을지는 알 수 없는 일이다. 그렇기에 더욱 서로 존중하고 배려하는 자세가 필요하다.

최 대표의 캄보디아 창업 스토리

캄보디아에서 최 대표는 두 개의 회사를 경영하고 있었다.
첫 번째는 2009년에 설립한 택시 회사 '트랜스초이스'이고, 또 하나는 2010년에 설립한 국제노선 버스 회사 '트래비초이스'이다. 두 업체 모두 운송업이라는 공통점이 있었다. 그렇기에 나는 최 대표가 창업 전에도 이와 관련된 업무 경험을 쌓았으리라 추측했다. 하지만 그는 "이것과는 무관하게 베트남에서 한 14년을 살았어요"라고 말했다. 자연스럽게 최 대표는 '트렌스초이스'의 창업 스토리를 들려주기 시작했다.

> **최** 2008년쯤, 캄보디아에 출장을 왔었어요. 와보니 여긴 택시가 없는 거예요. 의아했죠. 저는 그때 사업을 하고 싶다기보다는 시장의 필요성을 깨달은 거예요.

낯선 땅에 출장을 왔는데 택시가 없자 그는 여러 가지 불편을 겪었다. 미팅 장소에 가야 하는데 렌터카를 빌리기엔 애매하고, 결국 정장을 입은 채 툭툭을 타고 갔다는 것이다. 그는 스스로의 경험을 통해 수요를 파악하고 캄보디아 시장에서 택시의 필요성을 느낀 것이다. 이후 그가 사업을 시작하게 된 것은 우연한 기회에서 비롯되었다.

> **최** 그러고 있는데 나중에 프놈펜 시청으로부터 제안을 하나 받았어요. 시장님이 제게 캄보디아에서 뭐 하고 싶은 거 없느냐고 묻는 거예요.
>
> **김** 와! 그래서요?
>
> **최** 그때 제가 아무 생각이 없었다면 말을 못했을 겁니다. 하지만 그때 저는 택시가 필요하다고 생각을 했기에 '외국인으로서 겪어보니 택시가 있으면 좋겠다'고 말한 거예요.

당시 시장은 그에게 사업 제안서를 넣어보라고 권했다고 한다. 결국 사업에 대한 구상이 이미 있었기 때문에 순간의 기회를 잡을 수 있었던 것이다. 내가 말했다.

김 그래서 자리가 났나요?

최 네. 쿼터 두 개를 정부에서 만들어줬는데 하나는 중국인이 가져가고, 나머지 하나를 시장님이 저에게 준 거죠. 그렇게 택시를 하게 됐어요. 사업을 시작할 때 저는 베트남에서 택시 사업이 크는 것을 봤기 때문에 이 나라에서도 분명히 될 거라고 생각을 했어요.

하지만 캄보디아 내의 한국인들은 우려의 말을 했다고 한다. 사람들이 저렴한 툭툭을 타지 왜 택시를 이용하겠냐는 것이었다. 하지만 그들의 생각과는 다르게 사업은 순조롭게 진행되었다.

나는 최 대표로부터 창업자가 갖춰야 할 자세들 가운데 중요한 것을 배웠다. 어느 곳을 가든 거기서 필요한 것, 그러니까 수요가 있을 만한 것이 무엇인지 주의 깊게 생각해야 한다는 사실이었다. 거기서부터 사업 구상의 첫 단추가 꿰어지기 때문이다. 나는 이어서 궁금한 점을 질문했다.

김 그러면 회사가 자리 잡기까지는 어떤 경영 전략을 사용하셨나요?

최 우리는 캄보디아 최초의 브랜드 택시를 만들었어요.

당시 캄보디아 내 택시 회사는 기사를 고용해서 중개해주는 수준의 영업에 머물러 있었다고 한다. 그런 상황에서 그는 캄보디아 최초로 택시에 브랜드를 붙여 손님들에게 신뢰감 있는 서비스를 제공하기 시작했다.

> **최** 그리고 캄보디아 최초로 콜센터 마케팅을 했죠. 앞뒤가 똑같은 전화번호를 붙여서 사람들이 외우기 쉽게 했어요.
>
> **김** 당시 경쟁 회사는 그러지 않았나 보네요?
>
> **최** 네. 그때는 전화번호를 활용해서 마케팅을 한다는 개념이 없었어요. 하지만 우리는 길에서 잡아 타는 택시 말고, 전화 예약 방식으로 영업하기 때문에 이렇게 한 거죠.

그에게는 항상 최초라는 수식어가 따라 붙었다. 그만큼 도전적으로 사업을 한 것이다. 또한 최 대표는 기사를 채용할 때 입사 전에 지도 보는 법을 정확히 파악했는지 확인하는 테스트를 했다고 한다.

> **최** 과거 캄보디아 기사들의 수준은 지도에서 동서남북을 구분할 줄 아는 사람이 없을 정도였어요. 교육 과정에서 일정 점수를 넘지 못하면 연수를 계속하게 했죠.

이렇게 철저한 교육과 서비스 질 향상을 통해서 초이스택시는 신뢰를 주는 회사로 거듭났다. 회사에는 300명의 운전기사가 근무하고 있었다.

이어서 그는 2010년에 '트래비초이스'를 설립했다. 이 회사는 한국의 금호고속과 파트너십을 맺어 국제노선 버스를 운영하고 있었다. 최 대표는 이것에 대해 자세히 설명했다.

최 2010년에 금호고속은 다른 회사와 파트너십을 맺고 있었는데, 그때는
    하루에 두 편을 운행하는 정도였어요.

김 그러면 어떻게 대표님이 회사를 맡게 되신 건가요?

그는 과거를 떠올리며 말했다. 당시 금호고속 측에는 고민이 있
었다고 한다. 주로 밤에 버스가 프놈펜에 도착했는데 거리가 어둡
고 손님들이 정류장에서 집까지 타고 갈 교통수단이 없었다는 것
이다. 그래서 금호고속 측에서 정류장에 초이스택시를 대기시켜달
라고 요청했다고 한다. 그 일로 금호고속 쪽과 미팅을 하게 된 것이
다. 최 대표가 말했다.

최 그때 저는 금호고속이 한국 최고의 버스 회사인데, 여기서는 타 회사
    에 비해 이용률이 낮은 것에 대한 아쉬움을 전했어요.

김 그러셨군요.

최 그랬더니 그쪽에서 제게 캄보디아 영업을 맡아줄 수 있겠냐고 제안한
    거죠. 저는 거절할 이유가 없었고요.

그렇게 트래비초이스가 시작되었다. 그때부터 그는 획기적인 서
비스를 제공했다고 한다. 세 명 이상 버스를 예약하면 집에서 터미
널까지 택시로 무료 픽업 서비스를 제공한 것이다. 그러면서 점차
고객이 불어났다고 한다. 최 대표는 입을 열었다.

김　다른 업체들은 그런 서비스를 해줄 수가 없었겠네요?

최　그렇죠. 택시 회사를 함께 운영하는 곳은 없었으니까요.

그만이 할 수 있는 적극적인 마케팅이었다. 이후에 최 대표는 터미널 환경을 새롭게 바꾸고, 직원 교육 수준과 서비스 마인드를 향상시키면서, 트래비초이스를 하루에 10편 운행하는 매출 1위 국제노선 버스 회사로 발돋움시켰다.

최　지금도 버스에서 기사와 조수 모두 유니폼을 입고 일하는 곳은 우리 밖에 없어요.

그는 자부심에 찬 표정으로 말했다. 캄보디아 운송업계에서 살아 있는 신화를 이룬 것이다. 최 대표는 운송업계의 불모지와 같은

서글서글한 인상의 최대룡 대표.
사장과 종업원은 모두 동등하다는 생각을 갖고 있는 그는,
부드러운 리더십과 신뢰의 경영 전략을 통해
캄보디아 운송업계에서 독창적인 사업 방식을 일구었다.

이곳에서 개척 정신으로 이런 성공을 이뤄냈다.

캄보디아에서 사업할 때의 어려움

파란색 노트에는 최 대표로부터 얻은 가르침이 빼곡히 기록되었다. 하지만 나에겐 아직 궁금한 점이 있었다. 캄보디아 특성상 한국인이 사업하기에 힘든 점은 없는지 알고 싶었던 것이다. 그에게 질문했다.

김 캄보디아에서 사업하시면서 가장 어려웠던 점은 무엇인가요?

최 소통 문제, 그리고 문화적인 차이요. 처음에 내가 이 사업을 시작했을 때는 여기에 택시가 거의 없었으니까 새로운 것을 만든 셈이잖아요.

나는 다시 펜을 들고 그의 말에 집중했다.

최 원래 툭툭의 운임은 사람 수마다 달라요. 그러니 어떤 사람은 콜센터에 전화해서 택시에 두 사람이 타면 얼마냐고 물어보는 경우도 있었어요. 그리고 택시에 에어컨이 있다고 하니 비쌀 거라고 생각하기도 했죠.

기존에 없던 문화가 받아들여지기까진 시간이 필요하다. 프놈펜 시민들에게 택시에 대한 인식을 심어주기까지 어려움이 있었으리라 생각되었다. 그는 또 한 가지 어려움을 설명했다.

최 개업 초기엔 기사들에게 서비스 마인드라는 게 없었어요. 그런 걸 교육시키는 것도 중요했죠. 서비스 관리 면에서 볼 때, 현재까지도 문화적인 수준 차이가 굉장히 커요.

문화의 차이를 극복하기 위한 최 대표의 노력은 현재 신행형이었다. 하지만 에너지 넘치는 그의 모습에서는 사업이 더욱 번창하리라는 확신이 느껴졌다.

인생의 목표

사실 기업가들을 만나면 꼭 묻고 싶은 게 있었다. 스스로 사업을 하면서 행복하다고 느끼는지 말이다. 나는 몸을 숙인 채 조심스럽게 질문했다. 그러자 최 대표는 환한 얼굴로 대답했다.

최 내가 추구하는 바가 이루어지고 목표가 달성되었을 때 느끼는 성취감이 바로 행복이죠. 그 행복의 정도는 개인의 목표가 어느 정도냐에 따라 다르겠죠.

김 만족하는 수준이 다 다르다는 말씀이죠?

최 옛날에 어른들이 그랬잖아요. 천석꾼은 천 가지 걱정, 만석꾼은 만 가지 걱정.

나는 이어서 궁금한 점을 물었다.

김 사업이 어려울 때나 실패할 수도 있는 상황에서는 어떤 생각을 하면서 극복하셨어요?

최 항상 중요한 게 뭐냐면, 긍정적인 마인드에요. 사업에는 사이클이 있어요. 내려갈 때 겁을 내고 불안해하기보다는 '이게 하나의 과정이다. 다시 떠오를 것이다'라는 마인드가 있으면 그 힘 때문에 올라가요. 사람 사는 게 그래요. 내려갈 때 긍정적인 마인드로 자신을 다잡으며 다음을 대비해나가는 거죠.

그의 긍정의 힘이 어디서 나오는지 알 것 같았다. 나는 그에게 "대표님은 철학이 확실한 거 같아요. 생각도 확실하시고요"라고 말했다. 그러자 그는 웃으면서 "나름대로요"라고 대답했다.

기다란 컵을 가득 채웠던 커피는 어느새 바닥을 보인 지 오래다. 순식간에 시간이 흘러버렸다. 나는 그에게 마지막으로 질문했다.

김 이루고 싶은 목표나 인생의 목적이 있으시다면 무엇인지 말씀해주실 수 있나요?

그에게는 어떤 원대한 목표가 있을까? 나는 그의 대답을 기대했다. 그러나 최 대표의 입에서 나온 것은 아주 간단한 한마디였다.

최 여기 그리고 지금. 내가 있는 여기에서 최선을 다하면 그 오늘이 내일이 되죠. 먼 미래의 목표를 미리 잡아두긴 쉽지 않아요. 그것을 가늠해보려면 지금 내가 하는 일을 보면 되죠.

나는 크게 공감했다. 보통은 새로운 계획을 위해 거창하게 목표를 세우지만, 실제로 가장 중요한 것은 현재에 주어진 기회를 얼마나 잘 살리느냐이기 때문이다. 그의 말은 묵직하게 내 가슴에 울려 퍼졌다.

최 지금 내가 하는 일은 미래에도 마찬가지일 거예요.

김 그렇군요.

최 내가 지금 있는 이 자리는 갑자기 뚝 떨어진 게 아니에요. 10년 뒤의 목표? 솔직히 잘 몰라요. 지금 여기서 하는 일이 곧 그 목표로 발전하는 것이죠.

김 그래서 지금 최선을 다하시는 거죠?

최 그렇죠. '지금, 여기서' 하는 거예요. 다른 데 가서 할 필요도 없이요.

김 말씀 정말 감사합니다. 큰 도움이 되었어요.

마무리

나는 인터뷰에 응해준 그에게 감사를 표했다. 연락도 없이 찾아온 것에 대해 무례하게 여기진 않았을까 걱정되었지만, 최 대표는 오히려 겸손하게 자신을 낮추었다.

최 글쎄요. 제가 부족한 부분이 많아서요.

김 정말 배울 게 많았습니다. 제가 이렇게 인터뷰하는 이유는 사실 미래에 대한 불안감 때문이었거든요. 하지만 대표님 말씀을 듣고 현재의 일에 최선을 다해야겠다고 결심했어요.

최 그래요. 한마디 덧붙이자면, 지금 하고 있는 일에 대한 집중도에 더해 창의적인 마인드를 가지길 바라요. 아무 생각 없이 일만 열심히 한다고 다 되는 건 아니잖아요.

그는 놓치지 말아야 할 부분까지 섬세히 짚어주었다.

김 혹시 마지막으로 편하게 들려주실 말씀이 있으신가요?

최 뭐, 특별히 있겠어요? 음…….

최 대표는 잠시 생각하더니 입을 열었다

최 한 가지 떠오르네요. 사실 제가 인턴을 채용하려 할 때마다 느낀 점이 있어요. 한국 대학생들을 대상으로 지원을 받을 때 보면, 그들은 늘 캄보디아에 오는 것을 후순위로 미뤄요. 이곳에 오면 여러 가지로 불편하리라 짐작하는 거죠. 그래서 다들 해외 취업을 한다면 미국, 일본에 가고 싶어하죠. 물론 그곳에 가서 배울 수 있는 기술적인 부분은 많겠지만, 이미 갖춰진 나라에서 새로운 사업을 굴리기엔 어려움이 있다는 걸 생각하면 좋겠어요. 캄보디아 같은 나라에 와서 한국에서와의 차이점을 느끼면서 일을 시작하는 것도 훗날 사업하는 데에 큰 도움이 된다는 사실을 알려주고 싶네요.

김 네. 들려주셔서 감사합니다.

최 만약 제가 일본에 갔다면 택시 사업을 할 수 있었을까요? 캄보디아에서 택시는 당시 미개척 분야였기 때문에 가능성이 있었거든요. 많은 것이 갖춰지지 않은 곳에 오히려 기회가 열려 있다는 걸 생각하면 좋겠어요.

나는 그에게 마지막으로 인사를 하고 인터뷰를 마쳤다.

김 좋은 말씀 감사합니다. 멋진 기업가가 되어서 찾아뵙겠습니다!

더할 나위 없이 모든 것이 완벽했다.

이제 인터뷰 목표를 달성했고, 내일 가벼운 마음으로 라오스로 떠나면 되는 상황. 회사를 나온 뒤, 나는 모또를 타고 숙소 주변으로 향했다. 남은 하루는 침대에 누워 편하게 휴식할 생각이었다. 그날 갑작스러운 사건에 휘말리기 전까지는 그랬다.

점심거리를 사려 편의점에 들렀다. 나는 가게에 들어서자마자 깜짝 놀랐다. 스피커에서 케이팝이 흘러나왔기 때문이다. 그리고 진열대에 놓인 가수 '싸이'를 닮은 인형을 보며 한류의 위력을 실감했다. 기분이 좋아진 나는 물건을 고르는 데에 열중하고 있었다. 그때 한 여자가 다가왔다.

"중국인이세요?"

현지인인 그녀는 영어로 말을 걸었다. 여자는 사십 대 중반으로 보이는 얼굴에, 몸은 무척 통통했다.

"아니요. 한국 사람이에요."

"와, 한국인? 안.녕.하.세.요."

여자는 어설픈 한국어로 인사했다. 그녀의 애쓰는 모습을 보니 나는 자연스럽게 미소가 지어졌다. 이어서 여자가 영어로 말했다.

"혹시 서울에 대해서 같이 얘기해도 될까요?"

"네, 문제없죠."

나도 일을 마친 뒤라 여유가 있었다. 내가 그녀에게 계산 먼저 하고 보자고 말을 전했다. 잠시 후 편의점을 나오니 여자는 혼자가 아니었다. 옆에는 키 작은 남자 한 명이 함께 있었다. 그녀는 나에게 보자고 한 이유를 설명하기 시작했다.

"사실 제게 여동생이 있어요. 직업은 간호사인데, 다음 달에 한국에 있는 삼성서울병원으로 파견을 가요."

그녀의 목소리에서는 해외로 파견 근무를 가는 동생에 대한 자부심과 동시에 염려가 묻어 나왔다. 그녀는 "그 애를 잠낀 만나서 대화해줄 수 있어요?"라고 부탁했다.

"네, 서울 생활에 대해 얘기해주면 되죠? 여기로 데려오세요."

"그런데 걔가 저희 집으로 온다고 해서요. 같이 저희 집에 가주실 수 있나요?"

순간 멈칫했다. 갑작스러운 전개였기 때문이다. 하지만 동생에 대한 측은지심과, 현지인의 집에 방문하는 것도 색다른 경험이 되리란 생각에 나는 과감한 선택을 하고야 말았다. 그녀의 요청에 "좋아요"라고 수락한 것이다. 나는 남자의 오토바이에 올랐다. 오토바이는 십오 분을 넘게 달려 한 주택 앞에서 멈췄다. 곧바로 내 눈이 크게 떠졌다. 내 앞에는 커다랗고 하얀 대문을 단 개인 주택이 있었다. 꽤 부유해 보였다. 대문이 열리자 차고에는 렉서스 SUV 차량이 주차돼 있었다. 여자는 자랑스럽게 "제 오빠 거예요"라고 말하며 집 안으로 안내했다.

하얀 대리석이 깔린 통로를 따라 들어가자 거실이 나왔다. 창문에는 연한 색의 커튼이 드리워져 있었다. 머쓱하게 소파에 앉은 나는 고개를 두리번거렸다. 잠시 후 멀리서 들려오는 발자국 소리에 깜짝 놀랐다. 쿵쿵, 커다란 소리를 내며 들어온 사람은 거구의 남자였다.

"안녕하세요. 제 이름은 디루입니다."

턱수염이 얼굴을 뒤덮은 그는 걸걸한 목소리로 말했다. 그리고 나를 데려온 여자는 '애나'라고 했다. 남자는 상세히 자신을 소개하기 시작했다. 그의 직업은 카지노 딜러이고, 자신이 번 돈을 생계가 힘든 아이들을 위해 기부한다고 했다.

"저는 돈을 행복이라고 생각해요. 저는 언제나 돈을 벌 수 있는 반면, 노숙자는 그러지 못해요. 그들에게 돈을 주고 행복을 받는 것이죠. 캄보디아는 부패한 지 오래예요. 국민들은 가난으로 고통받고 있죠."

"사실 저도 캄보디아에서 비슷하게 느낀 게 있었어요."

내가 대답하자 디루는 최근 만난 사람에게 화가 났다며 말했다.

"며칠 전에는 카지노에 싱가포르의 부자가 왔었어요. 돈을 많이 번다기에 가난한 이들을 위해 조금 후원해달라고 부탁했죠. 그런데 그는 '걔들은 내 자식이 아니잖아'라면서 매몰차게 거절하더군요."

"음, 안타까운 일이네요."

"맞아요. 참, 제 여동생은 지금 오고 있대요. 그 전에 식사부터 하실래요?"

얼마 후 테이블 위에 차려진 음식을 보자 눈이 휘둥그레졌다. 훈제 오리고기와 채소 샐러드, 그리고 직접 튀긴 치킨 요리까지. 캄보디아에서 쉽게 대접받기 힘든 메뉴였다. 그들은 계속해서 나를 정성껏 대해주었다. 식사를 마친 뒤, 애나는 "여동생이 10분 뒤에 도착한대요"라고 말했다. 나는 어색하게 그 자리에 앉아 있었다. 그때 디루가 입을 열었다.

"기다리는 동안 제가 블랙잭 가르쳐드릴까요?"

시간을 보낼 겸 그에게 카드 게임을 배우기 시작했다. 그저 친선 게임이라 생각했다. 디루는 식탁 위에 카지노용 붉은 천을 깔았다. 그리고 칩을 올린 뒤에 나에게 규칙을 설명하기 시작했다.

"규칙은 이래요. 서로 카드를 하나씩 뒤집으면서 수를 합산해요. 그리고 21에 가장 가까운 사람이 이기는 게임입니다. 만약 숫자가 더 적거나 21을 초과하면 지게 돼요."

나는 몇 분 동안 그를 상대로 게임을 했다. 그리고 내가 규칙을 익힐 무렵 디루가 말을 걸었다.

"하하. 게임을 빨리 익히네요. 킴, 블랙잭에는 무조건 이기는 방법이 있는데 알려줄까요?"

"그런 게 있어요?"

"딜러가 몰래 옆 사람이 가진 카드를 보는 거예요. 그리고 손동작으로 상대가 쥔 숫자를 알려주는 거죠. 잘 봐요."

갑자기 그는 왼팔로 턱을 괴는 시늉을 했다. 그런 뒤 오른손으로 왼쪽 팔꿈치를 감쌌다. 그리고 손가락을 펼쳐서 옆의 참가자가 가진 숫자를 알려주었다.

"엄지손가락만 펴면? 옆 사람이 2를 가지고 있는 거죠. 손가락 두 개는 4, 세 개는 6, 이렇게 알려주는 거예요. 만약 새끼손가락부터 펴면 홀수로 생각하면 돼요."

사설 도박장에서 비일비재하게 발생할 일이라 생각하니 소름이 돋았다. 훗날 도박에 빠지지 않기 위해서라도 미리 알아두길 잘했다고 생각했다. 하지만 그때 디루는 나에게 위험한 제안을 했다.

"좀 있다가 싱가포르의 부자가 와요. 우리 같이 그 사람 돈을 따냅시다."

"네? 뭐라고요?"

오리고기와 샐러드, 치킨 요리로 융숭한 식사 대접을 해준 그들은,
곧 사기 도박단으로 돌변해 나를 옥죄어왔다.

"그걸 따서 가난한 아이들에게 주는 거예요. 그리고 당신에게도
좀 나눠줄게요."

나는 순간 어안이 벙벙했다. 당연히 그들의 사기 행각에 동참할
생각은 없었다. 내가 입을 열었다.

"안 되겠어요. 저는 안 할래요."

"이건 아이들을 위한 거야!"

갑자기 그는 눈을 부릅뜨며 목소리를 높였다.

"아니요. 목적이 어떻든 간에 방법이 잘못됐어요. 그 부자도 고
생하면서 돈을 벌었다는 걸 잊으면 안 돼요."

"아니, 그 부자의 아버지는 마약을 팔아서 돈을 벌었어."

"우리가 돈을 벌기 위해 그를 속인다면 똑같은 사람이 될 뿐이에
요. 이건 제 철학이에요. 하지 않겠습니다."

결국 그가 원하는 것은 돈이었다. 나는 지갑에서 10달러 지폐를

꺼내 "아이들을 위한 것이라면 이걸 쓰세요"라며 건넸다.

"오, 후원을 하겠다는 거지?"

돈을 보고 부드러운 말투로 변한 그를 보자 토할 것 같은 기분이 들었다. 하지만 그는 성에 차지 않은 표정이었다.

"10달러로는 안 돼. 애들 밥값은 20달러라고!"

실랑이를 벌이는 사이 싱가포르 부자가 모습을 드러냈다. 백발의 노인인 그는 겨드랑이에 돈 가방을 끼고 있었다. 갑자기 디루는 가식적인 웃음을 지으며 손님을 접대하기 시작했다. 부자는 자연스럽게 테이블 앞에 앉았다. 그리고 상대편 측에는 애나가 앉았다.

"김도 함께하는 거 어때?" 그녀는 살랑거리는 미소를 지으며 내게 말했다. 나는 거절했다. 이후 남매는 능숙하게 부자를 속였다.

"운이 좋으시군요."

부자는 여유롭게 웃으며 돈을 건넸다. 그의 가방에서 3000달러가 빠져나가는 데는 오 분도 걸리지 않았다. 나는 그 현장을 똑똑히 기억하기로 했다. 이제 내가 여기에 있을 이유는 없었다.

"동생이 온다는 거, 다 거짓말이죠?"

내가 따지기 시작하자 그들은 당황하며 나를 밖으로 내쫓았다. 하지만 주차장에 내려온 뒤 나는 무언가 사라졌음을 깨달았다. 손에 들고 있던 일기장이 온데간데없었다. 나는 별수 없이 다시 집 안으로 들어갔다. 그런데 이어서 내가 본 장면은 나를 소름끼치게 만들었다. 방금까지 게임에 열중하던 사람들이 소파에 나란히 앉아 다음 계획을 짜고 있었던 것이다. 결국 싱가포르 부자라던 자도 한 패였다. 우연을 가장한 만남, 고급 차와 주택. 사기의 과정이 퍼즐 조각처럼 맞춰졌다. 하지만 일기는 아무리 찾아도 보이지 않았다.

"저를 만났던 곳으로 다시 데려다줘요!"

결국 그들은 나를 오토바이에 태워 편의점 앞에 내려주고 떠났다. 그들이 내게 보여준 마지막 모습은 섬찟하기 짝이 없었다. 오토바이의 뒤에 앉은 애나는 먹이를 놓쳐 화가 난다는 표정으로 나를 노려보고 있었다.

처음부터 다시 해야 한다고?!

애초에 나는 여행을 앞두고 세워놓은 계획이 있었다.

그건 바로, 동남아에서 한인 사업가들을 찾아다니며 기록한 이야기를 엮어 책을 내겠다는 것이다. 그렇기에 힘든 일정 속에서도 나는 매일 두 시간 이상을 들여 일기를 쓰고 있었다. 그 안에는 인터뷰 내용 말고도 시시콜콜한 이야기까지 적어놓은 터라 기록된 양이 꽤 많았다. 그런데 그 소중한 노트가 갑자기 사라진 것이다. 어느덧 오늘은 해외에 온 지 8일째나 되는 날이었다. 이대로라면 그동안의 기록이 통째로 날아간다는 생각이 들자 나는 정신이 아득해졌다.

숙소에 돌아오자마자 하루 동안 어느 장소에 들렀는지 떠올려보았다. 분명히 오전에 인터뷰를 할 때까지는 손에 들려 있었는데…… 그렇다면 의심이 가는 지점은 사무실을 나온 순간과 편의점이었다. 나는 곧바로 숙소 앞 편의점을 향해 뛰어갔다. 물론 그 사이 이미 누군가 주워 갔다면 희망은 없었다. 직원에게 물었다.

"혹시 파란색 노트 못 봤어요?"

"노트요? 못 봤어요."

그는 고개를 저었다. 외부의 파라솔과 의자도 훑어봤지만 노트는 보이지 않았다. 순간 시야가 아득해지는 느낌이 들었다. 길거리로 나온 뒤 모또 기사를 붙잡고 말했다.

"초이스택시 본사로 가주세요. 가능한 한 빨리요."

"네. 타세요."

모또를 타고 가면서 시원한 바람을 맞아도 이마에서는 식은땀이 흘렀다. 내가 왜 이런 실수를 한 건지 후회스러웠다.

도착한 장소에도 노트는 보이지 않았다. 결국 어깨에 힘이 풀린 나는 현실을 인정하기로 했다. 더 이상 애써도 노트는 찾을 수 없다는 걸. 망연자실한 마음으로 다시 숙소에 돌아왔다. 나는 갈림길에 서 있었다. 앞선 여정의 기록을 포기하고 남은 인터뷰만 진행할지, 아니면 인천국제공항에서부터 캄보디아에 이르는 내용을 다시 작성할지 말이다. 기억력이 부족하다는 걸 스스로 알기에 결심하기가 쉽지 않았다.

옥상의 바에 올라온 나는 의자에 털썩 앉았다. 스피커에서 흘러나오는 요란한 노랫소리는 내 귀에 들어오지 않았다. 생각을 거듭한 끝에, 마침내 나는 고된 노동을 시작하기로 했다. 처음부터 다시 써보는 것이다. 종이와 펜을 빌려서 일기를 작성하기 시작했다. 앉은 채로 그 자리에서 장장 여덟 시간을 썼다. 그러나 전체 내용의 4분의 1만을 채웠을 뿐이다. 언제 다 할 수 있을지 알 수 없었다. 내 머릿속은 스위치를 끈 듯이 멍해졌다. 시계를 보니 어느새 자정에 가까운 시간이 되어 있었다. 순간, 내일 라오스로 떠나는 일정이 떠올랐다. 이렇게 밤을 샌다면 내일 버스를 놓칠 수도 있었다.

"에이, 모르겠다!"

나는 방으로 돌아와 침대에 몸을 던졌다. 그리고 눈을 감아버렸다. 롤러코스터 같았던 하루. 캄보디아에서의 마지막 날은 영원히 잊지 못하리란 생각이 들었다.

chapter 3

라오스
Laos

바퀴 달린 하숙집, 슬리핑 버스

스물네 시간이라니…… 괜찮을까?

이른 아침 터미널 매표소 앞, 나는 직원에게 받은 버스표를 들여다보았다. 이제 국경을 넘어 여행의 세 번째 나라, 라오스로 향하는 것이다. 목적지는 수도인 비엔티안. 버스가 라오스의 지방 팍세를 경유하여 도착지에 이르기까지는 꼬박 하루가 걸린다고 했다. 나는 새로운 경험을 앞둔 호기심과 두려움을 동시에 느끼며 버스에 올라탔다. 좌우에 2열로 좌석이 구비된 실내는 일반 고속버스와 다르지 않았다.

문득 베트남에서 안치복 대표에게 말했던 게 떠올랐다. 시간이 된다면 캄보디아에서 라오스까지는 자전거로 종단해보고 싶다는 얘기. 이것이 크나큰 실언이었음은, 버스가 도심을 벗어난 순간 바로 깨달았다.

여기저기 파이고 다져지지 않은 거친 흙길, 공사장에서 보던 회색 자갈이 깔린 비포장도로 위에서 버스는 좌우로 씰룩거렸다. 끊임없는 채찍질로 경주마를 달음질하게 만들듯, 운전기사가 액셀 페달을 밟을 때마다 버스는 힘겹게 전진하고 있었다. 덜컹거리는 버스 안은 마치 거대한 안마 의자를 연상케 했다. 일단 경유지인 팍세에 도착하기까지는 열세 시간이 걸린다고 했다. 흔들리는 차 안, 나에겐 당장 해결해야 하는 과제가 있었다. 잃어버린 일기의 내용을 복구하는 것이다. 내 손가락은 스마트폰 속 메모 조각들을 뒤적이며 일기를 재구성하여 타이핑하는 데에 여념이 없었다.

장시간의 이동으로 인한 육체의 피로와 불편함을 잊게 만드는 것은 창 밖에 펼쳐진 자연의 풍경들이었다. 초록의 평원과 그 위로 솟아난 키 작은 나무들. 탁 트인 시야 덕분에 마치 하늘을 향해 달려가고 있는 것 같은 착각을 일으켰다. 가슴이 두근거리기 시작했다. 새로운 도전을 향해 떠나는 모험가처럼, 외국의 사업가를 만나기 위해 국경을 넘는 내 모습이 새삼 대견하게 느껴졌다. 만약 내가 주변 사람들의 반대에 부딪혀 도전을 포기하고 집에 머물렀다면 이런 설렘을 느낄 수 있었을까? 나는 머릿속으로 오늘의 깨달음을 기록했다. 실천하는 사람만이 가슴 뛰는 인생을 살 수 있다는 사실을.

버스 안에서 글을 쓰고 잠자기를 반복했다. 아침에 출발한 버스는 밤이 되어서야 팍세에 도착했다.

"모두 내리세요!"

곤히 자고 있는 승객들을 깨운 것은 운전기사의 목소리였다. 여기에서 비엔티안으로 향하는 버스로 옮겨 타야 했다. 어두워진 바깥에는 제법 썰렁한 바람이 불고 있었다. 잠시 후, 내 시선은 거대한 크기의 2층 버스로 가닿았다. 장시간 장거리 이동에 사용하는 '슬리핑 버스'란다. 그 이름의 의미는 안으로 들어가자마자 깨닫게 되었다. 의자가 없는 버스라니, 나는 태어나 처음 본 광경에 깜짝 놀랐다.

중앙 복도 양쪽으로 조그만 방들이 버스 뒤쪽까지 다닥다닥 붙어 있었다. 방은 겨우 두 명이 들어갈 만한 작은 사이즈다. 차 안의 하숙집인 셈이다. 그러나 문제는 2인 1실의 방에서 내가 누구와 눕게 될지 전혀 알 수 없다는 사실이었다. 나는 제발 악취가 안 나는 사람을 만나길 바라는 조마조마한 마음으로 발걸음을 옮겼다. 티켓에 표시된 공간에 다다르자 다행히도 또래로 보이는 남자 중국인이 바닥에 앉아 있었다. 내가 어색하게 영어로 인사했다.

"안녕."

"응, 반가워."

그의 옆자리로 들어갔다. 반대편 방을 보자 수염이 덥수룩한 인도계 남자와 동양인 여자 여행자가 누워 있는 모습이 보였다. 서로 초면이었을 것이다. 평소에 겪을 수 없는 신기한 경험에 놀라움이 가득했다. 다리를 조금만 움직여도 서로의 기척이 느껴지는 비좁은 공간. 나는 옆의 중국인과 몇 마디 대화로 친해졌다.

"우리 몇 시에 비엔티안에 도착하지?"

내가 중국인에게 물었다.

"내일 아침 7시래."

"아, 꽤 멀구나."

이름하여 '슬리핑 버스'.
저 버스 안에 2인 1실의 조그마한 방들이 벌집같이 들어차 있다.

얇은 이불을 목까지 끌어 올렸다. 높이가 낮아 답답한 천장을 보자 한숨이 나왔다. 어느새 고요해진 실내는 사람들의 숨소리로 가득 찼다.

이미 지겹게 잤지만 이제 할 일도 역시 눈을 감는 일밖에는 없었다. 하루가 통째로 버스 안에서 흘러간 날이다.

비엔티안 여행자 거리

드디어 갑갑했던 버스로부터 탈출했다.

터미널 바닥에 발을 디딘 때는 어제 프놈펜을 떠난 시각과 크게 다르지 않았다. 막 떠오른 태양이 터미널의 흙바닥을 내리쬐었다. 나는 양팔을 쭉 뻗고 기지개를 켰다. 비엔티안의 첫 번째 날이 시작된 것이다. 난생처음 와본 나라이기에 모든 게 생소했다. 짐을 내려놓을 호스텔부터 찾기로 했다. 나는 고개를 이리저리 돌리며 주변을 살폈다. 버스를 함께 타고 온 사람들이 삼삼오오 모여서 여행자 거리까지 갈 궁리를 하는 모습이 보였다. 내가 그들에게 다가가 말했다.

"저도 같이 가도 되나요?"

"네, 괜찮아요!"

무리에 합류한 나는 그들과 함께 툭툭에 올라탔다. 시동이 걸린 툭툭은 매연을 내뿜으며 움직이기 시작했다. 점차 속력이 높아지자 뻥 뚫린 툭툭의 뒤편으로 비엔티안의 풍경이 스쳐 지나갔다. 라오스는 캄보디아와는 사뭇 다른 느낌이었다. 화려한 문양으로 치장

된 채 다닥다닥 붙어 있는 프놈펜의 건물들에 비해, 이곳은 주로 낮은 건물들이 간격을 두고 서 있어서 자연과 어우러진 모습이었다. 단순하고 소박한 경치는 보는 이에게 평온함과 여유로움을 선사했다. 라오스가 좀 더 마음에 들기 시작했다.

한 골목에 다다르자 그곳이 여행자 거리임을 한 눈에 알아챌 수 있었다. 차 두 대가 겨우 마주 지날 만큼 넓지 않은 도로. 그 위로 여러 인종의 사람들이 거닐고 있었다. 그러다 잠시 후 듣게 된 익숙한 음성에 귀를 쫑긋거리기 시작했다. 이곳저곳에서 한국어가 들려온 것이다. 여행자 거리에서 가장 많은 외국인은 바로 한국인이었다. 삼선 슬리퍼를 끌고 다니는 그들을 보자 우리 동네에서 보던 반가운 풍경이 떠올라 미소가 지어졌다. 여기가 외국이 맞나? 순간 착각이 들 정도였다. 알고 보니 한국에서 라오스를 여행하는 예능 프로그램이 방영된 뒤로 이곳이 인기 여행지로 급부상한 것이었다.

툭툭에서 내린 나는 거리를 걷기 시작했다. 좌우로는 각종 호스텔들이 밀집해 있었다. 가격이 저렴한 도미토리에서부터 4성급 호텔에 이르기까지, 숙박료는 천차만별이었다. 나는 그중 눈에 띄는 어느 건물에 들어갔다. 처마 아래 주황색 간판이 달린 'NINY BACKPACKER HOTEL'이었다. 안에 들어서자 로비 벽면에 붙은 세계지도가 눈에 들어왔다. 무엇보다 이곳이 마음에 든 건 숙박료 때문이었다. 도미토리를 기준으로 1박에 4만 킵. 우리 돈으로 약 5000원에 불과했다.

"방을 보여줄 수 있나요?"

내가 물어보자 주인은 복도로 안내했다. 방문을 열자 사방이 흰 벽지로 깔끔히 도배된 공간이 나왔다. 두 개의 복층 침대가 나란히

주황색 간판을 단 여행자 숙소의 모습.
저렴하고 아담한 숙소지만, 가난하고 노곤한 여행을 이어가는 나에게는
더없이 만족스러운 곳이었다.

서 있는 4인용 도미토리로, 크기가 작은 방이었다. 두 침대 사이 통로는 마주 걸터앉으면 무릎이 닿을 정도로 좁았다. 그래도 깔끔한 실내와 요금을 생각하면 만족스러운 결정이었다. 침대 옆에 짐을 풀자 마음이 한결 나아졌다.

오늘은 장시간 버스를 타고 도착한 첫날. 당장 쉬고 싶은 마음이 굴뚝같았다. 하지만 침대에 몸을 얼마 붙여보지도 못하고 일어나야 했다. 아직 마치지 못한 일기 복구가 시급했기 때문이다. 훗날 여행기를 담은 책을 쓰기 위해서는 반드시 필요한 자료이기에 조금이나마 정신이 생생한 이때 기록을 해야 했다. 나는 옆 침대의 서양인에게 물었다.

"혹시 여기 주변 카페 좀 알고 있어?"

"가까운 거리에 'DNA CAFE'라고 있는데, 거기가 괜찮아."

"고마워. 거기로 가볼게."

"그래. 좋은 하루 보내."

카페에 들어가자마자 글 쓰기 적당한 자리를 찾았다. 나는 마음속으로 이 지긋지긋한 일을 다 끝내버리겠다고 결심했다. 그나마 다행인 건, 인터뷰 육성을 담은 녹음기만큼은 무사히 내 곁에 있다는 점이었다. 이마저도 사라졌다면 어땠을지 생각해보니 아찔했다. 나는 일주일 동안의 여행기를 떠올리기 위해 노력했다. 곧이어 손가락으로 키보드를 꾹꾹 누르기 시작했다. 기억력이 부족한 머리를 붙잡고 일을 진행하는 데는 많은 에너지가 필요했다. 젖은 수건을 비틀어 물기를 짜내듯, 뇌를 쥐어짜는 일이 계속되었다. 그리고 오랜 시간이 지나서야 잃어버린 기록을 복구하는 데 성공했다. 나는 뿌듯함에 미소를 지었다. 하지만 라오스에 온 첫날부터 지쳐버렸기 때문에 내일은 어떻게 보내야 할지 걱정이 되었다.

숙소로 돌아왔을 때는 이미 기진맥진해진 상태였다. 에어컨을 빵빵하게 틀고 하루 종일 잠만 자고 싶었다. 도착하자마자 나는 침대 위에 몸을 던져버렸다.

코라오 사옥 방문기

다음 날 아침, 나는 눈을 비비적거리며 로비로 향했다.

아직 어제의 피로가 풀리지 않았는지, 고작 식탁까지 걸어가는 것도 쉽지 않았다. 더욱이 밤새 틀어놓은 에어컨 때문인지 몸이 으슬으슬 떨렸다. 로비의 의자에 털썩 앉자, 나를 본 호스텔 주인이 말했다.

"좋은 아침! 조식 준비해줄까요?"

"네, 좋아요."

"음료는 커피와 우유 중에서 어떤 걸 원해요?"

"커피로 주세요."

접시 위에는 식빵과 달걀 프라이, 바나나가 담겼다. 조촐한 식단이지만 호스텔 가격을 생각하면 이 정도도 감사할 따름이었다. 오늘 하루는 어떻게 보내야 할까. 음식을 한가득 입에 넣은 채, 일단 라오스에서의 인터뷰를 어떻게 계획할지부터 고민하기로 했다.

태블릿PC를 켜고 미리 조사해둔 기업가 목록을 살피기 시작했다. 시선이 꽂힌 업체는 코라오그룹. 라오스의 국민 기업으로 불리는 최대 자동차 회사이다. 이 회사를 총괄 운영하는 오세영 회장이 바로 한국인이었다. 나는 그에게 만남을 요청하는 메일을 보내기로 했다. 하지만 일면식도 없이 그의 이메일 주소를 얻기란 불가능했다. 한 시간을 넘게 검색을 해보아도 결과는 마찬가지였다. 결국 방법은 회사의 공식 주소로 이메일을 보내는 것뿐이었다. 인터뷰가 이뤄지기엔 가능성이 현저히 낮은 방법이다. 당장은 큰 희망을 갖지 않기로 했다.

하아. 입을 크게 벌려 하품을 했다. 몸을 일으키다 문득, 어느덧 라오스에 온 지 3일째가 되었음을 깨달았다. 올지 안 올지 알 수 없는 답장을 가만히 기다리기엔 시간이 너무 아까웠다. 오늘은 산책이라도 할 겸 움직여보자고 다짐했다. 나는 슬리퍼를 끌며 호스텔을 나섰다. 당최 적응하기 힘든 폭염과 습기가 나를 덮쳤다. 동남아를 여행한 지 벌써 열흘째. 하지만 삽시간에 수분을 바싹 말리는 그곳의 더위는 처음 느낀 그대로 매일 마주해야 했다.

전날 나는 한 여행자와 대화했다. 그에게 "비엔티안에서 가볼 만한 관광지는 어디 어디 있어?"라고 물었다. 그는 "여긴 볼거리가 없어"라며 간단히 대답했다. 보통 이곳은 경유지일 뿐, 다들 '방비엥'이나 '루앙프라방'에 간다는 것이다. 암벽을 타고 떨어지는 시원한 물줄기. 환한 얼굴로 바나나 보트를 타고, 호수에 다이빙하는 사람들의 모습이 떠올랐다. 아, 나도 지금 그곳에 있다면 얼마나 좋을까? 그러나 내 여행은 인터뷰를 목적으로 한 것이기에 경로가 자유롭지 못했다. 관광에 대한 욕구와 인터뷰를 향한 도전. 주어진 시간은 한정되어 있기에 두 감정 사이에서 갈등하는 마음을 다잡는 것이 매일의 숙제였다.

손에 쥔 두꺼운 관광 책자를 한 장씩 넘겼다. 걸어서 갈 만한 곳을 찾아보았다. 근처의 관광지 중에는 '왓 시 사켓' 사원이 있었다. 일단 이곳으로 결정했다. 숙소에서 십 분을 걸어 도착한 곳에는 작은 규모의 절이 보였다. 처마 끝마다 황금색으로 뒤덮은 건물. 그 안에는 라오스가 불교 문화권임을 증명하듯 여러 불상들이 서 있었다. 하지만 워낙 공간이 협소한 터라 입장료를 내고 내부를 구경하는 데는 삼십 분도 채 걸리지 않았다.

도로마다 아지랑이를 일으키는 땡볕 아래, 나는 목적지도 없이 보도를 걷기 시작했다. 거리 위의 행인들은 여유로운 발걸음으로 저마다 어딘가로 향하고 있었다. 어느새 사거리 앞에 다다랐다. 하지만 나는 다음 목적지를 정하지 못하고 방황하고 있었다. 갈림길에서 어디로 가야 할지 몰랐다. 그러던 내게 흥미로운 생각이 스쳤다. 코라오 사옥에 한번 가볼까? 구경이라도 해보자는 심산이었다. 지체할 필요가 없다고 느낀 나는 한 행인에게 말을 걸었다.

"코라오 빌딩으로 가려면 어디로 가야 돼요?"

"코라오?"

잠시 생각하던 그는 "아!" 하며 멀리 손을 뻗었다. 신호등 반대편 방향이다. 근처에 있다는 의미로 추측한 나는 힘차게 발걸음을 옮겼다. 하지만 웬걸. 아무리 걸어도 빌딩은 보이지 않았다. 땀에 흠뻑 젖어 사방을 살폈다. 그 순간 승용차에 올라타려는 현지인 여성 세 명이 보였다. 나는 잽싸게 다가가 길을 물었다.

"여기서 걸어가겠다고요? 너무 멀어요."

나를 향해 걱정스러운 눈길이 돌아왔다. 운전자는 "가는 길 인근에 코라오가 있으니 그 앞에 내려줄게요. 타세요"라고 흔쾌히 말했다. 뜻밖의 히치하이킹이었다. 그들은 자신을 은행원이라고 소개했다. 그리고 얼마 후 자동차는 한 길가에 섰다.

"도착했어요. 여기예요."

"태워주셔서 고마워요."

그들은 환한 미소로 응답했다. 따뜻한 라오스의 인심에 기분이 좋아졌다. 그리고 고개를 돌리는 순간 코라오 빌딩이 우뚝 서 있었다. 유리로 덮인 커다란 건물. 좌우로 넓은 건물의 전면이 주변 풍경을 압도했다.

그러나 유리에 비친 내 모습을 보자 망설여졌다. 거지꼴이 따로 없었다. 축구용 반바지에 구겨진 빨간색 티셔츠 차림. 씻지도 않은 추레한 모양새가 수상한 사람으로 보일 게 뻔했다. 이럴 줄 알았으면 옷을 갖춰 입고 나올걸. 후회해봐도 이미 늦었다. 그래도 잠깐 들여다보고 나오는 건 괜찮지 않을까? 순간 마음속에서 이상한 용기가 샘솟았다. 정문으로 들어갔다. 비상구의 계단을 올라 어느 층에 다다랐다. 나는 복도를 걸으며 유리벽 너머로 사무실을 구경할 수 있었다. 깔끔한 실내는 내 옷차림을 더욱 초라해 보이게 했다. 쫓겨나기 전에 나가야겠다는 생각이 들었다. 황급히 계단을 향하는 찰나, 들려오는 소리에 심장이 철렁했다.

또각. 또각. 또각.

구두 굽 소리가 복도를 울리며 나를 향해 다가오고 있었다. 소리로 판단할 때 족히 열 명은 넘어 보였다. 출구가 막힌 상황, 내 발은 바닥에 붙은 채 얼어버렸다. 잠시 후, 뾰족구두를 신은 열댓 명의 여직원들이 옆을 지나쳤다. 그들은 일제히 의심스러운 시선으로 나를 쳐다보았다. 나는 회사 밖으로 도망치듯 나왔다. 머릿속을 차지한 생각은 한 가지였다. 내가 라오스에서 인터뷰를 완수할 수 있을까? 숙소로 돌아오는 길은 더욱 멀게만 느껴졌다.

메콩강의 저녁노을이 선사한 위로

호스텔 인근에는 길고 긴 메콩강이 흘렀다.

내가 다시 밖으로 나선 시각은 늦은 오후였다. 강변을 따라 조성된 산책로, 나는 뒷짐을 지고서 그 위를 천천히 걸었다. 무거운 발걸음을 내디딜수록 지난 여행의 발자취가 선연히 떠올랐다. 돌이켜보면 라오스까지 오는 과정은 만만치 않았다. 한정된 여비로 생활하기 위해 식대를 줄여야 했고, 도저히 익숙해지기가 힘든 동남아의 기후를 매일 버텨야 했다. 그럼에도 불구하고 내가 여행을 포기하지 않았던 건, 거쳐 온 나라마다 사업가들과의 인터뷰가 계획돼 있었기 때문이다.

하지만 지금 내 앞에 놓인 상황은 나를 불안하게 했다. 베트남에서처럼 약속된 인터뷰도 없고, 캄보디아 때와 같이 소개받은 사업가도 없었다. 어느덧 세 번째 나라에 도착했지만 다시금 출발선에 놓인 기분이 들었다. 과연 이곳에서 나를 만나줄 사업가가 있을까? 이메일 답신을 받기 위해서는 며칠이나 기다려야 하는 걸까? 이대로 시간만 흘러서 한국에 돌아갈 날짜가 다가오진 않을까? 정답을 알 수 없는 질문들이 꼬리를 물었다. 이미 숙소 주변을 한참 벗어난 뒤였지만 정처 없는 발걸음은 멈추질 않았다. 설렘을 안고 시작한 여행, 그러나 알게 모르게 내겐 정신적인 피로가 쌓이고 있었다. 자연스럽게 시선이 바닥으로 툭 떨어졌다. 부끄럽게도 나는 다시 한번 포기를 생각했다.

하지만 그 순간 나를 위로한 것은 이곳의 풍경이었다. 고개를 들

드넓은 메콩강을 붉게 물들인 노을…….
하루 종일 일렁이던 생각들이, 저 잔잔한 붉은 물결처럼 일순간 잠잠해진다.
'포기하지 않고 이곳까지 와서 참 다행이다!'

자 시야를 꽉 채우는 광경이 펼쳐졌다. 드넓은 메콩강. 그 하류 쪽으로 내려앉는 석양이 강물을 붉게 물들이고 있었다. 가던 걸음을 멈추고 하염없이 그 모습을 바라보았다. 잔잔하게 흐르는 물결은 쉼 없이 움직이고 있었다. 내 지친 마음을 어루만져주는 것 같은 기분이 들었다. 그제야 나는 마음속으로 생각했다. 포기하지 않고 라오스까지 와서 참 다행이다. 그러지 않았으면 이런 아름다운 풍경도 볼 수 없었을 테니. 익숙하지 않은 여행이 불편함을 주는 것은 사실이다. 하지만 그만큼 나는 지금껏 보지 못한 것을 보고, 배우고, 성장하고 있다는 것을 다시금 되새겼다. 나는 조금 더 전진해보겠다고 결심했다. 노을마저 사라질 무렵엔 하루 종일 일렁이던 생각이 거의 잠잠해졌다.

숙소로 돌아온 때는 열정의 불씨가 다시 지펴진 뒤였다. 침대 위에서 허리를 꼿꼿이 세운 채 골똘히 고민하기 시작했다. 이제 해결해야 하는 문제는 하나였다. 어떻게 인터뷰를 완수할 것인가. 만약 돈과 시간이 무한정 주어졌다면 걱정할 것은 없었다. 이메일을 보내고 답장이 올 때까지 기다리면 되기 때문이다. 하지만 나의 상황은 기약 없이 소모될 시간과 비용을 감당할 수 없었다. 그렇기에 시간을 단축할 방법이 필요했다. 고민하며 내뱉는 숨이 깊어졌다. 그때 머릿속에 생각 하나가 번쩍 떠올랐다. 한 명의 사업가에게만 이메일을 보내고 기다리는 방식이 아니라, 미리 조사했던 다른 사업가에게도 동시에 연락을 취해보자는 것이었다.

목록을 살피자 한 기업가의 이름이 눈에 들어왔다. 엄기태 대표. 그는 외국의 자동차를 수입해서 판매하는 무역회사인 '폴트레이딩'의 경영자이다. 나는 그의 사업 이야기를 담은 기사를 다시 읽었다. 그러자 반드시 그를 만나고 싶다는 생각이 치밀었다. 곧바로 나는 캄보디아에서의 경험을 되살려 계획을 세웠다. 사연을 담은 편지를 적어 내일 그에게 직접 전달하자는 것이다. 행여나 글씨가 흐트러질까 팔꿈치를 몸에 바짝 댄 채로, 나는 기도하는 마음으로 편지를 작성했다. 그리고 잠시 후 스물다섯 줄의 편지가 완성되었다. 마침내 흰 봉투에 편지지를 넣으면서 그날 밤은 마무리됐다.

가자, 반 폰통 촘마니로!

다음 날, 가장 먼저 발걸음이 향한 곳은 자전거 가게였다.

전날 밤늦게까지 인터넷을 검색했지만 안타깝게도 회사의 상세 주소를 찾을 수 없었다. 다만 목적지가 비엔티안의 반 폰통 촘마니라는 구역에 있다는 사실을 알게 되었다. 동네를 구석구석 살피기 위해선 자전거를 빌리는 게 좋겠다고 판단했다. 가게에 도착하자 문 앞에 일렬로 전시된 자전거들이 보였다. 각각 알록달록한 바구니를 단, 개성 있는 모습이다. 나는 그중에서 가장 튼튼해 보이는 하나를 가리켰다.

"이거 빌리는 데 얼마예요?"

"하루에 1만 킵요."

말도 안 되게 저렴한 가격에 깜짝 놀랐다. 지금껏 굳이 돈을 내면서 툭툭을 탈 필요가 없었겠다는 생각이 들었다.

"자, 이거 받으세요."

계약을 마친 주인은 내 손에 자물통의 열쇠를 쥐여주었다. 설레는 마음으로 안장에 앉았다. 생각보다 작은 크기의 자전거, 오랜만에 타본지라 익숙하지 않은 조종 실력에 지그재그 운전이 이어졌다. 한참만에야 몸이 적응했다.

일단, 근처의 국제공항에 갈 계획이었다. 인터넷 지도를 실시간 이용하기 위해서는 유심 칩이 필요하기 때문이었다. 경로를 확인한 나는 힘차게 페달을 밟았다. 메콩강을 좌측에 둔 도로. 쉴 새 없이 흐르며 반짝이는 물줄기를 따라 나도 속도를 내었다. 정체돼 있던 공기는 바람으로 변해 시원하게 얼굴을 훑고 지나갔다. 귓가에 들려오는 흥겨운 노래의 리듬은 발끝으로 전달돼 경쾌한 페달질로 이어졌다.

나는 우측으로 방향을 틀어 대로에 들어섰다. 그렇게 한참 달리기를 이십 분, 길가의 무언가가 눈에 띄었다. 공항 정문이었다. 그리고 눈이 휘둥그레진 것은 문을 통과할 무렵이었다. 지금까지 본 비엔티안이 맞는지 의문이 생길 정도였다. 깨끗하고 널찍한 도로와 주차장, 그리고 동양식 기와로 덮인 공항 건물이 서 있었다. 나라의 첫인상을 결정하는 장소이기에 신경을 많이 쓴 것 같았다. 주차장에 자전거를 세운 나는 곧바로 청사 안 통신사 대리점에 들어갔다. 그리고 유심 칩을 구매했다. 이제야 엄 대표를 찾으러 가는 여정의 진짜 시작점에 서게 되었다. 구글 지도에서 목적지를 검색했다. 현재 위치에서 8킬로미터, 자전거로 삼십 분 거리다. 다시 페달을 밟으려는 찰나, 불안감이 나를 덮쳤다. 엄 대표를 만난다고 해도 그가 어떤 반응을 보일지 예측이 안 됐기 때문이다. 하지만 직접 부딪혀 보는 것만이 답이리라고 다시 마음을 다잡았다.

따가운 햇볕이 내리쬐는 도로 위, 은빛 자전거는 비엔티안의 한

가로운 풍경을 뒤로하며 빠르게 활주했다. 그러나 몸을 식히는 시원한 바람으로도 찜통 같은 날씨를 이기기는 무리였다. 더위를 참지 못하고 뿜어져 나온 땀방울은 끈적이는 자취를 남겼다. 수분을 잃은 목 안은 침을 삼키기 힘들 정도로 텁텁해졌다. 결국 나는 작은 구멍가게 앞에서 브레이크를 잡았다. 돈을 지불하고 탄산음료를 손에 쥔 나는 사정없이 목안으로 들이부었다. 그리고 다시 페달을 밟았다. 마침내 환호성을 지른 것은 길가의 한 표지판을 발견한 순간이었다.

'B. PHONTONG CHOMMANY'라는 글자가 커다랗게 적혀 있었다. 하지만 기쁨도 잠시, 문제는 지금부터였다. 자세한 주소를 모르는 나는 이 지역을 샅샅이 뒤져야 했다. 자전거 속도를 낮췄다. 상호를 중얼거리며 보이는 간판마다 토끼 눈을 뜨고 살폈다. 하지만 좌우에 늘어선 것은 주택, 슈퍼마켓, 스마트폰 대리점뿐. 회사의 기미는 전혀 찾아볼 수 없었다. 결국 한 건물에 들어가 현지인에게 도움을 요청했다.

"글쎄요, 잘 모르겠네요."

그는 도움을 못 줘서 미안하다는 듯 웃음을 지으며 대답했다. 갈피를 잡을 수 없는 막막한 상황. 그러던 나를 더욱 당혹스럽게 만든 건 잠시 후 나타난 갈림길이었다. 50퍼센트의 확률이다. 나는 오른쪽으로 향했다. 오늘 안에 회사를 못 찾는 것은 아닐까, 페달을 밟을수록 목적지와 멀어지는 건 아닐까 하는 불안감을 떨칠 수 없었다. 잠시 후 해결의 실마리를 발견한 것은 한 자동차 판매장 앞에서였다. 이곳이라면 회사 위치를 알 것 같았다.

"혹시 폴트레이딩, 아세요?"

"처음 듣는 상호인데요."

답답해하던 순간 깨달음이 왔다. 회사 상호 말고 자동차 브랜드를 대면 알지 않을까. 나는 곧바로 브랜드 이름인 '마힌드라'를 언급했다. 그러자 문제는 간단히 해결됐다.

"아, 마힌드라! 알죠. 이쪽으로 가시면 돼요."

직원은 상세히 길을 설명했다.

내가 회사 건물을 발견한 것은 멀지 않은 곳에서였다. 양옆으로 기다랗게 뻗은 흰 간판. 그 아래, 단층의 사무실이 있었다. 간판에는 'Mahindra'와 'Paul Trading'이 나란히 적혀 있었다. 나는 비로소 미소를 지었다. 마침내 엄 대표의 회사를 찾은 것이다. 감격에 젖은 내가 이곳저곳 사진을 찍자 한 직원이 수상한 눈빛으로 나를 쳐다보았다. 이곳에 도착한 이상 할 일은 하나였다. 단정한 옷으로 갈아입은 뒤 편지를 한 손에 꼭 쥐었다. 그리고 조심스레 회사의 문을 밀었다.

무슨 영문인지 몰라 나를 쳐다보는 직원들의 눈빛. 그리고 저 안쪽에, 기사 속 사진으로 눈에 익힌 엄 대표의 모습이 보였다. 곧바로 그를 향해 걸어가 인사했다.

"안녕하세요. 한국에서 온 대학생입니다. 대표님께 편지 한 통을 드리고 싶습니다."

떨리는 마음으로 편지를 건넸다. 얼떨떨한 표정의 그는 순간 얼굴을 바꾸어 냉정한 말투로 말했다.

"도와달라고 온 거라면 못 도와줘요."

종종 젊은 여행자들이 찾아와서 후원을 부탁했던 모양이다. 봉투를 뜯은 엄 대표는 편지를 읽기 시작했다. 입을 다문 채 눈동자를 움직이는 그의 모습. 시간이 정지한 것 같은 고요함이 이어졌다. 동시에 내 심장은 미친 듯이 뛰었다. 잠시 후 침묵을 깨고 엄 대표가 입을 열었다.

"저기에 들어가 있어요."

그의 손끝이 가리킨 곳은 사장실이었다. 긍정의 표시였다. 나는 속으로 쾌재를 불렀다. 인터뷰 약속만 잡아주어도 감사한 상황인데, 오늘 바로 인터뷰가 진행되는 것이다. 나는 사장실에 들어가 앉았다. 몇 분 뒤, 엄 대표가 들어왔다. 인터뷰는 곧바로 시작되었다.

폴트레이딩

엄기태 대표

삶을 통해 직접 증명해낸 격언,
'포기하지 않으면 이겨낼 수 있다'

폴트레이딩 Paul Trading 은 자동차를 수입, 판매하는 무역회사다. 원래 엄기태 대표는 중고차를 판매하는 딜러였으나, 라오스 정부가 중고차 수입 제한 조치를 내리자 사업의 진로를 변경했다. 그는 2011년부터 인도의 대표적 자동차 회사인 마힌드라의 라오스 독점 판매권을 얻어 수입, 판매해왔다. 엄 대표는 라오스에서 인지도가 낮은 인도 차를 판매하면서도 연간 1000만 달러의 매출을 기록했다. 2020년 현재, 중국의 유력 자동차 제조사인 장안자동차와 손을 잡고 라오스에 차량을 독점 수입, 판매하는 계획을 추진 중이다.

나는 간단한 소개를 마친 뒤, 내가 동남아에 오게 된 이유를 엄 대표에게 설명했다. 그러자 소파에 등을 기댄 엄 대표가 편안한 목소리로 물었다.

엄기태 대표(이하 엄) 그래, 나한테는 뭘 물어보고 싶은데?

김 네, 사실 한국에서 직장 생활을 하셨다면 좀 더 편한 환경에서 일했을 수도 있을 텐데, 대표님께서는 어떤 비전을 갖고 라오스에 건너와 사업을 시작하셨는지 궁금합니다.

엄 나는 사업을 준비해서 온 사람이 아니에요. 원래 회사 직원으로 파견 근무를 왔었지.

엄 대표는 본인이 창업을 하게 된 계기를 들려주었다. 원래 그는 한국의 중고차 거래 회사에서 일했다고 한다. 당시 회사는 라오스에 자동차를 납품했는데, 그가 동남아 총괄 담당을 하고 있었다. 어느 날 그에게 해외로 파견 근무를 가라는 지시가 떨어졌다고 한다. 라오스에서 3개월 동안 업무를 하고 오라는 것이었다.

엄 나는 예정대로 근무를 하고 한국으로 돌아왔지. 그런데 그때 마침 거래처와 계약이 끝난 거야. 그 이후 회사는 자체적으로 라오스 진출을 계획했지.

이때 엄 대표는 파견 지사장 직책을 맡게 되었다. 그리고 가족들과 함께 새로운 꿈을 안고 라오스로 향했다. 하지만 몇 년 지나지 않아 그에겐 예상치 못한 어려움이 닥쳤다. 엄 대표는 이에 대해 설명했다.

엄 한국 회사가 부도 위기에 처한 거야. 도저히 이곳을 지원할 수 없는 상황이 되었지. 돈이 들어와야 새로 공장을 지을 텐데 결국 준비만 하다가 끝났어.

김 아이고, 그때 여러 고민을 하셨을 거 같아요.

엄 마침 라오스의 자동차 회사에서도 내게 오라고 했어. 2002년도에 월급이 5000불이었으니까 당시 한국의 대기업 이사 월급이었지.

김 좋은 조건을 제시받으셨네요. 저라면 직장을 옮기고 싶다는 마음도 들었을 거 같은데, 가지 않은 이유가 있었나요?

엄 아직 한국 회사와의 일이 완전히 끝나지 않았으니까. 사실은 그때 나이도 젊었으니 더 벌 수 있다는 생각을 했어. 그런 와중에 여기서 계획에 없던 사업을 시작한 거지.

선택의 기로에 선 순간, 엄 대표가 라오스에서 시작한 첫 사업은 중고차 딜러 일이었다. 하지만 그의 인생은 비포장도로처럼 울퉁불퉁한 사건들의 연속이었다. 사업을 준비하는 도중 현지인에게 부동산 사기를 크게 당한 것이다. 그에게 조심스럽게 물었다.

김 조금 더 자세히 얘기해주실 수 있나요?

엄 간단해. 현지인이 건물 열쇠를 가져오면서 같이 사업을 하자는 거야. 본인은 땅을 대고 나는 차를 대면서 하자는 거였지. 나는 그 말을 믿고 계약했는데, 딱 한 달 뒤에 실제 주인이 나타나서 토지 증명서를 보여 주는 거야. 결국 난 계약된 차량 대금을 지불하기 위해 한국의 집을 팔아야 했지.

엄 대표는 다 지난 일이라는 듯이 편안하게 말했지만, 당시 그의 처지를 잠시 떠올려보니 참 막막했겠다는 생각이 들었다. 더 이상 앞이 보이지 않는 캄캄한 상황. 그때 엄 대표는 어떤 심경이었을까. 내 질문에 그는 표정 변화 없이 담담히 입을 열었다.

엄 너 혹시 종교 있어?

김 네. 기독교입니다.

엄 나도 기독교인데, 그 종교란 게 힘이 돼요. 난 어렸을 때부터 종교 덕에 잘될 거라고 생각을 많이 했거든. 그래서 그 당시에 집 팔고 신용불량자가 됐지만 다시 중고차 판매를 시작한 거지.

결국 포기하지 않았던 그는 딜러 경쟁자들을 피해 '팍세'라는 지방으로 향했다. 그곳에서 현지 딜러들과 신뢰를 쌓아가며 사업을 재개한 것이다. 사실 위험천만한 일이지만 그는 딜러들에게 100퍼센트 외상으로 차를 공급했다고 한다. 거래를 통해 서로에게 쌓인 신뢰를 바탕으로 한 전략이었다. 그는 이에 대해 말했다.

엄 잘못되면 진짜 망하는 거지. 집까지 팔아버린 상태였으니까. 그런데 다행히 이 친구들이 차를 빨리 팔았고, 나는 믿음이 생겼어. 그래서 한국의 지인 세 사람한테 1억 원씩, 총 3억 원을 빌려 계속 진행했지. 그렇게 해서 여기에 자리를 잡은 거야.

그렇게 우여곡절 끝에 그는 다시 일어섰다. 재기하기까지의 과정을 듣는 것만으로도 그동안 얼마나 많은 노력이 있었을지 짐작이 되었다.

한편 중고차 판매 사업을 진행하던 그가 현재의 방향으로 전환한 것에는 계기가 있었다. 2011년, 라오스 정부에서 중고차 수입을 대폭 제한한 것. 새 차 판매라는 새로운 길을 기획한 그는, 인도 '마힌드라' 사의 자동차를 독점 판매하는 사업권을 얻어 현재 방향으로 진로를 조정했다. 또 다른 도전이 시작된 것이다.

엄　인지도 없는 차를 가져온다는 게 사실 모험이지. 그런데 나는 우리 차가 가격에 비해 엔진 성능이 좋다는 걸 알고 있었어. 그 부분이 믿을 만한 점이지.

엄 대표는 옅은 미소를 지으며 말했다. 굽이치는 험준한 산맥을 오르듯 쉽지 않은 삶이었다. 하지만 그는 의도치 않은 상황에서 사업을 시작하고 좌절을 맛봤음에도 포기하지 않고 끝까지 배턴을 쥐고 달려왔다. 나는 그 이야기를 들으며 엄 대표는 사업 생명이 참 끈질긴 사람이라고 생각했다. '포기하지 않으면 어려움을 이길 수 있다.' 누군가는 이런 격언이 우리 삶에서는 더 이상 통하지 않는다고 할지 모르지만, 엄 대표는 자신의 삶을 통해서 그것이 진실임을 멋지게 증명해냈다.

사장이란 직책의 장단점

이야기를 듣다 보니, 그에게 사장이라는 위치는 어떤 의미인지 궁금해졌다. 직장인일 때와는 다른, 기업가로서의 비전에 대해 듣고 싶었다. 거센 바람을 온몸으로 맞아본 그이기에 현실적으로 조언해줄 것이라 판단했다. 나의 질문에 엄 대표는 천천히 입을 뗐다.

엄 사장이라는 타이틀은 어찌 보면 편할 수도 있어. 일단 시간의 구애 없이 내 스케줄대로 움직일 수 있으니까. 그런데 거기에 동반되는 책임이 있는 거지.

김 책임이라면 어떤 게 있을까요?

엄 단순해. 회사에 문제 안 생기게 하는 거지. 회사가 힘들지 않도록 자금이 잘 돌아야 돼. 근데 그게 마냥 쉽지는 않아. 내가 편한 만큼 책임이 따르는 법이지.

꾸밈없는 성격답게 그는 핵심을 담아 표현했다. 하지만 실제로는 전혀 간단하지 않은 문제일 것이다. 그 무게를 직접 어깨에 지고 있는 사람만이 그 고통을 안다. 엄 대표는 자신의 머리를 가리키며 말을 이어갔다.

엄 사실 인터뷰하는 이 순간도 내 머릿속에서는 사업에 대한 생각이 끊이질 않아.

그는 직원을 불러 업무 지시를 했다. 회사 유지를 위해 스물네 시

간 일을 놓을 수 없는 것이 사장의 운명임을 그의 모습을 통해 느낄
수 있었다.

우선 직장을 다녀본 뒤 창업하라

엄 대표는 방향을 틀어 내게 질문을 했다.

엄 젊은 사람이 아무 경험 없이 창업을 한다면 성공할 확률이 얼마나 될
    까?

김 음, 높지는 않겠죠?

엄 엄청나게 적을 거야. 일단 한국 내에서 대학교 졸업해서 창업하면 과
    연 몇이나 성공할까? 별로 없을걸. 네이버 창업한 사람, 직장 생활 해
    봤게, 안 해봤게?

네이버 창업자가 삼성에서 근무했다는 사실이 떠올라 바로 대답
했다. 그러자 엄 대표는 기다렸다는 듯 목소리 높여 설명했다. 창업
에 대해 본인이 생각해온 바가 있었던 것이다.

엄 거 봐. 그 대단한 사업적 성공을 일군 사람도 시작은 직장인이었어. 그
    런 사람들이 잘 준비하면 네이버 같은 업체도 탄생하는 거야.

김 그렇네요.

엄 무슨 얘기냐면, 젊은이들이 일단 회사에 취직을 하는 게 좋다는 거야.
    작은 회사 사장이든 큰 회사 사장이든 그 사람 나름의 노하우가 있거

든. 나는 창업을 하기 전에 무조건 한 2~3년은 회사를 다녀봐야 된다고 생각해. 그러고 나서 창업을 해도 늦지 않아. 창업을 하고 싶으면 꼭 직장을 먼저 다녀봐.

김 네, 참고하겠습니다.

엄 국가에서 창업을 지원한다는 말들을 해. 그런데 우선 자기가 뭘 알아야지. 사업 아이디어가 있어도 제반 지식이 필요한 거야. 예를 들어 회계도 알아야 하고 직원들 다루는 법도 익혀야지. 그리고 거래처 만났을 때 구사할 입담도 좀 있어야 하거든. 이런 것들 없이 덜컥 사업을 시작하면 돈이 많이 들고 사기를 당할 수도 있어.

나는 고개를 끄덕였다. 직접 시행착오를 겪어본 그이기에 해줄 수 있는 조언이었다. 실제로 회사는 반짝이는 아이템 하나만으로 돌아가지 않는다. 단지 좋은 아이디어만을 찾을 게 아니라 회사를 운영하는 지식도 함께 익혀야 함을 나는 배웠다. 엄 대표는 계속해서 말했다.

엄 창업을 꿈꾸는 직원들은 말을 잘 들어. 상사가 말 들으라니까 잘 듣는 게 아니야. 자기 일을 챙기면서도 다른 일까지 들여다보며 귀 기울이는 거야. 전반적인 것을 익히고 나서 창업하는 거지. 예전 우리 직원 중 하나는 결국 사무용품 납품하는 회사를 차리더라고. 걔는 참 성장을 많이 했어.

김 아, 그렇군요.

엄 본인이 하고 싶은 일이 있을 거 아니야? 회사는 크든 작든 다 똑같아. 뭐 삼성물산이나 작은 무역회사나 만드는 서류는 같거든. 대신 조그

163

만 회사에서는 혼자서 많은 일을 해보게 되지. 대기업으로 가면 그 많은 직원 중 하나니까 결국 부속품밖에 더 돼?

그 말의 의도를 알아챈 내가 입을 뗐다.

김　작은 회사일수록 더 많은 일을 배울 수 있다는 말씀이신가요?

엄　그래. 회사로선 많이 가르쳐서 빨리 써먹으려고 하니까. 대신 최소한의 시간은 필요해. 중소기업이면 2~3년 안에 과장 일도 배우고 부장 일도 배워. 그러고 나서 창업을 하면 되지.

그의 말을 듣자, 직접 일을 배워보고 싶다는 생각이 들었다. 단순히 사업을 꿈꾸는 현재와 실제로 부딪히는 현실의 차이는 클 것이기 때문이었다. 나는 머릿속에 또 한 가지의 가르침을 기록했다.

라오스, 해외 사업의 현실

해외에서 사업을 하고 싶다.

내가 맨 처음 이런 생각을 갖게 된 것은 간단한 이유에서였다. 세계를 누비는 삶에 대한 동경심, 바로 그것이다. 엄 대표는 나를 향해 물었다.

엄　해외에서 사업을 하고 싶은 거지?

김　네.

엄 보이는 게 다가 아니야.

쇠붙이 같은 냉정한 대답이 돌아왔다. 그는 내게 상상과 실제가 다름을 알려주고자 했다. 우선 그는 자신에 대한 기사를 언급했다. 엄 대표가 입을 열었다.

엄 인터넷에 뜬 게 다가 아니야. 그 기사가 어떻게 쓰여진 거냐면, 갑자기 어떤 사람이 왔어. 누구 소개로 왔다면서 기자라고도 얘기를 안 해. 그 사람하고 같이 숙소에서 자며 인생을 얘기했더니, 얼마 후에 "기사 나 갑니다. 보세요" 이렇게 된 거야.

김 보이는 것과 다를 수 있다…….

해외 사업의 현실. 인터뷰를 준비하며 가장 궁금했던 주제였다. 사람들은 자신의 속 이야기를 하길 꺼리기에, 단순 검색을 통해 얻은 정보로는 실체를 확인하기 힘들다. 엄 대표는 자신이 겪은 바를 가감 없이 얘기하기 시작했다.

엄 돈을 벌긴 벌었지. 그런데 생각보다 수익이 많지는 않아.

김 그런가요?

엄 지인 중에 두바이에서 카센터로 성공하신 분이 있어. 그분에게 내가 라오스로 간다고 하니까 '기왕이면 큰 나라로 가라. 콩고물이 많고 먹을 것도 많다. 가난한 나라에 가면 대접은 받는데 실상 별로 없다'라는 거야. 물론 연세가 지긋하신 분이고 우리랑 세대가 다르니 큰 나라에 가야 한다는 고정관념이 있었겠지. 그래도 나는 못사는 나라에서 떵떵거리며 살고 싶어서 왔어. 그런데 살아보니까, 여기 교민들이 400명 정도 되는데, 장사나 식당, 여행사, 어떤 사업을 하든 거의 힘들게 살아.

김 아…… 그렇군요.

엄 겉보기에는 잘사는 것처럼 보여. 골프도 치고, 차도 끌고. 근데 알맹이가 없어. 반면에 해외 큰 나라에서는 대접은 못 받아도 먹고살기라도 하지. 거기선 사업이 망해도 다시 일어날 수 있는 기회가 있지만 후진국에서는 그것도 힘들어.

김 도와줄 사람이 없어서 그런 건가요?

그는 고개를 좌우로 흔들었다.

엄 애초에 다들 못사는데 누가 누굴 도와준다고 그래.

나는 엄 대표에게 진심으로 감사했다. 자신을 동경해서 인터뷰하러 온 학생에게 그토록 현실적인 조언을 해준다는 것은 힘든 일이기 때문이다. 동시에 나에겐 의문이 떠올랐다. 엄 대표의 의견과는 정반대였던 캄보디아 최대룡 대표와의 인터뷰가 생각난 것이다. 나는 그 관점의 차이를 좀 더 깊이 알아보기 위해서 질문했다.

김 그런데 오히려 동남아에서 사업을 해야 한다는 의견도 있더라고요. 선진국은 자리 잡은 기업이 많으니 비집고 들어갈 틈이 없는데, 이곳은 개발 중이라 도전할 요소가 많다고 들었거든요. 이 의견에 대해선 어떻게 생각하세요?

엄　장충동 족발 거리 알지?

그는 순간의 틈도 없이 내게 되물었다.

엄　족발집 많잖아. 가게가 그렇게 많은데도 어떻게 다들 먹고 살까?

김　음, 많은 사람들이 찾으니까요?

엄　그래. 한 동네에 이미 많은 가게가 있다고 해서 새로 가게 못 차린다는
법 있어? 그런 데에 사람이 더 모여드는 법이니 오히려 장사가 잘될
가능성이 있다고 볼 수 있지.

경쟁자가 있다는 것은 상품을 구매해줄 시장 또한 형성되어 있
다는 증거라는 얘기였다.

김　경쟁자가 많으면 힘들지 않을까요?

엄　반대로, 경쟁자가 없다는 건 물건 사줄 사람도 없다는 거 아니야? 살
게 많으니까 사람들이 모여드는 거거든. 동네마다 브랜드 매장이 있
는데도 왜 굳이 백화점이 생길까. 똑같은 옷인데도 거기서는 더 비싸
잖아. 그런데도 사람들이 백화점에 가는 건, 그 안에만 들어가면 모든
물건을 다 보고 살 수 있기 때문이지. 미국, 한국도 경쟁이 심하잖아.
그런데 힘들어서 죽을 것 같다는 사람이 몇 명이나 있어? 본인이 움직
이면 벌 수 있는 거고, 뭐라도 하면 먹고는 살잖아. 오히려 그런 데 들
어가서 성공하면 그게 진짜 실력자지.

잠시 나는 생각이 깊어졌다. 사업에 정답이 있을까 하는 생각이

든 것이다. 여러 사장들을 만나 인터뷰하는 것의 큰 이점은 바로 이처럼 다채로운 생각을 들을 수 있다는 데에 있었다. 엄 대표가 덧붙여서 말했다.

엄　큰 성공을 할 사람은 큰 나라에 가야지, 이런 데서 크게 성공하기는 쉽지 않아. 실제 성공한 기업들은 굳이 상장을 할 필요가 없는데, 여기서는 상장을 해야 하는 이유가 있어. 상장을 안 하면 여기서는 클 수가 없거든.

김　군群이 작은 거군요.

엄　작아. 근데 상장을 하면 그나마 큰돈을 모을 수 있잖아. 그런데 이 나라 경제 규모에서는 더 이상은 클 수 없어. 나라가 회사들에 맞춰 함께 커져야 되거든. 근데 이 나라는 다시 줄어들고 있어.

동남아시아에는 각자의 개성을 가진 여러 기업가가 있을 것이다. 그들마다 입장과 견해는 다를 수밖에 없다. 특히 오늘 엄 대표가 해준 조언은 실제로 이 나라에서 사업해보지 않고는 해줄 수 없는 것임에 틀림없었다.

사업가로서의 꿈

인터뷰를 시작한 지 한참이 지났다. 나는 훈훈하게 마무리하려는 질문을 끌러놓았다.

김　감사합니다. 이제 마지막 질문을 드리고 싶은데요. 경영하시면서 이루고 싶은 목표나 꿈이 있으시다면 어떤 건가요?

나는 무의식적으로 거창한 대답을 기대했었나 보다. 기업가라면 야망을 품고 원대한 목표를 향해 달려가는 모습이 정상이라는 인식을 갖고 있었던 것이다. 그러나 잠시 후 돌아온 한마디는 내 예상을 보기 좋게 빗나갔다.

엄　없어, 난 쉰 살이 되면 그만두고 싶어.

야심차게 당긴 화살이 과녁 근처도 못 가고 힘없이 떨어진 것을 본 사수처럼, 나는 멍해졌다. 어떤 반응을 보여야 하나? 바싹 마른 목 안으로 침을 넘겼다. 사업을 하다 지친 걸까. 나는 그가 과거에 열정적이었던 때를 언급했다.

김　기사에서 보니 2000년대에는 차를 천 몇백 대도 파셨다던데…….
엄　그랬지. 근데 쉰 살이 되면 그만두고 싶어.
김　정말요?

재차 이어지는 질문에 엄 대표는 속마음을 털어놓았다.

엄　부모님이 재작년에 돌아가셨는데 그때 많은 생각이 들었어. 그렇게 살다가 어차피 갈 것을……. 열심히 살다가 열심히 놀아야겠다. 20년은 놀다가 가야겠다. 굳이 꿈을 물어본다면, 이 회사에 대한 더 큰 꿈

은 없어. 월급 사장 앉혀놓고서, 매달 기본 배당을 받으면서 아내와 해
외를 돌아다니며 살고 싶어. 이게 내 꿈이야.

김　의외의 말씀이시네요.

오　이제 내가 이런 세대가 되었어. 굳이 우리가 자식을 위해서 죽을 필요
　　는 없지. 애들도 대학교 졸업하면 더 해줄 거 없잖아. 거기까지 해놓고
　　난 이제 전 세계를 돌아다니면서 정말 즐겁게 살고 싶어. 김상우 씨처
　　럼 버스 타고 다니기보다는, 좋은 차를 빌려야지. 껄껄.

　그가 활짝 웃으며 말을 마쳤다. 대화를 통해서, 나는 엄 대표가
그간 사업에서 정말 큰 어려움을 이기고 여기까지 왔음을 느낄 수
있었다. 그는 지금의 자리에 오기까지 자신의 몸을 혹사했다고 말
했다. 나는 엄 대표를 통해 사업가가 짊어진 무게를 간접적으로나
마 엿볼 수 있었다.

　나는 농담 반 진담 반으로 웃으며 질문했다.

김　혹시 사업이 재미없으신 건 아니죠?

엄　누가 사업을 재미로 하나?

김　그런 분도 만나 뵈었거든요.

엄　사업이란 게 마냥 재밌을 수 없어. 그 사람을 데려온다면 나는 '사업
　　진짜 재밌어요?' 물어보고 싶어. 사업이 어떻게 마냥 재밌어? 맨날 신
　　경 써야 되는데. 가끔 이런 사람 있어. '문제가 풀리면 재미있지 않느
　　냐?' 그건 어려울 때 극복하느라 썼던 에너지, 망가진 몸을 생각 안 한
　　거지. 나는 오래 살고 싶어. 만약 망했다면 과연 재밌었다고 말할 수
　　있을까? 잘됐으니 그런 말 하는 거지.

엄 대표에게만 들을 수 있는 담백하고 현실적인 조언이었다. 감사한 마음으로 그에게 말했다.

김　인터뷰하러 찾아온 사람에게는 좀 더 꾸미고 싶은 게 사람 마음일 텐데……. 대표님의 솔직한 모습이 정말 좋았습니다. 현실을 볼 수 있었어요.

엄　암, 이게 엄연한 현실이지.

당연하다는 듯 제스처를 취한 엄 대표가 대답했다.

이것으로, 그의 소박한 옷차림만큼 거품 없는 인터뷰는 끝이 났다. 입이 벌어질 만큼 화려하고 엄청난 사업의 기술을 배운 건 아니지만, 앞으로 사업가의 삶을 생각할 때 그에게서 받은 조언들은 이후 판단의 중요한 기준이 될 것이라 확신했다.

라오스의 비포장도로처럼 울퉁불퉁한 길을 거쳐 온 엄기태 대표.
그는 '포기하지 않으면 이겨낼 수 있다'는
단순하고도 어려운 진리를 삶으로써 증명해냈다.

인터뷰를 마친 엄 대표는 나를 식당에 데려갔다.

엄 밥 안 먹었지? 먹고 싶은 거 골라.

그가 메뉴판을 펼쳤다. 나는 고민하다가 자장면을 골랐다. 라오스에서 먹는 자장면은 더욱 맛있었다. 그는 허겁지겁 먹는 내 모습을 보며 비빔냉면과 팥빙수를 추가로 주문해주었다. 나를 걱정하고 응원하는 그의 마음이 느껴져 더욱 감사했다. 식사를 마치고 헤어지는 시간, 나는 엄 대표를 향해 정중히 고개를 숙였다.

김 바쁘셨을 텐데 저를 위해 인터뷰 시간도 내주시고, 푸짐하게 점심도 챙겨주셔서 감사합니다.

엄 그래. 건강히 잘 여행해라. 다음에 또 보자.

루앙프라방에서 만난 친구들

라오스에서의 인터뷰가 마무리됐다. 오후에 숙소로 돌아오는 내 얼굴은 한껏 상기돼 있었다. 방에 돌아와 보니 옆 침대를 사용하는 중국인 여행자가 보였다. 그녀의 이름은 릴리. 캄보디아에서 라오스로 향했던 24시간 버스에서 처음 인사했던 친구였다. 그녀는 캐리어 안에 짐을 싸고 있었다. 그 모습을 본 내가 말했다.

"릴리, 어디 가려고?"

"오늘 여길 떠나서 루앙프라방에 갈 거야."

"이미 버스표를 예매한 거야?"

"응, 몇 시간 뒤면 출발해."

순간 나도 루앙프라방에 가고 싶다는 생각이 들었다, 그곳에 있는 폭포가 정말 좋다는 얘기를 들었기 때문이다. 카운터에 내려간 나는 곧바로 같은 티켓을 끊었다. 이후 짐을 정리하고서 우리는 함께 저녁 8시에 버스에 올랐다.

라오스의 북단에 위치한 루앙프라방. 버스는 어둠을 뚫고 열 시간을 이동해서 도착지에 다다랐다. 낯선 지역에서 맞는 새로운 아침이다. 버스를 빠져나온 여행객들의 행렬은 거리로 이어졌다. 멀리 푸른 산지로 우거진 자연과 도로 주변에 펼쳐진 예스러운 풍경. 생소하지만 걸을수록 시골 같은 느긋한 정감을 느낄 수 있는 곳이다.

"내가 아는 괜찮은 호스텔이 있어."

릴리는 달달거리는 캐리어를 힘겹게 끌면서 말했다. 그녀의 도움으로 나는 저렴한 숙소를 찾을 수 있었다. 다양한 국가의 사람들이 모인 12인실 도미토리. 문 앞 복층 침대의 1층은 릴리, 2층은 내가 쓰게 되었다.

"여기 근처에서는 '조마 베이커리'가 유명해요."

짐을 풀자마자, 아침에 만난 한국인이 전해준 정보가 생각났다. 김이 모락모락 나는 갓 구운 빵, 어느새 입안에 침이 고였다. 곧바로 나는 발걸음을 옮겼다.

가게 문을 열자 눈이 휘둥그레졌다. 인테리어 때문이었다. 원목으로 꾸며진 탁자와 아늑한 조명. 자연스레 한국의 프랜차이즈 카페가 떠올랐다. 안을 가득 메운 사람들 사이, 빵 하나를 구매한 나는 앉을 곳을 찾기 시작했다. 예기치 않은 인연을 만난 것은 그 순간이었다.

"실례합니다."

나는 한 남자가 앉은 테이블에 합석했다. 곱슬곱슬하게 수염을 기른 인도계의 얼굴. 터번을 두른 그는 조용히 식사하고 있었다. 어디서 본 거 같은데? 생각해보니 비엔티안으로 오는 버스 안에서 인사했던 사이다. 우리는 자연스레 대화를 나누기 시작했다. 남자는 자신의 이름을 '엄므릿'이라고 소개했다.

"내 이름은 킴이야. 한국에서 왔어."

"나는 어느 나라에서 왔게?"

뜬금없이 그가 장난기 섞인 얼굴로 물었다.

"음, 파키스탄?"

"아니, 틀렸어. 인도야."

엄므릿은 해맑게 웃었다. 좋은 사람인 것 같았다. 우리는 주변을 산책하며 여러 얘기를 했다. 그때 불쑥 내가 물었다.

"엄므릿, 오늘 계획 있어?"

"노 플랜."

"그럼, 나 오늘 '꽝시 폭포' 가려는데 같이 갈래?"

"좋지!"

어느새 한 팀이 결성되었다. 약속한 시간, 숙소 앞에는 네 명이 모였다. 나와 엄므릿과 릴리, 그리고 숙소에서 알게 된 미국인 브리트니까지. 신기하게도 서로가 친해지기까지는 많은 시간이 필요하지 않았다. 낯선 환경에서 만난 인연이기 때문일까? 여행은 역시 사람을 묶어주는 매력이 있었다.

"곧 출발합니다."

우리 넷은 트럭을 개조한 툭툭에 올라탔다. 도심을 벗어나 꽝시 폭포로 가는 길. 차는 한적한 도로 위를 전속력으로 달렸다. 그러자 눈을 뜰 수 없을 정도로 강한 바람이 불어닥쳤다. 뒤로 몸을 돌려 잔뜩 얼굴을 찌푸린 릴리를 보자 웃음이 나왔다. 나는 툭툭 밖으로 고개를 내밀었다. 멀찍이 굽이치며 뻗은 라오스의 산맥들. 광활한 풍경에 입이 다물어지지 않았다. 바람을 타고 날아갈 것 같은 자유를 느꼈다.

차는 폭포 공원의 입구에 도착했다. 우리는 입장권을 끊은 뒤 안으로 들어갔다. 사방에는 하늘 위로 쭉 뻗은 나무들이 빽빽이 서 있었다. 발걸음을 내디디며 숨을 들이쉬었다. 그러자 코 안에서 촉촉한 수풀 냄새가 진동했다. 공원이라기보다는 등산로에 가까웠다. 눈앞의 풍경에 모두가 감탄한 것은 십여 분을 더 올라갔을 때였다. 한 폭의 그림 같은 에메랄드빛 호수가 나타났다. 금세 흥분한 나는 옆을 보며 말했다.

"릴리, 엄므릿! 같이 들어가자."

"안 돼, 난 수영 못 해."

그들은 고개를 흔들었다. 계속해서 등산을 하겠다는 것이다. 결국 나 혼자 입수 준비를 했다. 수십 명은 충분히 들어갈 정도의 커다란 웅덩이. 병풍처럼 주위를 빙 둘러싼 바위 표면을 따라 폭포의 흰 물줄기가 흩어졌다. 이곳에서 수영을 한다는 건 꿈만 같은 일이었다. 물속에 발을 넣었다. 순간 머리끝까지 차오르는 냉기에 정신이 번쩍 들었다. 두 번째로 소스라치게 놀란 것은 아래를 자세히 들여다보았을 때였다. 종아리가 따끔해서 보니 아주 작은 물고기 떼가 살에 달라붙은 것이다. 이 또한 즐거운 경험이었다. 찰랑찰랑 흔들리는 물결. 옆에서는 다이빙이 한창이었다. 산책로에서 물가로 뻗은 굵은 나뭇가지가 도약대 역할을 했다. 네다섯 명이 나무 앞에 줄을 서서 기다리고 있었다. 용기를 내어 그들 옆으로 간 나는 올라가지 못하고 쳐다보기만 할 뿐이었다.

"괜찮아요. 뛰어보세요."

머뭇거리는 나를 본 현지인은 웃으며 말했다. 나무에 올라가서 밑을 보니 꽤 높았다. 쿵쿵 뛰는 심장을 부여잡고 뛰어내렸다. 떨어질 때의 시원함은 말로 할 수 없을 정도였다.

따스한 햇볕이 내리쬐는 호수. 헤엄을 멈춘 나는 여유를 만끽했다. 만약 누군가 "행복을 뭐라고 표현하고 싶나요?"라고 묻는다면, 나는 감탄하는 것이라고 답하고 싶다. 정신없던 대학 생활. 무언가에 쫓기듯 살 때는 눈앞의 아름다운 풍경도 지나치기 십상이었다. 그러나 이곳에서 깨달았다. 현재에 집중할수록 더 많은 행복을 발견하고 감탄할 수 있다는 점을. 때로는 걸음을 멈춘 채 주위의 풍경에 감탄하는 여유를 가져야겠다고 결심했다.

하늘이 어둑해지기 시작한 저녁 무렵. 숙소 인근에 돌아온 우리는 한 식당에 들어섰다. 엄므릿의 추천에 따라 인도 사람이 직접 요리하는 곳에 온 것이다. 잠시 후 테이블마다 카레가 놓였다. 현지 스타일이 입맛에 맞을까? 조심스럽게 한 숟갈 떴다. 생각보다 맛있어서 고개가 절로 끄덕여졌다. 그 모습을 포착한 엄므릿은 장난을 쳤다.

"어때? 한국 음식보다 낫지?"

"아니, 한식이 최고지."

정색한 내 모습에 모두 웃음을 터뜨렸다. 화기애애한 시간. 갑자기 엄므릿은 가방에서 작은 노트 하나를 꺼냈다. 호기심 어린 시선이 모이자 그는 입을 열었다.

"예전에 한 호스텔에 묵은 적이 있었어. 그런데 주인이 여행객 한 사람 한 사람과 사진을 찍고 인터뷰를 하더라고. 거기에 감명받아서 나도 똑같이 해보고 있어."

나와 비슷한 일을 한다는 사실이 반가웠다. 엄므릿은 어떻게 인터뷰를 할까? 한 수 배워보겠다는 생각에 나는 그에게 집중했다. 잠시 후 엄므릿은 진지한 표정으로 한 명씩 질문을 던졌다. 무슨 이유로 여행을 하는지, 꿈은 무엇인지, 본인의 장점은 무엇인지. 사실, 질문 자체는 특별하지 않았다. 그러나 그가 인터뷰에 임하는 진지한 태도는 내게 깊은 감명을 주었다. 엄므릿은 눈을 맞추고 진심으로 상대의 말에 공감했다. 그리고 자기가 원하는 답을 찾지 못하더라도 자신과 다른 생각을 들어보는 과정 자체를 소중히 여기며 기뻐했다. 그를 보는 것만으로도 인터뷰 수업이 되었다.

"여기 주변에 야시장이 있어. 우리 거기 가볼까?"

식사를 마친 뒤, 엄므릿은 음식점 앞에서 다음 계획을 제안했다. 우리는 시장을 한 바퀴 돌고 내일의 만남을 기약하며 헤어졌다.

룩 다운, 원 스텝

살다 보면 그런 순간이 있다.

누군가로부터 우연히 듣게 된 한마디가 깊은 여운을 남기는 경우. 다음 날 나는 두 친구와 함께 식사를 했다. 드디어 그들을 한식당에 초대한 것이다. 식탁 위에 차려진 다채로운 반찬들이 비워질 무렵 엄므릿이 내게 물었다.

"킴, 오늘 계획 있어?"

"노 플랜. 너는?"

"나는 오늘 푸시산에 가려고."

"푸시산?"

루앙프라방 시내 중심에 동산처럼 우뚝 솟은 산이었다. 그곳은 일몰의 광경이 아름다워 많은 관광객들이 찾는다고 했다. 하지만 현재 시간은 1시 반. 대낮에 산을 오른다는 것은 끔찍한 일이지만, 나와 릴리는 소화도 시킬 겸 그를 따라나섰다.

밖에 나가자 이미 뜨겁게 달궈진 아스팔트가 열기를 뿜어내고 있었다. 사람이 보이지 않는 한적한 거리, 엄므릿을 선두로 우리는 목적지를 향했다. 가만히 서 있기만 해도 땀이 흐르는 찜통 같은 날씨였다. 마침내 푸시산의 입구에 도착하자 귓가에 들린 것은 땅이 꺼질 듯 커다란 릴리의 한숨 소리였다.

끝이 없을 것만 같은 푸시산의 계단.
그러나 '룩 다운, 원 스텝'의 주문을 외며 오르다 보니,
드넓은 루앙프라방의 전경이 어느새 발밑에 펼쳐져 있었다.

"여기를 올라야 한다고?"

고개를 들자 시야에 들어온 것은 끝없는 돌계단이었다. 까마득한 정상까지 쉼 없이 계단을 올라야 하는 것이다. 순간 숨이 턱 막히는 답답함이 느껴졌다. 방금까지 자신 있게 앞장섰던 릴리도 "나는 맨 뒤로 갈래"라며 꽁무니를 빼기 시작했다. 그러자 이 상황을 지켜보던 엄므릿이 침착하게 입을 열었다. 가슴에 깊이 새겨지고 남을 한마디.

"룩 다운, 원 스텝."

전체를 보고 지레 겁먹지 말고, 눈앞에 놓인 계단을 하나씩 하나씩 올라가라는 의미였다. 무슨 이유에서인지 그의 말은 내게 자신감을 주었다. 나는 고개를 숙인 채 다음 계단만을 바라보며 오르기 시작했다. 신기하게도 한 발짝씩 내딛는 걸음이 힘들지 않았다. 오

래지 않아 엄므릿의 목소리가 들렸다.

"다 왔다!"

"진짜?"

고개를 들자 루앙프라방의 드넓은 전경이 굽어보였다. 어느새 정상에 도착한 것이다. 이날의 경험은 내게 큰 깨달음을 주었다. 살다 보면 '언제 이걸 다 하지?' 하는 생각이 들 정도로 복잡하고 어려운 일이 닥치는 순간이 있다. 그럴 때마다 "룩 다운, 원 스텝"을 외치는 것이다. 그리고 내가 처리할 수 있는 작은 일부터 해결해나간다면 어느새 문제가 뚝딱 해결되어 있는 신기한 경험을 할 수 있다.

푸른 산지로 에워싸인 시가지의 풍경. 중심에는 숲을 비집고 한가득 들어선 주택들이 보였다. 지붕이 모두 오렌지색으로 칠해져 있어서 자연과 잘 어우러진 모습이었다. 시선을 빼앗긴 릴리는 연신 감탄했다.

"진짜 아름답다."

"하하, 올라오길 잘했지?"

엄므릿은 흐뭇하게 미소 지었다.

오른쪽을 보자 메콩강이 길게 흐르고 있었다. 우리가 이런 광경을 보는 것도 이날이 마지막이었다. 내일이면 각자의 여행지로 뿔뿔이 흩어져야 했기 때문이다. 그렇기에 내 마음속엔 친구들과 함께 있어서 채워지는 행복감은 점점 사라지고, 내일로 다가온 작별로 인한 공허감이 슬며시 찾아왔다. 순간 울적한 기분이 들었다. 셀카봉을 꺼낸 엄므릿은 자신의 카메라를 연결하기 시작했다. 전망대에 몸을 기댄 우리는 포즈를 잡고 사진을 찍었다. 오랫동안 간직될 추억이었다.

늦은 밤, 우리 셋은 작별 인사를 하기 위해서 다시 만났다. 강변에 세워진 돌담에 앉자 바람이 솔솔 불었다. 이런저런 이야기로 대화를 나눈 뒤 마침내 엄므릿이 말했다.

"너희들 나중에 꼭 인도에 와. 우리 집에 초대할게."

"그래, 중국으로 오면 나에게 연락해."

"서울로 오는 것도 잊지 마. 내가 가이드 해줄게."

우리는 서로 인사를 하고 헤어졌다. 인도, 중국, 한국. 사실 우리가 다시 뭉칠 가능성은 제로에 가깝다고 봐야 할 것이다. 내 인생에서 그들과의 마지막 인사를 한 셈이란 생각이 드니 여행의 인연이 반가우면서도 서글픈 것이란 생각이 들었다.

긴장되는 인터뷰를 마친 후,
루앙프라방에서 진한 추억을 함께한 친구들.
'룩 다운, 원 스텝'의 진리를 새기게 해준 엄므릿, 그리고 브리트니와 릴리.

선행은 또 다른 선행으로 돌아온다

"오전에 출발하기로 한 버스가 고장 났다고 하네요."

다음 날 아침, 호스텔 사장은 미안하다는 표정으로 내게 전했다. 저녁이 되어야 비엔티안으로 향하는 버스에 탈 수 있다는 것이다. 쨍쨍한 태양 빛으로 몸이 엿가락처럼 늘어지는 날씨. 갑자기 붕 뜬 시간 동안 내가 할 일은 숙소 마당에 나와 앉아 있는 것뿐이었다.

다음 인터뷰 여행지는 태국이다. 이번 라오스 여행에서 가장 좋았던 것은 인터뷰를 마치자마자 휴식의 시간을 가졌다는 점이다. 나는 이번 경험을 되살려서, 태국에서 인터뷰를 끝내고 무엇을 하면 좋을지 먼저 떠올려보기로 했다. 그것이 동기부여가 돼서 인터뷰를 적극적으로 진행할 수 있으리라 판단했기 때문이다.

방콕 인근 섬에 가서 스노클링 해보는 건 어떨까? 바다를 좋아하는 내게는 생각만 해도 즐거운 일이었다. 정보를 더 찾아보니 '코사멧'이라는 섬이 있다고 했다. 좋다. 인터뷰를 마친다면 이곳을 가는 것이다. 하지만 지금 당장 해결해야 하는 문제가 있었다. 비엔티안에서 태국 방콕까지 국경을 넘어가는 방법을 모른다는 사실이다. 인터넷으로 여러 번 찾아봤지만 잘 이해되지 않았다. 고민하던 중 반가운 얼굴을 보게 되었다.

"어? 상우야!"

낯익은 얼굴에 눈이 번쩍 뜨였다. 처음 라오스에 도착했을 때 여행자 거리에서 한국인들을 만났었다. 그때 선진이라는 동갑내기 친구를 만났는데, 알고 보니 여기서 같은 숙소를 쓰고 있었던 것이다. 나는 그에게 "잘 지냈어?"라고 안부를 물었다.

"응 진짜 재밌었어. 여기 오기 전에는 방비엥에 있었는데, 거기가 놀기에는 최고 좋아."

선진은 저녁 버스를 타고 비엔티안으로 가서 바로 내일 한국으로 돌아간다고 했다. 그런데 그는 난처한 표정을 지으며 내게 부탁을 했다.

"상우야, 내가 영어가 서툴러서 버스 예약을 못 하겠어. 그리고 내가 점심에 체크아웃을 할 건데 저녁까지 여기에 짐을 놓아두고 싶거든. 혹시 사장님에게 짐 놓는 곳을 이용하게 해달라고 말해줄 수 있겠어?"

"응. 어렵지 않지."

당황스러울 그의 입장을 생각한 나는 흔쾌히 도움을 주었다. 그 일이 내게 기회가 되어 돌아올 줄은 그때는 미처 알지 못했다.

밖으로 나간 선진이 숙소로 돌아온 때는 초저녁이었다. 그에게 인사하려는 순간 내 시선은 뒤따라 들어오는 두 한국인에게 가서 닿았다.

"안녕하세요."

"네, 안녕하세요."

두 남자는 나에게 인사를 했고 자연스럽게 대화가 이어졌다. 알고 보니 선진이가 루앙프라방에서 오는 길에 친해진 형들이었다. 그들은 서른 살의 여행자이고 이름은 황영수, 이지형이었다.

"나는 회사를 퇴직하고 친구 지형이와 동남아 여행을 오게 됐어. 상우 너는 어디로 여행 다녔어?"

영수 형의 질문을 받은 나는 인터뷰 여행을 설명하기 시작했다. 동남아시아 여행의 목표와 현재까지 이뤄진 인터뷰를 소개하자,

그들의 눈동자는 반짝반짝 빛났다.

"와, 대단하다!"

"그런데 형들은 이제 여행 계획이 어떻게 돼요?"

"우리는 오늘 저녁 버스 타고 비엔티안에 간 뒤에 내일 태국으로 갈 예정이야."

나와 똑같은 경로였다. 나는 조심스럽게 입을 뗐다

"저랑 똑같네요! 그런데 사실 저는 어떻게 가야 하는지 몰라서 고민이에요."

"그래? 우린 비엔티안에서 아는 사장님이 방콕으로 가는 기차표를 예매해주셨는데, 네 것도 알아봐줄까?"

"그러면 저야 감사하죠!"

이제 막 아는 사이가 된 형들은 고맙게도 나를 친절히 도와주었다. 그들 덕분에 방콕까지 가는 차편 문제가 한 번에 해결된 것이다. 생각해보니 이는 내가 아침에 선진이를 도왔고 그가 이곳에 다시 오면서 생긴 일이었다. 이렇게 인연이 닿아 문제가 해결되는 것도 참 신기한 경험이었다.

태국행 기차표를 구매하다

다시 돌아온 비엔티안 버스 터미널.

긴 하품을 하며 차에서 내렸다. 이번에는 경비를 아끼기 위해 슬리핑 버스가 아니라 일반 좌석을 타고 왔는데 공간이 비좁아 제대로 잠을 못 잔 것이다. 고개를 돌리자 형들의 눈 밑에도 검은 다크

서클이 짙게 내려앉아 있었다. 일단 우리는 여행자 거리까지 이동하기 위해 툭툭을 탔다. 어느 골목에 들어설 때쯤 지형 형이 한 곳을 손가락으로 가리키며 말했다.

"저기 보여? 그 한국인 사장님이 일하는 곳이야"

"한국인 사장님요? 누구요?"

"우리가 방콕까지 가도록 열차표를 끊어주신 분."

이제야 어제 대화 내용이 떠올랐다. 사람들이 드나들지 않을 것 같은 골목 안에 있는 건물이었다. 형은 대체 어떻게 이런 곳을 찾았는지 궁금해졌다. 나에게 소개해주고 싶다는 듯이 형은 다시 입을 열었다.

"이름은 철수네찻집이야."

여행자 거리에 도착한 우리는 먼저 도착했을 선진을 찾았다. 하지만 긴 버스 여행으로 피곤함에 절은 그는 침대에서 일어날 생각을 안 했다. 결국 우리 셋만 움직이기로 했다. 영수 형이 내게 제안했다.

"우리, 카페 가자."

아까 말한 찻집을 얘기하는 것 같았다. 그리고 뒤이은 그의 설명에 나는 깜짝 놀랐다.

"거기선 아무것도 안 시켜도 돼."

"네?"

"짐도 보관해주시고. 원래 민박집을 운영하던 사장님이 하는 곳인데, 여행자들을 위해서 마음껏 공간을 쓰게 해주시거든."

내가 겪은 바로는, 동남아에는 무료의 개념이 존재하지 않았다. 음식점에서 물 한잔을 먹더라도 일정 금액을 지불해야 했기에, 그 사장님의 행동이 더욱 특별히 다가왔다. '그 사장님은 무엇으로 돈을 버시나?' 하는 우려 섞인 생각도 들었다. 커다란 배낭을 하나씩 멘 세 남자. 우리는 인도를 따라 걷고 또 걸었다. 도로에서 좌측으로 뻗은 골목이 보일 무렵, 형들이 입을 모아 말했다.

"여기야!"

건물 앞에 도착하자마자 재미난 모습에 웃음이 절로 나왔다. 민박집을 개조한 카페에는 별다른 간판도 없이, 크레파스로 '철수네 찻집'이라고 씌어 있었다. 나는 호기심에 영수 형에게 물었다.

"형은 도대체 이런 곳을 어떻게 아셨어요?"

"블로그에서 봤지."

안으로 들어가자 눈이 동그래졌다. 테이블과 의자가 없는 카페였기 때문이다. 바닥에 편히 앉도록 만들어둔 공간은 쉼터에 가까웠다. 사장님은 어디 계실까? 아무도 없는 텅 빈 공간을 둘러보는데, 잠시 후 뒤편의 문이 열리며 한 남자가 들어왔다.

"왔어요?"

마치 동네에서 본 적 있는 듯한 푸근한 인상. 박철수 대표와의 첫 만남이었다. 그는 찻집 한편에 마련된 유일한 책상 앞에 앉아서 노트북으로 자기 일에 집중하기 시작했다. 바닥에 짐을 풀어놓고 누워서 인터넷 검색을 하는 우리를 전혀 신경 쓰지 않았다. 이런 편안함이 내게는 익숙하지 않고 그저 놀라웠다.

"아, 어제 말한 티켓이에요."

사장님은 우리에게 총 세 장의 열차표를 건넸다. 툭툭을 타고 역까지 이동해서 열차를 타는 비용은 총 32달러였다.

어느덧 점심때가 되자 그는 우리를 향해 입을 열었다.

"여기 옆에 괜찮은 식당 있는데 같이 먹으러 갈래요?"

"네, 좋아요."

자전거를 끌고 나온 그는 앞장서서 페달을 밟았다. 그리고 우리 셋은 천천히 뒤따라 걷기 시작했다. 따가울 정도로 강하게 내리쬐는 햇빛. 무더위에 지친 우리는 몇 걸음을 가는 것도 쉽지 않았다. 먼저 속도를 내어 식당을 향해 가던 사장님이 갑자기 우리 쪽으로 되돌아왔다.

"음, 식당이 문을 닫았네……."

워낙 잘되는 곳이기에 밥때가 조금이라도 지나면 문을 닫는다고 했다. 그는 다시금 우리에게 물었다.

"그러면 순대국 먹으러 갈래요? 여기서 좀 멀긴 한데……."

배가 많이 고프지 않은 나와 영수 형은 밥을 먹지 않고 쉬기로 했다. 그런데 찻집 문을 닫은 상태라 갈 곳이 없는 것이 문제였다. 고민하는 우리를 보며 사장님은 미소를 지었다.

"이걸로 열고 들어가 있어요."

그러고는 고민 없이 열쇠를 통째로 우리에게 쥐여주었다. 놀라웠다. 초면인 여행자임에도 믿고 가게를 맡기다니. 이런 마음 때문에 간판도 제대로 없는 이곳에 사람들이 몰리는 것은 아닐까? 점점 사장님의 경영 마인드에 호기심이 생겼다. 나는 결심했다. 이 분을 인터뷰해보자고.

식사를 하고 돌아온 그에게 정중하게 인터뷰를 부탁했다. 처음엔 쑥스럽다는 듯이 웃으며 거절했다.

"저는 나중에 사업을 하고 싶은데, 지금 잘 몰라서 이렇게 배우러 다니고 있어요. 그리고 인터뷰한 내용을, 저처럼 고민하는 사람들과 공유하고 싶습니다."

"음, 그래요?"

결국 그는 인터뷰에 응해주었다. 하지만 조금 있으면 나를 태울 툭툭이 올 것이기에 많은 시간이 주어지지는 않은 상황이었다. 테이블을 사이에 두고 마주 앉은 우리는 짧은 인터뷰를 시작했다.

철수네

철수네여행사

박철수 대표

라오스에 마음을 뺏긴 여행자,
결국 정착하여 사업을 벌이다

박철수 대표는 자신이 운영하던 민박집을 개조해
'철수네찻집'을 마련하고는,
여행객 누구든 편히 쉬다 갈 수 있게 했었다.
많은 여행객들이 이 열린 공간에 들러 잠시 쉬며
재충전하는 시간을 갖곤 했는데, 아쉽게도 화재로
소실되어 지금은 운영되지 않는다.

철수네여행사에서의 미니 인터뷰

예전부터 나는 여행 사업에 관심이 많았다.

이 사업을 한다면 해외를 마음껏 돌아다닐 수 있겠다는 막연한 희망을 가졌기 때문이다. 하지만 이건 지극히 나의 개인적인 생각일 뿐, 실제 이 직업에 종사하는 사람은 어떤 삶을 살고 있을지 궁금했다. 우리에게 주어진 시간은 짧았지만 박 대표는 자신이 느낀 바를 담백하게 전해주었다.

맨 처음 그가 라오스에 오게 된 건 지인의 초대에서 비롯되었다고 한다. 한국에서 알고 지낸 친구가 라오스 여자와 결혼했는데 그가 집에 한번 놀러 오라고 말한 것이다. 그렇게 처음 방문한 라오스는 그에게 깊은 감명을 주었다고 한다. 내가 질문했다.

김　처음 라오스에 오셨을 때는 어땠나요?
박철수 대표(이하 박) 여기가 한국의 1970년대 느낌이 났는데, 저는 그게 좋았어요. 라오스인들의 순박한 모습에 마음이 이끌렸죠.

이곳의 매력에 빠진 그는 이후 매년 라오스에 여행을 왔고, 결국 민박 사업을 하는 데에 이르렀다고 한다. 하지만 그에게는 어려움이 있었다. 생각한 것보다 월세는 비싼데 손님이 많이 찾아오지 않는 것이었다. 그러나 다행히도 민박집을 열고서 1년 뒤에 한국발 라오스행 직항 노선이 생기면서 여행객들이 몰려왔다. 그때 그는 숙박업에서 여행사 쪽으로 방향을 틀었다. 그렇게 철수네여행사가 시작되었다.

김 사업 초기에는 이 여행사를 아는 사람이 없었을 텐데, 어떻게 고객을 모으셨어요?

박 온라인에 동남아시아 관련 커뮤니티가 많잖아요? 그런 여행자 카페 게시판에 직접 글을 올리면서 홍보를 했죠.

여행 사업은 고객 간의 소개를 통해서 또 다른 손님이 생기는 경우가 많다. 그렇기에 점차 사업이 본궤도에 오르면서 별다른 홍보 없이도 운영이 되었다고 했다. 나는 그에게 질문했다.

김 여행 사업이 가지는 가장 큰 장점은 무엇인가요?

박 보통 사업은 고정비용이 발생해서 장사가 안 될 때는 적자가 나죠. 그런데 여행업 쪽은 주로 수수료를 통해 수익이 발생하는 거라, 손님이 적게 오더라도 고정비용으로 인한 손실이 크지 않아 운영 부담이 적어요.

수익 창출이 주로 수수료를 통해서 이뤄지기 때문에 별도의 사업 자금을 들이지 않고도 시작할 수 있는 분야였다. 그렇기에 그는 이 사업을 '숫자 싸움'이라고 표현했다. 얼마나 모객을 하느냐에 따라서 수익이 달라지는 구조이기 때문이다.

하지만 많은 사람을 상대해야 하는 사업이기에 단점도 있었다. 한번 이미지가 실추되면 문을 닫아야 한다는 점이었다. 연령대가 대중없는 여행객들을 두루 만족시킨다는 것은 때로는 스트레스로 작용하기도 했다. 이런 상황에 대해 박 대표가 말했다.

박　저는 부족한데 찾아오는 분들의 부류는 다양해요. 여행 사업은 그런 분들을 두루 만족시킬 수 있는 능력이 필요하죠.

지금도 그는 사업을 위해 끊임없이 고민한다고 했다. 다른 여행사가 하지 않는, 고객의 수요를 이끌어내는 이이템을 생각해내기 위해서다. 현재 그의 여행사에서 가장 인기 있는 상품은 두 가지인데, 야간에 비엔티안에 오는 고객들이 바로 방비엥에 갈 수 있도록 도와주는 '심야 밴 서비스'와, 비엔티안에서 방비엥까지의 관광을 가이드 해주는 투어가 그것이었다. 실제로 매출에 주된 영향을 주는 이 두 상품 모두 그가 독자적으로 연구해 출시했다는 점에서 의미가 있었다.

인터뷰를 통해서 나는, 여행 사업이란 기존에 내가 생각한 것보다 훨씬 자유롭지 못한 것임을 깨달았다. 매년 우후죽순 늘어나는 경쟁 업체들 사이에서 살아남기 위해서는 끊임없는 아이템 개발과 연구가 필요하기 때문이다. 나는 그 깨달음을 노트에 차분히 기록했다. 그때 스마트폰을 본 박 대표가 말했다.

박　자, 이제 저는 가야 해요.
김　지금요? 아직 1시 40분인데요?

그는 2시에 출발한다고 말했었다. 하지만 갑자기 라오스 말로 통화하던 그는, 급한 일이 있어서 이제 인터뷰를 끝내야겠다고 말했다. 나는 그에게 미소를 지으며 감사를 표했다.

김   인터뷰 응해주셔서 감사합니다. 제가 나중에 책으로 펴낼 여행기에
     사장님께서 해주신 말씀을 담아도 될까요?

박   네, 그래요. 다만 이 내용들은 제가 개인적으로 느꼈던 것이기에 모든
     사람에게 적용되지는 않아요.

김   네. 알고 있습니다.

   때마침 툭툭 기사가 건물 안으로 들어왔다. 그는 사람들에게 얼른 타라는 듯 소리쳤다. 나는 인터뷰를 마치고 형들과 허겁지겁 툭툭에 올랐다. 이후에 우리 셋은 라오스를 뒤로하고 국경을 넘었다. 그리고 저녁이 될 때쯤 태국 농카이 역에서 방콕으로 가는 기차에 올랐다.

박철수 대표. 이름만큼 정겹고 푸근한 인상의 그는
라오스의 순박한 풍경과 정서에 매료되어 이곳에 정착했다.

193

chapter 4

태국
Thailand

사와디 캅! 방콕

열차는 빠르게 달리며 새벽안개를 흩뜨렸다.

실내에는 좌석마다 간이침대가 구비되어 있었다. 입을 벌린 채 자던 나는 열차의 흔들림에 잠에서 깨어났다. 이곳은 숙면히기에 좋은 환경은 아니지만 예상 외의 개운함이 느껴졌다. 아직은 이른 시간이다. 사람들은 모두 자고 있을까? 나는 복도를 가린 커튼을 젖히고 얼굴을 내밀어 주위를 살폈다. 이미 3분의 1 정도는 일어난 듯 곳곳에 커튼이 젖혀 있었다. 잠시 후 창문 너머로 태양 빛을 받기 시작한 푸른 하늘이 펼쳐졌다. 열차는 태국의 풍경을 뒤로하며 남쪽으로 향했다. 조금 있으면 방콕에 도착한다는 생각을 하자 가슴이 쿵쿵 뛰었다.

열두 시간의 운행 끝에 기관사는 열차를 멈춰 세웠다. 드디어 방

방콕 후아람퐁 역 승강장.
전날 저녁 허름한 열차를 타면서 본 농카이 역과,
열두 시간 걸려 도착한 방콕 역은 분위기가 전혀 달랐다.

콕 '후아람퐁 역'에 다다른 것이다. 짐을 챙긴 형들과 나는 열차에서 내렸다. 우아! 역의 내부를 본 순간 입에서는 감탄사가 절로 나왔다. 어제 경유했던 농카이 역과는 분위기가 사뭇 달랐기 때문이다. 눈앞에 광장같이 넓은 승강장이 펼쳐졌다. 사람들은 높다란 돔 형태의 천장 아래에서 분주히 이동하고 있었다. 우리는 그들을 따라 출입구로 향했다. 그러자 벽면 중앙에 걸린 태국 국왕의 커다란 사진이 보였다. 입헌군주제 국가가 아닌 한국에서는 볼 수 없는 광경이기에 내가 다른 문화권에 왔다는 것이 실감났다.

"여기는 동남아에서 가장 현대화된 곳이야."

옆에서 함께 길을 걷던 영수 형이 말했다.

물론 방콕에는 낙후된 곳도 간간이 보였지만 대부분 고층 건물들이 도심을 채우고 있었다. 지금껏 여행했던 동남아의 여러 도시들 중에서 가장 현대적인 곳이었다. 태국에서의 여행이 설레기 시작했다. 나는 형들의 뒤를 졸졸 쫓으며 물었다.

"우리 이제 어디로 가요?"

"응. 카오산로드."

태국에서의 관광 계획을 짜놓지 않은 나로서는 뜻밖의 일정이었다. 그곳은 방콕에 여행을 온다면 반드시 한 번은 거쳐 가는 여행자들의 성지였다. 분명 가격이 저렴한 숙소도 있을 것이다. 자연스럽게 나는 오늘 카오산로드 주변에서 묵기로 계획을 세웠다.

"거기는 어떻게 가야 해요?"

"우리는 수상 버스를 타고 갈 거야."

"네? 수상 버스요?"

전혀 예상하지 못한 경로였다. 일단 무엇보다도 비용이 비싸진 않을지 걱정됐다. 며칠 전 라오스에서 엄므릿이 스피드 보트를 비싼 가격에 예매했다고 말한 것이 생각났기 때문이다.

잠시 후 우리는 선착장에 도착했다. 눈앞에는 널찍한 강이 넘실대며 흐르고 있었다. 태국에서 가장 긴 강인 '차오프라야강'이라고 했다. 널찍한 강폭을 보니 서울의 한강이 떠올랐다. 풍경을 바라보던 지형 형은 "이곳에서는 수상 버스만 타면 어디든 갈 수 있어"라고 말했다.

방콕의 중심부를 가르며 흐르는 차오프라야강, 그 위로 수상 버스가 도시 곳곳을 이동하며 사람들을 운송해주는 것이다. 그렇기에 방콕에서 배는 관광 상품일 뿐 아니라 시민들에게 중요한 이동 수단의 역할을 하고 있었다. 이런 운송 서비스가 효율적으로 운영된다는 사실이 신기하기만 했다. 여러 생각을 하며 강을 바라보는데, 어느새 수상 버스는 주황색 깃발을 펄럭이며 다가오고 있었다. 지형 형이 말했다.

"상우야, 지금 타자."

수상 버스에 올라타자 실내 양옆으로 총 네 줄의 좌석이 보였다. 우리는 입구에서 가까운 자리에 앉았다. 등 뒤로 동전이 짤랑이는 소리가 났다. 뭐지? 뒤를 돌아보니 승무원이 은색 통을 흔들며 요금을 걷고 있었다. 옆에서 영수 형이 "저 사람에게 돈을 내면 돼"라고 알려주었다. 그가 요구한 돈은 단돈 15바트. 우리 돈으로 600원도 안 되는 값이었다. 이렇게 저렴한 비용으로 배를 타면서 방콕을 구경할 수 있다고? 역시 태국은 여행자에게 천국이라 할 만했다. 곧 수상 버스는 물결을 일으키며 움직였다. 그러자 뻥 뚫린 사방으로 바람이 불어닥쳤다. 순간 가슴이 탁 트이는 기분이 들었다. 우리는 넋이 빠져서 풍경을 구경했다. 그러는 사이 배는 목적지에 순식간에 도착했다.

카오산로드는 선착장에서 멀지 않은 거리에 있었다. 환전을 마친 우리는 유심 칩을 구매했다. 이제 태국을 본격적으로 여행하기 위한 준비가 끝난 것이다. 하지만 우리가 함께하는 건 여기까지였다. 나는 방콕에서 한인 기업가를 만나 인터뷰 할 계획인 반면에 형들은 스쿠버다이빙 자격증을 따기 위해 파타야로 이동해야 했다. 형들은 생각할수록 참 고마운 인연이었다. 내가 방콕으로 간다는 이유 하나만으로 함께 동행해주며 도움을 주었으니 말이다. 만약 그들이 없었다면 태국에 오는 과정이 순탄치 않았을 것이다. 뜻밖의 사람들을 만나서 도움을 주고받으며 인연을 쌓아나가는 것. 홀로 나선 여행에는 이런 매력이 있었다.

마지막으로 우리는 식사를 같이하기로 했다. 형들의 추천을 따라 향한 곳은 일명 '쫀득이 국수'로 유명한 음식점이었다. 실내는 이미 사람들로 가득 차 있었다. 우리 셋은 거리의 간이 테이블에 앉게 되었다. 잠시 후 김을 모락모락 피우는 국수가 나왔다. 입에 침이 고였다. 태국 음식은 내게 잘 맞을까. 나는 걱정과 기대가 섞인 마음으로 면발을 집어 올렸다. 후루룩. 시원하게 입안으로 빨아들이자 쫀득한 국수 면발이 혀를 휘감았다.

"오! 이거 맛있는데요?"

내 얼굴엔 미소가 번졌다. 음식 때문에 동남아 여행 중 종종 고생했던 나로서는 놀라운 일이었다. 마치 푹 고아낸 한국식 사골 국물처럼 위화감이 느껴지지 않은 것이다. 나의 밝은 표정을 본 영수 형은 "그렇지? 이건 맛있다니까"라며 웃었다.

모두 정신없이 음식을 먹고 있는데, 영수 형이 물을 한 모금 마시더니 나를 향해 질문을 했다.

"상우야, 너는 어느 때가 가장 행복했어?"

"음, 행복했던 순간요?"

"응, 나는 전에 우리나라에서 오토바이 여행을 한 적이 있어."

형은 먼저 자기 경험을 들려주었다. 한 번은 아무도 없는 도로 위를 달리던 중 좌우로 나무숲이 펼쳐진 곳에 이르렀는데, 마침 서쪽으로 붉은 석양이 드리우는 것을 보게 되었다고 한다.

"그때 바람이 솔솔 불어왔는데 그 순간이 가장 행복했어."

형은 마치 눈앞에서 풍경을 보듯이 미소를 지었다. 그 말을 듣자 나도 기억 속의 한 장면이 떠올랐다.

"저는 어느 날 집 앞의 공원에 간 적이 있었어요. 가만히 벤치에 앉아 있는데 햇볕이 따스하더라고요. 그 순간 딱히 특별한 일이 없었는데도 마음이 꽉 채워진 것 같았어요. 무언가를 얻어야만 기쁜 게 아니라 그렇게 문득 살아 있음을 느끼는 것만으로도 행복할 때가 있는 것 같아요."

"맞아. 정말 그래."

인생을 살다 보면 어떤 이유에서든 불안감에 휩싸일 때가 있다. 그때 잠시 생각을 내려놓고 주위를 돌아보면 삶에 대한 걱정보다는 감사를 느낄 수 있는 요소가 많다는 사실을 깨닫게 된다.

"상우야, 나는 좋은 아빠가 되는 게 꿈이야. 행복한 가정을 꾸리고 싶어. 그러려면 돈이 필요하겠지. 내 자식이 결혼할 때 자그마한 집 하나는 장만해주고 싶어."

"저도 사업가가 되고 싶은 이유가, 제가 사랑하는 사람들에게 힘

녹색의 외양이 정겨운, 카오산로드의 '쫀득이 국수' 가게.
인도 위 간이 테이블에서 맛본 이곳 국수는,
음식 때문에 내내 고생했던 나의 입에도 아주 잘 맞았다.

이 되어주고 싶기 때문이에요."

모두 저마다 꿈을 안고 살아간다. 그렇기에 각자가 가는 길도 다
를 것이다. 식사를 마친 우리는 작별을 고하며 각자의 길로 향했다.
나는 손을 흔들며 언젠가 다시 만나게 되기를 희망했다.

라차다피섹 역을 향해

카오산로드에 도착했을 때 형들은 내게 한 숙소를 추천했었다.

한 시간 전, 함께 길을 걷던 영수 형이 한 곳을 가리키며 "저기가
한국인들에게 유명한 숙소야"라고 알려주었다. 나는 기억을 더듬
으며 건물의 위치를 찾아냈다. 그리고 호스텔 안으로 들어갔다.

"도미토리 방을 구하러 왔는데요."

사장은 자신을 따라오라며 앞장서서 방을 보여주었다. 네 개의 복층 침대가 배치된 8인실. 에어컨이 달린 실내는 인테리어를 새로 한 지 얼마 되지 않은 듯 깨끗했다. 알록달록한 원색의 면 커버가 매트리스 위에 씌워져서 기분 좋은 에너지를 전달했다. 나는 침대 하나를 손가락으로 가리켰다.

"여기로 할게요."

짐을 내리고 침대에 털썩 앉았다. 그제야 살 것 같았다. 나는 침대 위에 누워 팔다리를 쭉 뻗었다. 오전에 막 새로운 나라에 도착해서인지 정신이 하나도 없었다. 태국에서의 목표를 완수하기 위해서는 잠시 차분하게 생각을 정리할 시간이 필요했다. 이럴 때는 샤워가 제격이다. 화장실에 들어간 나는 따뜻한 물을 틀었다. 그와 동시에 머릿속으로는 인터뷰를 계획하기 시작했다.

내가 방콕에서 만나고 싶은 기업가는 강금파 대표였다. 한국에서 여행을 준비하면서 그에게 관심을 가진 이유는 사업 분야 때문이었다. '그린그로스' 창업자이면서 '아이윈드'의 이사인 그는 신재생 에너지인 풍력과 태양광발전 사업의 전문가로, 태국을 거점으로 활약하고 있었다. 내가 창업을 고려하며 한 번도 생각하지 못한 분야였기에 그와 대화하고 싶은 마음이 특히 간절했다. 더욱이 강 대표의 예전 인터뷰 기사에서 그가 사업을 펼치기까지 고군분투했던 과정을 읽고 나서 그에게서 많은 사업 노하우를 배울 수 있겠다는 희망을 갖게 되었다.

그런데 어떻게 인터뷰를 요청해야 하나. 입을 앙다물고 골똘히 생각했다. 인터넷을 검색하면서 찾은 정보는 회사의 위치뿐이었다.

그리고 무엇보다도 난감한 한 가지 변수가 있었는데, 그의 회사 사무실이 태국 내에 두 곳 있다는 점이다. 위치를 알리는 페이지에는 방콕 지점과 다른 지방 지점의 위치를 동시에 표시하고 있었다. 만약 이번 한 주 동안 강 대표가 다른 지역에 있다면 나는 어찌할 방법이 없었다. 그 사실을 떠올리자 내 표정은 어두워졌다. 하지만 이번에도 미리 결과를 단정 짓지 않기로 했다. 일단 오늘 내로 방콕에 있는 회사에 찾아가보기로 마음먹었다.

뜨거운 물로 샤워를 하자 다시 차분한 분위기가 감돌았다. 나는 온몸의 물기를 닦고 침대에 걸터앉아 강 대표를 만나기 위한 준비에 돌입했다. 먼저 할 일은 인터뷰용 질문을 선별하는 것이었다. 노트를 펼친 나는 그의 사업에 대한 궁금증을 적어나갔다. 질문지가 완성된 뒤에는 인터뷰를 요청하는 편지를 작성했다. 태국에서 이 종이가 무사히 전달될지는 알 수 없지만 나에겐 가장 설레는 순간이었다. 결국 두 번을 새로 고쳐 쓴 끝에야 진심을 눌러 담은 글이 완성되었다. 이제 준비가 끝났다. 나는 카메라 가방에 인터뷰 도구를 챙겨 넣고 강 대표를 만나기 위한 여정을 시작했다.

회사는 '라차다피섹 역' 주위에 있다고 했다. 나는 우선 버스를 타고 가까운 역으로 이동하기로 했다. 얼마 후 정류장으로 524번 버스가 도착했다. 다행히도 버스 안은 사람이 없이 한산했다. 뒤쪽으로 걸어간 나는 창가 좌석에 자리를 잡았다. 짤그락짤그락. 이번에도 쇠붙이가 부딪는 소리가 들렸다. 앞을 보니 동전 통을 든 승무원이 다가오는 모습이 보였다. 이제 태국의 대중교통 문화가 조금씩 익숙해지고 있었다. 나는 그녀에게 목적지를 알렸다.

"짜뚜짝 공원요."

"14바트입니다."

"네, 여기요."

승무원은 내게 거스름돈과 붉은 버스표를 건넸다. 도착지까지는 사십 분 정도가 걸린다고 했다. 이어폰을 귀에 꽂은 나는 음악을 들으며 고개를 돌렸다. 에어컨 바람이 햇빛으로 달궈진 몸의 열기를 식혔다. 나는 창밖 풍경을 바라보았다. 교복을 입은 태국 학생들, 시장에서 물건을 판매하는 상인들. 태국 현지인들의 일상을 잠시나마 구경할 수 있었다. 버스를 타고 가는 이 순간도 또 하나의 여행이라고 생각하자 기분 좋은 웃음이 지어졌다. 그러는 동안 시간은 꽤 흘렀다. 혹시나 도착지를 지나친 것은 아닐까. 걱정스러운 마음이 들었다. 나는 옆에 서 있는 다른 승객에게 영어로 조심스럽게 물었다.

"짜뚜짝 공원까지는 얼마나 더 가야 하나요?"

"저도 거기서 내려요. 도착할 때 제가 알려줄게요."

"고마워요."

내가 고마움을 표하며 고개를 끄덕였다. 잠시 후 남자는 내게 무언의 눈짓으로 도움을 주었다. 버스가 목적지에 도착한 것이다. 그 덕분에 나는 무사히 내릴 수 있었다.

길가를 따라 걷자 인근의 지하철역이 나타났다. 나는 에스컬레이터를 타고 아래로 내려갔다. 인터넷을 찾아보니 방콕의 도시철도는 세 가지로 나뉜다고 했다. MRT와 BTS 그리고 공항철도다. 철도 간에는 환승이 되지 않아서 별도로 표를 구입해야 한다고 했다. 요금 또한 비싼 편이다. 해외에 오니 한국의 지하철 시스템이 얼마나 편리한지 새삼 느끼게 되었다.

나는 티켓 발권기 앞에 섰다. '라차다피섹'을 누르자 기계는 검고 동그란 토큰을 뱉어냈다. 조그만 토큰이 티켓 역할을 하는 것이다. 열차의 내부는 한국과 크게 다를 것이 없었다. 자리에 앉자마자 핸드폰에 열중하는 모습은 만국 공통인 것 같았다. 나는 잠시 사람들을 구경하며 멍해 있었다. 그러던 중 스피커에서 나온 안내 방송이 나를 깨웠다.

"이번 역은 라차다피섹 역입니다."

잠시 후면 강 대표를 만날 수도 있겠구나! 나는 떨지 않기 위해 심호흡을 했다. 그리고 결심을 단단히 하며 지하철에서 내렸다.

방황하는 하루

구글 지도를 켜고 인터넷에서 찾은 회사의 GPS 좌표를 입력했다. 나는 스마트폰이 안내해주는 길을 따라 걷기 시작했다. 하지만 발걸음을 내디딜수록 뭔가 이상했다. 높은 빌딩들이 에워싼 거리를 상상했는데, 그와 달리 길은 대로에서 골목으로 점차 좁아지고 있었다. 맞게 가고 있는지 확신이 안 섰다. 아무리 보아도 빌라 단지 말고는 다른 것이 보이지 않았다.

십여 분을 걸은 끝에 내 발은 한 건물 앞에 멈추었다. 나는 눈앞의 광경에 할 말을 잃었다. 평범한 개인 주택이었다. 흰 대문 너머 담장 안쪽엔 잔디가 깔린 정원이 있었다. 전혀 회사로 보이지 않았다. 나는 복잡한 마음에 지도를 다시 확인했다. 하지만 목적지는 변함없이 이곳을 가리키고 있었다. 초인종을 눌러야 하나? 만약 강 대표가 이곳에 있다면 지금 문을 두드려야 하는데…….

고민하는 사이, 하늘에서 강한 햇볕이 내리쬐었다. 찌푸린 이마 위로 땀이 주르륵 흘렀다. 청바지가 끈적하게 허벅지에 달라붙을 무렵 결론을 내렸다. 홈페이지에 등록된 회사 좌표가 잘못 입력된 것이다. 태국어로 된 주소도 표기돼 있었는데 아마 그것이 제대로 된 회사 위치를 알려주는 것 같았다. 나는 현지인의 노움을 받기로 했다. 시계를 보니 5시 반. 보통 직장인들이 6시에 퇴근하니까, 오늘 내로 강 대표를 만나려면 서둘러야 했다. 마음이 급해진 나는 주변을 살폈다. 거리를 걷는 한 할아버지가 보였다.

"여기로 가려면 어떻게 해야 해요?"

그는 눈을 찡긋거리며 태국어로 된 주소를 유심히 보았다. 그러다 지나가던 트럭 기사를 불러 세웠다. 할아버지는 그에게 스마트폰을 보여주었다. 그러자 남자는 자기 차에 타라며 손짓했다. 아, 목적지까지 태워주려는가 보다! 나는 흥분된 마음으로 그의 옆자리에 앉았다. 남자는 내 스마트폰을 보며 혼잣말을 중얼거렸다. 그리고 잠시 후 그의 입에서 나온 말은 내 머리를 망치로 때리는 것 같았다.

"여기서 멀어요. 택시 타고 가야 해요."

"아…… 그런가요?"

그는 동네를 돌아 지하철역 앞에 나를 내려주고 떠났다. 마지막으로 "이곳이 아니에요. 몇 정거장을 더 가야 해요"라는 말을 남기고. 결국 모든 것이 원점으로 되돌아왔다.

다리에 힘이 풀린 채 역 안으로 들어갔다. 어떻게든 오늘 강 대표를 만나서 편지를 전달하고 싶었다. 만약 허락을 받더라도 인터뷰는 그의 일정에 따라 수일을 더 기다려야 할지도 모르기 때문이다. 그런데 찾아온 곳이 잘못된 위치라니. 마음이 착잡했다. 그때 단정하게 차려입은 지하철 보안 직원이 보였다. 나는 혹시나 하는 마음에 그에게 다가가 스마트폰을 보여주며 위치를 물었다. 그러자 그는 의외의 대답을 했다.

"이곳 주변이네요."

"아, 진짜요?"

"네. 이쪽으로 나가면 바로 있어요."

이어서 직원은 4번 출구 쪽을 가리켰다. 잠깐, 누구의 말이 맞는 거야? 생각이 뒤죽박죽 엉키기 시작했다. 하지만 기대해볼 만한 점은, 그가 아직 내가 가보지 않은 출구를 가리켰다는 것이다. 나는 그 사실에 희망을 걸어보기로 했다. 인도를 따라서 걷다가 한 행인에게 주소를 보여주며 물었다.

"이 주소로 가려면 어디로 가야 하나요?"

"저기 바로 앞에서 우측으로 돌면 빌딩이 있어요."

그의 말을 따라 오른쪽으로 돌자 좌우로 빌딩들이 늘어서 있었다. 분명 좀 전의 골목과는 크게 다른 분위기였다. 회사 상호가 건물마다 붙어 있었다. 나는 그가 알려준 빌딩 앞에 섰다. 깔끔한 외벽에 10층 정도 되는 건물이었다.

반신반의하는 마음으로 문을 열고 들어갔다. 엘리베이터를 탄 나는 안도의 미소를 짓게 되었다. 벽면에 '아이윈드' 회사 소개와 이미지가 붙어 있었다. 드디어 제대로 왔구나! 엘리베이터는 9층에 멈췄다. 이제 계단으로 한 층만 올라가면 사무실이 있을 것이다. 아무도 없는 복도. 터벅터벅 오르는 발소리가 실내에 울렸다. 마침내

어렵사리 찾아온 목적지.
조금 덜 헤맸더라면 하루를 아낄 수 있었을 텐데…….
그래도 곧 인터뷰를 성사할 수 있으리라는 희망에
다시금 마음을 다잡아보았다.

유리문 앞에 서서 나는 힘껏 손잡이를 밀었다. 철컥철컥. 도어록의
쇠가 부딪히는 소리가 귀를 때렸다. 문이 굳게 잠겨 있었다. 아니,
분명 불이 켜져 있는데? 당황한 나는 유리문을 통해 내부를 들여다
보았다. 알고 보니 햇빛이 사무실 안을 비추고 있는 것이었다. 노크
를 해봐도 아무런 대답이 돌아오지 않았다. 이미 다 퇴근해버린 뒤
였다.

　나는 관리인에게 물어봐야겠다고 생각했다. 다시 1층으로 내려
가자 경비원으로 보이는 남자가 있었다.

　"미스터 강이 오늘 여기 왔었나요?"

　그는 영어를 알아듣지 못하고 고개를 갸우뚱했다. 나는 강 대표
의 사진을 보여주며 번역 어플리케이션을 활용해 다시 물었다.

　"이분 오늘 오셨어요?"

스마트폰에서 태국어 음성이 흘러나왔다. 그는 고개를 끄덕이며 미소를 지었다. 나는 안도감을 느꼈다. 일단 강 대표가 태국에 있다는 것을 확인했기 때문이다.

"오늘 몇 시쯤 떠나셨어요?"

그는 내 스마트폰의 자판으로 '6:00'이라고 쳐서 내게 보여주었다. 현재 시간은 6시 10분이다. 단 십 분의 차이로 그를 못 만난 것이다. 헤매지 않고 단번에 이 빌딩으로 왔더라면 하루를 아낄 수 있었는데……. 너무나 아쉬웠다.

"오늘 언제 오셨어요?"

'5:00', 그는 역시나 자판을 눌러 보여줬다. 내가 고맙다고 하자 그도 환한 웃음을 지으며 인사했다. 내일 5시에 맞춰서 온다면 강 대표를 만날 수 있겠다는 생각이 들었다. 비록 오늘 그를 만나지는 못했지만 중요한 정보를 얻었다고 생각하며 스스로를 다독였다.

다시 찾아온 회사

다음 날 나는 계획보다 네 시간이나 일찍 회사에 도착했다.

원래는 5시까지 가려 했지만 이번에도 간발의 차이로 엇갈릴지 모른다는 두려움이 나를 재촉한 것이다. 나는 건물에 오자마자 어제 만났던 경비원에게 '미스터 강'이 왔는지부터 물었다. 그에게서 강 대표가 도착했다는 소식을 듣고 나는 안도했다.

방금 전 지하철역에 도착한 순간부터 빨라진 심장박동은 누그러지지 않았다. 이제는 실전이다. 나는 화장실에 들어가 복장을 고치기 시작했다. 허름한 티셔츠를 벗고 와이셔츠를 몸에 걸친 뒤 단추를 하나씩 채웠다. 그저 단추를 잠그는 게 아니라 불안한 마음을 여미는 행위였다. 출정을 앞둔 장수가 마지막 정비를 하는 것 같은 비장한 분위기랄까.

딩동. 엘리베이터는 9층에서 멈췄다. 어제와 같이 계단을 올랐다. 태국에 오기까지는 많은 시간이 걸렸다. 그러나 실제로 강 대표를 만나서 승낙 여부를 듣기까지는 단 몇 분이면 충분할 것이다. 그 짧은 순간을 어떤 대화로 채워야만 인터뷰 승락을 얻을 수 있을까. 생각이 여기 미치자 더욱 긴장되었다. 드디어 마지막 계단을 딛고 회사 문을 열려는 찰나. 문 앞에서 마주한 황당한 광경에 할 말을 잃었다. 또 불이 꺼져 있는 것이다. 분명 경비원은 강 대표가 도착했다고 했는데, 도대체 무슨 상황일까.

곧바로 1층으로 내려갔다. 그런데 좀 전의 남자는 온데간데없고 제복을 단정하게 갖춰 입은 경비원 세 명이 모여 있었다. 아까 대화를 나눴던 경비원은 어디로 간 거지? 기억을 떠올려보니 그 남자는 제복이 아니라 달랑 티셔츠 하나를 입고 있었다. 그렇다면 그는 경비원이 아니었단 말인가. 나는 도대체 누구와 대화를 나눈 거지? 당최 이해가 안 가는 상황이었다. 착잡한 심경으로 일단 눈앞의 경비원에게 강 대표의 사진을 보여주며 말했다.

"미스터 강은 어디 계신가요?"

그들은 서로 웅성웅성 얘기하더니 "모르겠는데요"라는 허무한 답변을 했다. 그리고 계속된 나의 질문에도 모른다는 말로 일관했다. 미치고 팔짝 뛸 노릇이었다. 내가 반복해서 부탁하자 결국 한 경비원이 나를 엘리베이터에 태웠다. 그가 누른 층수는 5층. 의도를 알 수 없었기에 내 몸은 굳었다. 문이 열리자 한 건설회사가 나왔다. 왜 이곳에 온 거지? 그는 사무실 안으로 들어가더니 한 여직원을 데려왔다.

"미스터 강을 찾나요?"

그녀는 유창한 영어로 내게 물었다.

"네."

"그분은 지금 여기 안 계세요."

힘이 쭉 빠지는 말이었다. 우려했던 대로 사업을 위해 다른 지방으로 간 모양이었다. 아쉬운 마음으로 그녀에게 "언제부터 안 계신 건가요?"라고 되물었다.

"두 달 정도 되었어요. 이곳을 떠나서 다른 곳에 계세요."

그가 태국 안에만 있다면 멀리 열차를 타고서라도 찾아가겠다는 마음이었다. 조심스럽게 직원에게 강 대표의 위치를 물었다. 그러자 의외로 희망적인 답변이 돌아왔다.

"여기서 지하철을 타고 네 정거장을 가면 '라마9세 역'이 나와요."

"아, 가까이 계시는가 보군요!"

이어서 그녀는 설명을 했다. 역 앞에는 '센트럴 플라자'가 있다, 그 주변에 '그랜드 빌딩'이 있는데, 그곳에 또 다른 사무실이 있다고 했다. 다행히 멀지 않은 거리였다.

"고마워요. 대표님이 그곳에 계신 거죠?"

전날부터 잘못된 정보로 여러 번 고생한 탓에 어떤 말도 쉽게 확신이 가지 않았다. 직원은 "거기에 계실 거예요"라고 말하면서 종이에 회사 전화번호를 적어서 내게 주었다.

"정말 감사합니다."

나는 그에게 인사하고 건물 밖으로 나왔다. 하지만 반신반의하는 마음은 좀처럼 사라지지 않았다.

한국에서 온 대학생입니다

그새 하늘에는 먹구름이 드리웠다.

잠시 후 지하철을 타고 '라마9세 역'에 도착했다. 나는 출구의 계단을 오르며 옆을 쳐다봤다. 유리창에는 빗물이 송골송골 맺혀 있었다. 다행히 비는 맞아도 될 만큼만 내리고 있었다. 그런데 혼자서 비를 맞으며 길을 걷자니 울적한 마음이 사라지지 않았다. 태국에서 잘못된 정보로 계속 허탕을 치는 중에 하필 비까지 내리니 내 스스로가 더욱 처량하게 느껴진 것이다. 제발 이곳에서만큼은 강 대표를 만나길 바라는 마음이 굴뚝같았다. 정신을 차리고 보니 눈앞에 커다란 건물이 서 있었다. 대형 백화점인 듯이 규모가 컸다. 상단에는 'Central Plaza'라고 적혀 있었다. 직원이 말해준 곳이었다. 나는 건물의 안내 직원에게 다가가 물었다.

"여기서 그랜드 빌딩으로 가려면 어디로 가야 하나요?"

"직진하다 보면 오른쪽에 길이 있어요. 거기서 조금만 더 걸으면 보일 거예요."

그의 말대로, 인도를 따라 걷자 옆으로 한 갈래의 길이 뻗어 있었다. 여기구나. 나는 확신을 가지고 방향을 틀었다. 잠시 후 입이 쩍 벌어졌다. 빌딩이 압도적인 크기로 우뚝 솟아 있었다. 30층이 거뜬히 넘어 보이는 건물은 전면이 모두 유리로 덮여 있었다. 마치 거대한 거울이 하늘의 빛을 통째로 반사하고 있는 것 같았다. 주변의 표지판을 보니 이 건물의 정확한 이름은 '그랜드 라마9 빌딩'이었다. 강 대표가 이곳에 있을까. 그가 과연 나를 만나주려 할까? 발걸음을 주춤했다. 내 모습이 작고 초라하게 느껴졌기 때문이다. 나는 잠시 후 벌어질 상황을 상상했다. 예상되는 경우의 수는 총 네 가지였다. 나는 어떤 결과에도 실망하지 않기 위해 최악의 상황부터 차분히 떠올려보았다.

최악의 경우는 두 가지이다. ①강 대표가 외부로 출장을 가서 연락조차 닿지 않는 것. ②그가 사무실에 있지만 요청을 거절하는 상황. 반면 해피엔드도 상상해볼 수 있었다. ③강 대표와 일정을 약속하고 며칠 뒤 인터뷰하는 것. 그리고 더할 나위 없이 최고의 상황은 ④오늘 바로 그가 흔쾌히 시간을 내주어 인터뷰가 진행되는 일. 신기하게도, 구체적으로 경우의 수를 떠올리다 보니 이전의 불안했던 마음이 해소됐다. 이제는 어떤 것이든 간에 결과를 확인해보고 싶다는 호기심이 나를 강하게 이끌었다.

나는 로비에 들어섰다. 일단 빌딩에 강 대표의 회사가 있는지부터 확인해야 했다. 안내 데스크로 향했다. 단정히 차려입은 두 명의 여직원이 앉아 있었다.

"혹시 이 빌딩에 아이윈드라는 회사가 있나요?"

"잠시만요."

직원은 책상 위의 목록에 손가락을 대고 훑었다. 이곳마저 잘못된 장소라면 더 이상 방법이 없었다. 입안이 바싹 말랐다. 어떤 대답이 돌아올지 기다리고 있는데 직원의 음성이 들렸다.

"네, 29층에 사무실에 있네요."

와! 나는 마음속으로 환호성을 질렀다. 미소를 지은 나는 로비 주변을 훑었다. 하지만 데스크 옆 광경이 내 심장을 철렁하게 했다. 엘리베이터로 이어지는 길목엔 보안 게이트가 설치되어 있어서 사원증이 없이는 통과하지 못하도록 되어 있었다. 목적지에 다 와서 발이 묶이다니. 안내 직원에게 물었다.

"사무실로 들어갈 수 있나요?"

"안으로 들어가려면 사원증이 필요한데, 있으세요?"

"음, 아니요."

의심하는 눈초리가 날아왔다. 이를 어쩌지. 나는 재빨리 카메라 가방 안에 손을 넣어 편지를 꺼냈다.

"안에 가서 이것만 전달하면 되는데 잠깐 들여보내주시면 안 될까요?"

"사원증이 없으면 안 돼요."

그녀는 단호하게 대답했다. 절망적이었다. 빌딩만 잘 찾아가면 문제가 해결되리라는 짧은 생각은 출입구라는 변수 앞에서 무너졌다. 속수무책으로 발을 동동 구르고 있는데 안내원이 말했다.

"직원이 데려가주기로 했나요?"

"아니요."

그녀는 뜻밖의 한 가지 방법을 알려줬다.

"그럼 회사 전화번호를 알려드릴 테니 직원에게 내려와서 데려가달라고 해보세요."

안내 직원은 본인의 스마트폰으로 전화를 했다. 그러고는 상대와 태국어로 얘기하기 시작했다. 내 사정을 말하고 있는 건가? 나는 그 상황을 차분히 바라보고 있었다. 갑자기 그녀가 스마트폰을 쓱 내밀었다. 엉겁결에 전화를 건네받은 나는 인사부터 했다.

"안녕하세요."

"무슨 일로 전화 주셨나요?"

젊은 여성의 목소리였다. 나는 일단 이곳에 찾아온 이유부터 차분히 설명했다.

"네, 미스터 강을 뵙고 편지를 드리고 싶어서 찾아왔습니다."

"전화하신 분은 누구신가요?"

순간 입술이 돌처럼 굳었다. 사업가도 아니고 그와 일면식도 없는 나로선 스스로를 뭐라 소개해야 할지 몰랐다.

"학생입니다. 한국에서 온……."

잠시 정적이 흘렀다. 곧 상대는 본인이 잘못 들은 건 아닌지 확인하듯이 내게 물었다.

"학생이라고요?"

"네, 한국에서 온 대학생이에요."

"미리 약속을 하셨나요?"

"아니요."

"음……."

직원은 고민하는 듯했다. 나는 어떻게든 이 기회를 잡아야만 했다. 그에게 편지만이라도 전달하고 싶다고 한 번 더 간곡히 부탁했다. 그러자 곧 대답이 돌아왔다.

"그럼 제가 로비로 내려갈게요."

몇 분 뒤, 한 여성이 엘리베이터에서 내려 다가왔다.

"전화 주신 분이죠?"

"네. 그런데 미스터 강은 사무실에 계신가요?"

"케빈 말씀하시는 거죠?"

그녀는 한국식 이름에는 익숙하지 않은 것 같았다. 그가 확인해 보라는 듯이 스마트폰을 꺼내서 사진을 보여줬다. 화면에는 강 대표의 사진이 있었다. 기사를 통해 봤던 그의 얼굴이 분명했다.

"네, 이분 맞아요! 케빈은 영어 이름인가 보네요?"

여자는 고개를 끄덕였다. 다행히 이번에는 순조롭게 일이 풀리고 있었다. 대화가 잘되면 직접 강 대표를 만나 편지를 전달하며 인터뷰를 요청할 수 있을 것 같았다. 하지만 그때 직원의 입에서 튀어나온 말은 내 기대를 와르르 무너뜨렸다.

"어쩌죠? 케빈은 여기에 안 계세요."

"그럼 혹시 어디 계신지 아세요?"

"저도 알 수 없어요."

순간 내 뇌는 공회전을 하며 아무런 생각도 떠올리지 못했다. 아무래도 그는 사업차 멀리 가 있는 것 같았다. 나는 직원에게 편지를 전달했다. 강 대표가 그것을 읽기까지는 오랜 시간이 걸릴 것이다. 예상했던 경우의 수 중에서도 최악의 상황이었다. 사실 어찌 보면 당연한 결과였다. 그에게 연락한 바 없이 무턱대고 찾아온 것이기 때문이다. 어떤 결과든 받아들이는 게 옳았다. 하지만 염치없게도, 무너진 내 마음을 일으키기가 쉽지 않았다.

최악의 하루에서 최고의 하루로

다리에 힘이 풀린 채 터벅터벅 빌딩을 나왔다.

이제 어디로 가야 하나. 갈 길을 잃은 나는 아무 생각 없이 거리를 걸었다. 이내 한 가판대 앞에서 발이 멈췄다. 철판 위에서 노릇노릇하게 구워진 치킨이 침샘을 자극했다. 그제야 오늘 하루 동안 제대로 된 식사를 못 했다는 사실이 떠올랐다.

"얼마예요?"

주인은 "한 조각에 40바트"라고 대답했다. 나는 하나를 샀다. 그리고 인적이 드문 골목에 들어가 화단 앞에 걸터앉았다. 주변에는 노숙자들이 누워서 잠을 자고 있었다. 정처 없이 떠도는 내 신세가 그들과 비슷하게 느껴졌다. 한숨을 푹 쉬었다. 그리고 쓰린 마음을 달래듯이 치킨을 한입 베어 물었다. 나는 이곳에 오기 전부터 가졌던 소망이 있었다. 만약 인터뷰가 일찍 끝난다면 휴양지에 가서 단 며칠이라도 휴식을 가져보자는 것. 하지만 강 대표를 만날 수 없게 됐으니 다시 새로운 사업가와의 인터뷰를 위해 고군분투해야하는 상황이었다. 결국 휴양지 계획은 과감히 포기하기로 했다.

이왕 이렇게 된 거, 먹고 싶은 거나 먹어보자. 나는 센트럴 빌딩으로 들어갔다. 그리고 눈에 불을 켜고 음식점을 찾아다녔다. 스트레스나 풀 겸, 휴양지에 가서 사용할 돈을 그냥 써버리기로 한 것이다. 일단 도넛부터 먹기로 했다. 그리고 가게에 들어가려는 찰나, 습관적으로 스마트폰을 확인했다. 어, 뭐지? 나는 고개를 갸우뚱했다. 받은 이메일 수가 하나 늘어난 것이다. 손가락으로 눌러서 메일을 열었다. 걸음을 멈추고 천천히 내용을 읽기 시작했다.

김상우 학생,

좀 전에 우리 사무실을 방문했다던데,

방금 편지를 받았습니다.

내 전화번호는 081-○○○○-○○○○

시간 되면 지금 사무실로 오셔도 됩니다.

강금파 배상

그 자리에서 함성이 터져 나왔다. 시간을 계산해보니 강 대표는 내가 떠난 직후에 사무실에 도착한 모양이었다. 단 오 분 만에 상황이 역전된 것이다. 나는 곧바로 답장을 전송했다.

김상우입니다.

저는 지금 센트럴 빌딩에 있습니다.

지금 바로 찾아뵙겠습니다!

김상우 올림

방금 전에 나온 그랜드 빌딩으로 다시 발걸음을 옮겼다. 이제는 안내 데스크 직원에게 당당히 스마트폰을 보여주며 말할 수 있었다. "미스터 강이 사무실로 오라고 하셨습니다!"라고.

나는 이메일에 적힌 번호로 전화를 걸었다. 그러자 영어 인사말이 들려왔다. 강 대표의 목소리였다.

"여보세요?"

나는 한국어로 "안녕하세요. 연락 드린 김상우입니다"라고 대답했다.

"그 학생?"

그는 확인하듯이 물었다. 나는 기쁜 마음으로 로비에 도착했다는 사실을 전했다. 그러자 대답이 돌아왔다.

"내가 직원을 내려 보낼게요. 기다리세요."

잠시 후 엘리베이터에서 아까와는 다른 직원이 걸어 나왔다. 흰 셔츠를 단정히 입은 모습이었다. 그녀는 나를 보고 물었다.

"미스터 킴?"

"네."

"이쪽으로 따라오세요."

엘리베이터 안에서 직원은 29층을 눌렀다. 한 층씩 올라갈수록 내 긴장감도 함께 상승했다. 이 모든 게 꿈만 같았다. 어제 태국에 도착한 뒤 하루 만에 강 대표의 회사 안으로 들어가게 된 것이다. 직원이 지문인식기에 손가락을 갖다 대자 자동문이 스르륵 열렸다. 잠시 후 넓고 깔끔한 회사의 실내가 펼쳐졌다. 파티션으로 구획된 자리마다 직원들은 앉아 일을 하고 있었다. 정장을 입은 깔끔한 모습이었다. 나는 그 사이를 지나가면서 눈을 동그랗게 뜨고 구경했다. 그때 직원이 한 곳을 가리켰다.

"저기에 케빈이 있어요."

문이 열린 방으로 조심스럽게 다가갔다. 그 안에는 반듯한 와이셔츠에 넥타이 차림의 한 남자가 있었다. 강금파 대표였다.

"안녕하세요! 시간 내주셔서 감사합니다!"

나는 고개를 숙여 정중히 인사를 했고, 그는 악수를 청했다. 드디어 강 대표와의 인터뷰가 성사됐다.

아이윈드

강금파 전前 이사

누군가는 도전을 해야 한다.
젊은이여, 사업을 하라!

강금파 대표는 2006년 지인의 사업 자문에 응해, 2009년에 제주
삼달 풍력발전단지를 완벽히 준공시키며 신재생 에너지 프로젝트로의
첫발을 뗐다. 이후 태국의 신재생 에너지 기업인 IFEC와 손잡고
아이윈드 I-Wind를 설립했다. 그는 태국 팍파낭 풍력발전 개발 사업을
진행했으며, 그 밖의 다양한 프로젝트를 기획하여 국내외 유명 기업에
투자 자문을 제공했다. 현재 강 대표는 아이윈드 이사에서 물러나,
미국 신재생 에너지 투자 회사인 아시아큐브에너지 ACE의 한국
대표를 맡아 국내의 풍력, 태양광발전 사업에
개발 및 투자를 하고 있다.

강금파 대표(이하 강) 내가 태국에 있는 날, 다른 나라에 가 있는 날이 거의 반반인데…….

자리에 앉자마자 강 대표가 입을 열었다. 나는 가슴을 쓸어내렸다. 일정을 맞춘 것도 아닌데, 다행히도 강 대표가 태국에 있을 때 온 것이다.

김 감사합니다. 제주도에서도 사업을 하신다고 들어서 거기에 계실 수도 있겠다고 생각했어요.

강 제주도에도 꽤 있었고, 강원도에도, 태국에도……. 그리고 최근엔 폴란드에서 연락이 들어와서 관련 자료를 구하고 있어요. 내용이 괜찮으면 거기도 하려고요.

그는 세계 곳곳에서 사업을 활발히 진행하고 있었다. 그렇기에 길이 엇갈리지 않고 그를 만났다는 사실이 기적처럼 느껴졌다.

강 4학년이면 졸업할 때 됐네요?

강 대표는 내 편지 내용을 떠올리며 물었다. 나는 그에게 사업을 꿈꾸게 된 경위를 상세하게 설명했다. 대학에서 경영을 전공하지 않았기에 직접 대표님을 만나서 배우길 원한다는 사실도 강조해 전했다. 그러자 강 대표가 반사적으로 대답했다. 그의 눈빛은 칼날처럼 예리했다.

강 경영학과를 나왔다고 사업을 잘하는 건 아니에요. 사업 노하우는 책 속에 있는 게 아닙니다. 경영학이란 기존의 마케팅, 시장조사, 성공한 모델들을 분석한 것이지. 하지만 막상 경영 일선에 와보면 전혀 달라요. 교과서로는 일정한 규칙이나 경험을 익힐 뿐. 수학과를 나오느냐, 국문학과나 경영학과를 나오느냐 하는 건 별 의미가 없어요.

그의 말은 비전공자인 나에게 더욱 힘을 북돋워주었다.

김 그럼 어떤 점이 중요한가요?

강 본인의 목표죠. 사업이라는 건 단기간에 승부를 볼 수 없어요. 그렇죠? 처음에 자기 사업에 필요한 아이템을 고르기도 어렵고, 골랐다 해도 수많은 경쟁을 헤쳐 나가는 게 쉽지 않아요.

사업은 간단하지 않은 과정이다. 그렇다면 그는 태국 땅에서 현재에 이르기까지 어떤 스토리를 써 내려왔을까? 호기심을 가득 안은 채 본격적으로 인터뷰를 시작했다.

사업하기로 결정한 건 잘한 일이다

남들처럼 대기업에 취직하는 게 어때?

주변 사람 대부분이 창업을 꿈꾸는 나에게 이 같은 우려를 내비쳤었다. 우리나라 사람들은 누군가 사업을 하겠다고 하면 말리기 급하다. 한 번의 실패는 곧 재기할 수 없는 인생의 나락으로 인식되기 때문이다. 하지만 강 대표는 이런 세간의 인식과는 반대되는 말로 대화를 시작했다.

강 사업하기로 결정한 것은 굉장히 잘한 일이에요.

그 순간 그의 음성이 머릿속에 메아리처럼 울려 퍼졌다. 지금껏 그 누구도 내게 해주지 않은 말이었다.

강 지금 우리나라가 취업률이 떨어져서 난리잖아요. 왜 그런지 생각해본 적 있어요?

김 음…… 경제 불황으로 취직 문이 좁아진 것도 있고, 너도나도 대기업에 들어가려다 보니 경쟁이 더 치열해진 것도 원인 아닐까요? 그러다 보니 작은 기업은 오히려 인력난에 시달리고 있고요.

강 그럼 메이저 회사에 들어가려는 건 왜일까요?

김 안정적이고 연봉도 많으니까요.

강 연봉 많은 건 맞는데, 절대 안정적이지 않아요.

사업은 위험하다. 그렇기에 취직을 해야 한다고 모두가 생각한다. 하지만 강 대표는 취직 역시 안정적인 길은 아님을 지적했다.

강 한 해에 100명 입사하면 몇 년 후 살아남는 사람은 몇 명 안돼요. 경쟁에 도태되고, 적성에 안 맞아서 물러나고. 요즘엔 나가봐야 다른 데 들어간다는 보장이 없으니 억지로라도 붙어 있죠.

김 역시 그렇군요.

강 급여도 좋은데 왜 버티지 못하고 나갈까요? 대기업은 절대 호락호락
하지 않아요. 거기도 적성에 맞아야 하거든. 기업마다 다른 조직문화
가 있어서 거기 맞추지 못하면 왕따 당하니까 결국 나가는 거죠.

졸업 후 공백기에 대한 불안감이 큰 대학생들은 일단 취직이 되
면 현재의 고민이 해결되리라는 희망을 갖는다. 하지만 강 대표는
취직 이후의 삶도 감수할 게 많다는 사실을 들려주었다. 그의 이런
생각은 자신이 창업하기까지 겪은 사연과도 연관돼 있었다.

강금파 대표의 창업 스토리

강 저도 젊었을 때는 직장 생활을 했어요.

강 대표가 겪은 직장 생활은 어땠을지 궁금했다. 그는 사업을 시
작하기까지의 파란만장한 과정을 설명해주었다. 그 내용에는 창업
의 지혜가 고스란히 담겨 있었다. 맨 처음 강 대표는 금융회사에서
직장 생활을 시작했다고 한다. 업무 능력이 뛰어났던 그는 남들이
못하는 일을 척척 해결했고, 능력을 인정받아 초고속 승진을 했다.
28세의 나이에 부장 직에 오른 것이다.

강 승진을 빨리 하면 좋을 줄 알았지요. 속이 많이 상했어요. 밥은 안 들
어가고 몸은 비쩍 말랐고요.

그는 쓸쓸하게 웃었다. 승진이 늦은 과장들의 경우엔 그보다 열대여섯이나 나이가 많은 상황. 결국 사람들의 시기를 받기 시작했다고 한다. 은근히 자신을 욕보이는 일이 빈번했다. 결국 참다 못해 사표를 냈다. 많은 월급과 보장된 미래를 마다한 것이다.

평직원으로 조용히 살길 원했던 그는 새 직장으로 옮겼다. 이직한 회사가 법인을 확장하는 시점이 되자 갑자기 부장이 그를 찾아왔다. 그룹 운영 계획서를 만들라는 것이었다. "내 머리로는 안 나오니 네가 한번 해봐라"라는 부탁에 대신 완성해줬는데, 문제가 발생한 건 그다음이었다. 부장이 계획서를 발표하는 당일, 회장의 질문에 답변을 제대로 못 한 것이다.

강　회장님이 눈치 채고, "야, 그거 네가 만든 거 아니지?"라고 말한 거예요. 결국 실무자를 찾았고, 어쩔 수 없이 제가 불려나가 답변을 했지요. 그날 밤에 회장님께서 당신 집으로 오라는 연락을 해 왔어요.

김　와, 그땐 정말 깜짝 놀라셨겠네요?

그는 정말 난처했다는 듯한 표정을 지었다. 그리고 그날 그룹 전체를 관리하는 종합기획실장의 직책을 맡게 됐다. 결국 강 대표는 법인을 열두 개까지 늘리는 성과를 이뤘다고 한다.

하지만 인생은 마냥 탄탄대로가 아니었다. 한창 해외 프로젝트를 진행하던 무렵 IMF 사태가 터진 것이다. 그는 모든 걸 책임지기로 하고 태국으로 넘어왔다. 그러나 상황은 이미 손쓸 수 없는 지경이었다.

강　1년도 안 돼서 한 푼도 없이 다 날아갔어요. 이래선 내가 한국에 못 가겠다, 여기서 결판을 봐야겠다고 생각한 거죠.

그는 담담하게 말했다. 계속해서 승승장구할 것만 같았던 그가 태국에서 홀로 빈털터리가 된 것이다. 한 편의 영화 같은 굴곡진 스토리였다. 빈손이 된 순간 그는 어떤 선택을 했을지 궁금했다.

그는 굳게 결심하고 사업을 시작했다. 분야는 컨설팅 관련 업무였다. 과거 맥킨지 컨설팅 교육을 받고 회사에서 기획실장을 맡았던 경험을 바탕으로 한 선택이었다. 이후 그는 태국에서 많은 사람들의 사업 컨설팅을 맡아 진행했다고 한다.

이윽고 2006년. 강 대표는 신재생 에너지 분야에 발을 들이게 된 결정적인 계기를 맞닥뜨렸다.

강　전화가 왔는데, 모르는 번호였어요. 알고 보니 예전 회사에서 함께 일했던 지인이었죠.

8년 만에 연락한 이유를 지인은 설명했다. 제주도에서 풍력발전 사업을 시작했는데 생각보다 프로젝트가 복잡하다며 컨설팅이 필요하다는 것. 주민들과 계약을 완료한 상태였으나 대책 없이 일만 벌인 결과 자금이 바닥났다고 했다. 사업을 엎어야 할 상황에 이르자 결국 강 대표에게 도움을 요청한 것이다. 강 대표는 당시를 회상하며 입을 열었다.

강　고민을 많이 했어요. 저는 기반을 태국에 잡아놓고 있었으니까요. 그래도 8년 만에 잊지 않고 전화해준 게 고마워서 내가 그랬어요. 그래, 한번 보자고. 제주도에 가보니 쉽지 않은 상황이었어요. 일단 자금을 보충하기 위해 새로운 투자자부터 찾아야 했죠. 이틀 밤을 새워 사업 계획서를 작성하고 기존의 투자자들을 찾아가 설득했어요. 그들의 의견이 맞지 않아 신규 투자자를 못 구하고 있었기 때문이에요. 기존 투자자들에게 "투자를 원한다면 내게 프로젝트 진행 권한을 넘기겠다는 동의서를 써라. 내가 전문가이니 진행에 대한 모든 결정은 내가 하겠다"고 말했죠.

결국 모두 동의서를 작성했다고 한다. 다음은 신규 투자자들을 모집할 차례였다. 강 대표는 그들의 심리를 정확히 이해하고 있었다. 그는 이에 대해 말했다.

강　투자하는 사람들의 걱정거리는 뻔해요. 기존의 투자자와 겹치는 부분, 그리고 이익 배분을 걱정하는 거지요.

강 대표는 신규 투자자들을 찾아갔다. 기존 투자자들에게 받은 동의서를 보여주며 안심시킨 뒤 투자를 받아 자금을 새로 모았다. 그는 수많은 우여곡절 끝에 결국 프로젝트를 완성시켰다.

강　합의하는 데만 4개월이 걸렸어요. 진행하는 데는 더 오래 걸렸죠. 2006년에 건너가서 2009년도에 준공을 했으니까요.

그는 그전까지 신재생 에너지인 풍력발전에 대해서 전혀 몰랐다고 한다. 지인의 프로젝트를 도와주는 과정에서 해당 사업에 대한 전반적인 지식과 기술, 그리고 사업성을 익히게 된 것이다. 이 과정이 이후 태국에서 창업의 밑거름이 되었다.

이후 강 대표가 신재생 에너지 사업을 태국에 펼쳐 보이는 데는 우연한 계기가 작용했다. 그가 제주도에 있을 당시 태국 총리가 한-아세안 특별정상회담 참석차 방문했다. 총리는 공사 중인 현장에 찾아왔고, 강 대표는 그 자리에서 태국의 신재생 에너지 지원 제도에 대해 알게 되었다. 그도 태국에 오래 있었지만 제주도에 온 정신을 쏟느라 미처 몰랐던 것이다. 적도에 가까운 태국은 풍속이 느려서 발전량이 부족하다. 따라서 이를 보완하고자 국가 차원에서 보조금을 지원하고 있었다.

이는 강 대표에게 엄청난 기회였다. 결국 그는 태국에서 장장 5년을 들여 신재생 에너지 사업을 실체화할 수 있었다. 당국의 허가를 얻고 현재 모회사가 메인 투자자로 들어와서 발전기를 공사 중이라고 했다.

강 이번 주 토요일에 또 거기 내려가요. 상우 씨가 지금 딱 운 좋게 온 거예요. 내일도 약속이 있는데, 마침 오늘 와서 편지가 있길래 보고선 바로 연락한 거예요.

김 와, 제가 정말 운이 좋았네요! 감사합니다.

내가 한 주 늦게 태국에 왔다면 못 만났을 수도 있는 상황이었다. 바쁜 일정을 쪼개어 시간을 내준 그에게 감사할 뿐이었다.

장기간을 투자해야 하는 풍력발전은 웬만한 사업가들도 도전하기 힘든 분야다. 강 대표의 사연을 들으니 그는 불굴의 의지를 가진 승부사임이 느껴졌다. 그리고 그에게 지혜로운 창업 방법을 배울 수 있었다. 그는 지인의 프로젝트를 도와주는 과정을 통해 창업에 필요한 기술을 익힌 것이다. 이 방법은 무작정 혼자 시작하는 것보다 실패율을 줄이면서 사업의 전반적인 과정을 배우고, 동시에 다른 사람을 돕는 윈윈 전략이었다.

해외 와서 혼자 새마을운동 할 거야?

잠시 후 직원이 테이블 위에 홍차를 내려놓았다. 찻잔을 들어올리니 붉은 찻물이 찰랑거렸다.

강 자, 차 한잔 듭시다. 홍차가 좀 진하고 독해요.
김 네, 대표님. 향이 참 좋아요.

그는 과거를 회상하며 말했다.

강 98년도에 처음 태국 왔을 때 호텔에서 커피를 시켰는데 얼마나 쓰던 지. 왜 커피를 태워서 주냐며 세 번을 바꿨어요. 그런데 맛은 똑같은 거예요. 왜 그런가 했더니, 이쪽에선 유럽 방식의 독한 커피를 마시는 거였죠.

강 대표는 커피에 대해서 간략하게 설명했다. 커피는 미국과 유럽 방식 두 가지로 나뉜다는 것이다.

강 우리나라는 묽은 미국식 커피를 주로 마시거든요? 유럽식은 진하고
　　독한데, 미국식은 왜 묽은지 알아요? 처음 아메리카 대륙에 건너간 개
　　척자들이 빈손으로 고된 삶을 살았는데, 커피의 양이 충분치 않아 물
　　을 많이 섞어서 묽게 마시게 된 것이 미국식 커피의 시작이지요. 참,
　　아시아에서 미국 스타일로 사는 곳이 딱 두 나라밖에 없는데, 어딘 줄
　　아세요?

김 음, 한국과 일본요?

강 일본은 유럽 스타일이에요. 그쪽과 오랫동안 교류를 했으니까. 한국
　　처럼 미국 스타일을 가진 데는 필리핀이에요. 다른 아시아 나라에서
　　는 미국 스타일을 고집하면 받아주지 않아요.

나는 갑자기 그가 커피와 홍차 이야기를 꺼낸 이유가 궁금했다.
잠시 후 나는 그 뜻을 깨달았다.

강 한국인이 외국에 나가서 사업하기란 생각보다 쉽지 않아요. 한국 사
　　람들의 공통적인 약점이 있는데, 바로 '우리 게 좋은 거다'라고 생각하
　　는 거예요.

김 자존심 같은 걸까요?

강 지켜야 될 걸 지키는 게 자존심이죠. 한국 스타일만이 옳다고 믿는 건
　　우리뿐이에요.

그는 컨설팅 경험을 통해 절실히 느낀 점을 들려주었다.

강 해외에서 사업을 할 생각이라면, 내가 가장 중요한 것을 알려줄게요. 해외 현지에서 그 나라 사람들을 한국 방식으로 끌고 가려 하면 실패해요.

나라마다 문화가 다르고 생활 방식이 다르다. 대체로 한국인들은 일을 할 때 속도가 빠르다. 하지만 그만큼 성격이 급해서 외국인들과는 속도를 맞추기 쉽지 않은 것이 그가 보아온 현실이었다. 그는 '자신이 해외에 간 건지, 외국인이 한국에 온 건지'를 분간하는 게 중요하다고 말했다.

강 사람들은 기존에 살아온 대로 행동하려는 경향이 있어요. 현지인들은 한국인 사장이 원하는 대로 해주지 않아요. 그런데 느린 외국인도 한국에 가면 거기서 시키는 속도로 일을 해요. 왜? 본인에게 안 맞는 방식이지만 외국에 갔으니 생존을 위해 최대한 그곳에 맞추려고 노력하는 거예요.

김 제가 해외에서 사업한다면 이 부분을 반드시 유의해야겠네요.

강 그 나라에 갔으면 그 나라 스타일에 내가 적응을 해야 해요. 근데 한국 사람들은 그걸 억지로 바꾸려 하곤 하죠. 혼자 새마을운동 할 일 있어요? 현지 사람들은 그거 원치 않거든요.

김 문화를 존중하는 자세가 필요하단 말씀이시군요.

강 맞아요. 그런데 억지로 바꾸려고 하는 경우가 종종 있어요. 한국에서 누군가 나를 찾아오면 이렇게 얘기를 해요. 계몽운동 하러 온 거냐, 사업을 하러 온 거냐. 분명히 정해라.

나라마다 오랫동안 자리 잡은 문화의 차이를 인정해야 함을 그는 계속 강조했다.

강 물론 남들이 한국 스타일을 따라주면 본인은 편하겠죠. 그런데 그건 불가능해요. 마음에 안 들어도 잠시 따라줄 수는 있어요. 하지만 살아온 문화가 있기에 완전히 바꿀 수 없는 거예요. 그래서 해외에서 사업을 하려면 본인이 적응해야 해요.

김 그럼 대표님이 태국에서 사업하시면서 한국과 크게 다르다고 느꼈던 점은 어떤 게 있었나요?

강 대표는 고개를 한 번 끄덕인 뒤 대답했다.

강 서두르는 일이 없다는 거요. 한국인이 볼 땐 여기 사람들은 속도가 엄청 느려요. 내가 가장 힘들었던 게 있는데, 우리는 오랫동안 회의를 하다가 결론이 안 나면 '좀 더 생각해보고 내일 봅시다'라고 하잖아요?

김 네, 보통은 그렇죠.

강 그런데 태국인들은 외국에서 온 사람에게 다음 달에 보자고 말해요. 멀리서 비행기 타고 온 사람한테 다음 주도 아니고 다음 달이라니. 그만큼 여긴 의사 결정이 느린데, 한두 명만 그런 게 아니고 전반적으로 그래요.

그는 기후가 더운 나라일수록 사람들의 속도가 느릴 수 있음을 감안해야 한다고 말했다. 그런데 태국에서도 빠른 게 하나 있다고 한다. 바로 SNS다.

강 기계에 대한 반응은 빠른데 회의는 느려요. 재밌죠? 우리나라는 주요 직책의 사람이 결정하면 회의가 끝나기도 하잖아요? 근데 태국인들은 모든 사람의 의견을 다 들어요.

김 전체의 의견을 존중하는 거네요? 하지만 그만큼 시간이 걸리겠어요.

강 네. 지위에 상관없이 회의에 들어온 사람의 의견을 다 듣고 조정하죠. 물론 최종 결정은 가장 높은 사람이 하지만 구성원의 의견을 무시하지 않는 게 특징이에요. 상대방 체면을 손상시키면서 밀어붙이는 일이 없어요.

김 아, 그런 면이 있군요.

우리나라는 급속한 성장을 통해 경제화를 이루었다. 그렇기에 무엇보다 속도를 중요시하는 문화가 생겼는데, 그만큼 놓치는 부분도 많을 거라는 생각이 들었다. 강 대표는 계속해서 말했다.

강 효율적인 방법이니까 받아들이라고 한들, 상대방은 그렇게 해야 할 이유도 없고 훈련받은 것도 없거든요. 태국은 속도가 느려도 문제를 줄이면서 진행해나가고 싶어해요. 그러니 여기서 우리나라 방식을 고집하다 보면 반발을 사게 되죠.

그는 해외 사업가라면 현지 시스템을 바꾸는 개혁가가 되기보다는 그곳 사회 문화를 존중하며 사업을 진행해나가야 한다고 강조했다.

한국인이 해외 사업에 실패하는 이유

강 대표는 태국에서 사업과 컨설팅을 해오며 한국인과 중국인의
사업 방식을 비교해보았다고 한다.

강 한국과 중국 사업가의 차이점은 무엇인지, 어떤 생각을 하는 사람이
  성공하고 실패하는지……. 이런 걸 조목조목 정리해놓은 사람은 나밖
  에 없을 거예요.
김 아, 마침˙얼마 전 한국과 중국 사업가의 차이에 대해 조금 들은 적이
  있습니다. 좀 더 상세히 알고 싶어요, 대표님.
강 머리가 누가 더 좋으냐? 사람 아이큐는 거의 비슷하니 큰 차이 없다고
  봐요. 그럼 누가 부지런할까? 한국 사람이 훨씬 부지런하죠.

그런데도 왜 한국인이 해외에서 실패를 많이 하는지, 나머지 요
소를 분석해봤다고 한다. 결과적으로 강 대표는 세 가지 핵심 이유
로 정리했다. 그는 정성껏 짜낸 과즙과 같은 사업의 지혜를 내게 전
해주었다.

강 첫째, 기간을 너무 짧게 잡아요.

창업자는 사업 초기에 안정화되기까지의 기간을 예측한다. 이때
기간을 짧게 설정할수록 적은 투자 금액으로 시작하게 되기에 금방
밑천이 드러난다. 안타깝게도 현지인들에게 해외 사업가는 언제 도
망갈지 모르는 사람으로 보이기에, 그들은 기다려주지 않는다.

강　칼 같거든요. 전기료를 안 내면 다음 날 바로 전기 끊고, 임대료 안 내
　　면 셔터 닫아놓고 문 잠가버려요. 그러면 마음만 급해지고 결국엔 실
　　패를 하는 거예요.

　나는 그의 말을 들으며, 무조건적인 긍정주의도 사업에 방해가
될 수 있음을 깨달았다. 본인이 쉽게 성공하리라 생각하는 만큼 투
자 기간을 짧게 잡기 때문이다. 강 대표는 태국에서 그동안 보아온
한국인들을 떠올리며 말했다.

강　보통 한국 사람들은 초기 투자 기간을 3개월 내지 6개월을 잡아요. 그
　　거 가지고는 절대 안 돼요.
김　그러면 몇 개월 정도가 적당한가요?
강　최소 1년에서 2년은 잡아야 돼요. 처음부터 여유를 가지고서 가야 해
　　요. 본인은 급한데 일은 마음대로 안 되니까 직원이나 주변 사람에게
　　성질만 부려요. 그럴수록 더 협조가 안 돼요.

　강 대표는 『영웅문』이라는 중국 무협지 이야기를 꺼냈다.

강　그거 읽다 보면 밤에 잠을 못 자요. 다 읽고 자야 해요. 아무튼 거기서,
　　주인공이 사랑하는 여자와 헤어지고 나서 몇 년을 기다리냐면 16년을
　　기다려요. 아무리 소설이지만 과하다고 생각했었죠.

　강 대표는 중국 사업가들이 목표를 가지면 실제로 긴 호흡으로
진득하게 진행한다는 점을 무협지 속 이야기에 빗대 강조했다. 이

어 그는 어느 사업가의 이야기를 들려주었다.

강 태국에 한 안경점이 있어요. 사장이 중국인인데 가난해서 학교도 못 다녔거든요? 안경테와 렌즈 수입상의 배달을 대신 해줬던 사람인데, 열다섯 살 때 본인만의 안경 도안을 그려놓고 나중에 태국에서 가장 큰 안경점을 하겠다고 결심해요. 결국 그 사람은 지금 태국에 지점 2000개를 가지고 있어요. 목표한 방향 그대로 온 거예요.

김 와, 멋있네요!

강 그만큼 성공한 사람들은 목표를 정하고 긴 호흡으로 진짜 꾸준히 나아갔단 말이죠. 어떤 사람은 단기간에 성공하지 않으면 마음에 안 들어서 바꿔버려요. 일을 빨리빨리 하라고 했지, 사업을 빨리빨리 엎으라고 했나……. 그런 사람은 사업을 시작할 때 신중하지 못해요. 왜? 엎고서 다른 거 하면 된다고 생각하니까요. 이렇게는 성공 못 해요.

강 대표는 자기 인생의 목표로 삼을 만하고 진짜로 해보고 싶은 분야를 찾아야 한다고 강조했다.

강 안 되면 잘하는 사람 데려다 쓰면 돼요. 내가 다 잘해야 하는 거 아니에요. 학교에서는 내가 문제를 다 풀어야 했지만, 사회에선 그렇지 않아요. 잘하는 사람 돈 주고 데려다 쓰면 돼요. 사업을 하려면 생각이 유연해야 한다는 말이죠.

장기간의 투자가 필요한 신재생 에너지라는 분야를 진정성 있게 진행해왔기에 그의 말에는 힘이 있었다.

강 대표가 말하는 실패하는 한인 사업가의 두 번째 특징은 다음과 같았다.

강   둘째, 판단이나 의사 결정의 근거가 객관적이지 못해요.

김   조금만 더 설명해주시겠어요?

강   예를 들어서, 나를 찾아온 사람이 사업을 하겠다고 해요. 나는 나름대로 태국 시장에 경험이 많잖아요. 들어보고 객관적으로 따져서 '그 사업은 좀 힘들 거 같다'고 조언해주면 화를 내요. 문을 박차고 나가면서 '자기가 뭘 안다고 된다 안 된다 하는 거야' 이러는 거죠.

조언이 자기 기대와 다르면 불쾌해하는 사람이 있다. 아이디어를 보완할 생각을 하지 않는 것이다. 하지만 강 대표는 성공적인 사업을 위해서 반드시 객관적인 시각을 가져야 한다고 강조했다.

강   6개월 지나면 그 사람에게 다시 연락이 와요.

김   망했다고요?

강   결국 문제가 생겨서 문 닫게 생겼는데 뭐 방법이 없겠느냐, 이거죠.

그의 목소리에서 답답한 감정이 묻어 나왔다. 컨설팅을 하면서 근거 없이 '나는 노하우가 있다'는 식으로 밀어붙이는 사장을 많이 만난 것이다. 그는 "학교 선생님 하다 오신 분이 이런 일에 무슨 노하우가 있어요?"라는 말이 목구멍까지 차올랐지만 속으로 삼켰다고 한다.

강 그런 어설픈 기준을 가지고 사회 나가면 무조건 실패해요. 나름대로 객관적인 근거를 찾아야 해요. 그것을 유기적으로 조립해냈을 때에야 사업은 돌아간다고요. 사업은 냉정해야 된단 말이죠. 돈이 들어가는 일이니까요. 경험도 없이 큰소리만 치면 백이면 백 다 깨져요.

그는 한번 꽂히면 이유 없이 남의 의견을 안 듣고 돌진하는 성격에 대해 이렇게 지적했다. 이어서 한국인이 해외 사업에서 실패하는 세 번째 이유를 이야기했다.

강 셋째, 이게 가장 중요한 거예요. 젊은 분이니까 얘기해주는 건데요.
김 오, 뭔가요? 궁금해요, 대표님.
강 한국 사람은 동업을 못해요. 동업한다 하면 식구들부터 반대하고 나서니까요. 그런데 왜 반대하는지 알아요?
김 음…….
강 골치 아프다 이거죠. 그런데 사업을 하다 보니 그런 사람들을 만나면 '아, 이 사람은 사업을 안 해봤구나' 싶은 게 느껴지더라고요.

도대체 어떤 의미인지 궁금했다. 그는 사업가로서 많은 고초를 겪으며 깨달은 것을 설명했다.

강 사업가에겐 자금 부족으로 사업을 계속해야 할지 엎어야 할지를 고민하는 것만큼 골치 아픈 건 없어요. 그 고민을 혼자서 해야 할 땐 더욱.

강 대표는 동업의 과정에 발생하는 어려움과 홀로 하다 실패해서 얻는 고통에는 큰 차이가 있음을 강조했다.

강 더 큰 사업을 하려면 뭘 극복해야 할까요. 바로 동업의 골치 아픈 걸
    극복해야 하죠. 삼성도 사업 초기엔 동업이었어요. 중국인들은 어떻
    게 하는지 알아요? 제 친구 중에 화교협회 부회장이 있어요.

강 대표는 중국인 친구의 가게에 갔을 때를 떠올렸다. 한 가게를
스무 명이 동업으로 운영하는 곳이었다고 한다.

강 그렇게 하면 뭐가 좋냐면, 예를 들어 음식점의 경우에, 한국인은 부부
    가 보통 10년 이상을 고생 고생 해서 겨우 성공시켜요. 처음엔 집세도
    못 내다가 점차 돈을 버는 거죠. 그런데 중국인은 '저기다 일식집을 하
    나 낼까?' 하면 스무 명이 모여서 시작하고, 잘되면 또 스무 명이 새로
    가게를 내요. 그들이 1000만 원씩 모으면 2억인데, 그걸 혼자 모으려
    고 해봐요. 힘들죠. 그런데도 한국인들은 형제끼리도 같이 안 해요. 혹
    시 한인타운 가봤어요?
김 아니요. 카오산로드밖에 못 가봤습니다.
강 그래요? 한인타운을 가보면 한국 음식점이 늘어서 있어요. 어떤 가게
    바로 옆에 다른 가게 서너 개가 붙어 있는데, 알고 보면 사장들이 다
    같은 집안이에요. 그런데 중국 사람 같으면 그냥 동업해서 가게를 넓
    게 터버려요.

혼자서 사업을 하려다 보면 결국 서로 촘촘히 경쟁을 하는 구도
가 된다. 성공한다고 해도 홀로 모든 걸 책임지는 시스템에서는 사

업 확장이 버거울 수밖에 없다. 하지만 반대로 동업의 장점은 이러하다. 자금이 빨리 모이고 일에 대한 부담이 적은 만큼 사업 확장이 용이하다. 또한 개인 투자금이 적은 만큼 리스크가 분산되고, 경영 판단에서 객관성을 유지하기 좋다.

강　일 하나를 놓고 스무 명이 다 의견을 제시하니까 객관적으로 볼 수 있어요. 보통 한 달에 한 번 모이는데 사업을 평가하고 확장 계획도 하는 거죠. 서로가 오케이 하면 한 주 만에 2억은 금방 모아요.

김　뭉치면 강하다, 이 말씀이군요.

강　사업을 해보면 알게 돼요. 동업을 하다가 서로 의견이 틀어져서 겪는 어려움보다, 혼자 사업하다가 길이 막히는 어려움이 더욱 치명적이에요. 그러니까 동업이 어렵다는 얘기는 하지 않으면 좋겠어요.

강 대표는 '동업해서 망하는 사업은 혼자 해도 망한다'며 단호하게 말했다.

동업에서의 어려움 중에는 이익을 나누면서 다투는 과정도 있다. 하지만 성공해서 일부 양보하는 것과, 혼자서 하다가 희망이 없어서 실패하는 것은 전혀 다른 문제임을 그는 강조했다.

강　나 혼자서 다 먹는다? 대신 모든 리스크는 혼자 떠안게 돼요. 그걸 감당할 능력이 되느냐는 거죠. 동업하다가 서로 마음에 안 들면 성공한 뒤에 헤어지면 돼요. 돈 벌어서 헤어지는데 서로 아쉬울 거 없잖아요?

신재생 에너지 사업을 하는 이유

인터뷰 여행을 계획하기 전, 나는 신재생 에너지에 대해 아는 바가 없었다. 하지만 강 대표에 대한 기사를 읽으면서 '사업 분야로서 신재생 에너지는 어떨까?'라는 궁금증이 일었고, 결국 강 대표와의 인터뷰를 희망하게 됐다. 나에겐 미지의 영역이기에 그를 통해 배우고 싶은 호기심이 생긴 것이다.

강　나는 왜 이걸 좋아하냐면요…….

강 대표는 본인이 신재생 에너지 사업을 하는 이유를 차근차근 설명했다.

강　첫째로, 기왕 사업하는데 돈도 벌면서 세상을 위해 좋은 일까지 할 수 있으니 금상첨화죠.

그는 먼저 동기부여 관점에서 볼 때의 장점을 소개했다. 사업가라면 누구나 수익을 내는 것을 경영의 첫 번째 목표로 삼는다. 그러나 일에 대한 보람 없이 단순히 이윤만을 좇는다면 언젠가 의욕이 꺾일 가능성도 있다. 이런 점을 생각할 때, 신재생 에너지 분야는 사업이 확장될수록 환경 문제 해소에 기여한다는 면에서 매력적이다. 사업가로 하여금 자신의 일에 대한 사명감을 갖게 하여 열정을 북돋워준다는 것이다. 강 대표는 덧붙여 설명했다.

강 돈을 벌면 기부나 봉사 활동을 통해 사회에 도움 되는 일을 따로 해야 하는데, 저는 동시에 하는 셈이잖아요?

김 그렇군요. 사업이 잘될수록 환경 문제까지 함께 해결해나가게 되니 보람 있게 일할 수 있을 거 같아요.

내가 고개를 끄덕이며 대답하자, 그가 이어서 말했다.

강 둘째, 전력과 연관된 사업은 유틸리티 분야라서 안정적이에요.

그는 사업 지속성에 대하여 설명했다. 그러면서 모든 사업가가 겪어야 하는 공통적인 어려움을 밝혔다.

강 사업가는 항상 자기 제품이 수요가 있을지를 걱정하죠. 공장에서 물건을 만들면 이게 팔릴까 안 팔릴까 하면서..

김 네, 그렇겠네요. 안 팔리면 그대로 재고가 쌓여버리니까요.

강 부동산 사업을 한다면, 아파트를 지어놓고 뭐가 제일 걱정이겠어요? 과연 분양이 잘될까 잘 안 될까 하는 거죠. 그런데 신재생 에너지는 그럴 염려가 없어요. 일단 만들어놓으면 다 사가니까요. 다만 많이 만드느냐 적게 만드느냐의 차이예요.

공급과 수요의 조화에 따라 사업의 성패가 좌우된다. 하지만 강 대표가 깨달은바, 신재생 에너지는 수요를 크게 걱정하지 않아도 되는 안정적인 사업 분야였다. 그리고 세계는 지구온난화를 해결하기 위해 이 산업이 더욱 발전하길 원한다.

강 성장 산업 분야로 보는 거죠. 또 한 가지 좋은 것은, 어느 나라든 개발하는 방식과 시스템이 거의 비슷하단 점이에요. 내가 신재생 에너지에 발을 들인 지 10년이 다 됐네요. 나한테 잘 맞는 사업을 만난 것 같아서 흡족해요. 나는 이 길로 밀고 갈 거예요. 말했다시피 수익을 내면서 환경 개선에도 기여할 수 있다는 사실이 더없이 매력적이에요.

김 좋아하는 일을 하면서 공익에도 기여할 수 있다니, 정말 만족스러우시겠어요.

강 이쪽은 나와 성격이 잘 맞는 거 같아요. 사업하면서 좋은 일도 하면 좋잖아요? 떼돈을 버는 사업은 아니지만 꽤나 안정적이고. 단계적으로 사업을 키워나가려고 해요.

마치 인생의 동반자를 만난 것처럼 자신의 사업에 대해 자긍심을 가지는 그가 부러웠다. 나는 그에게 사업 분야 설정의 기준에 대해 질문했다.

강 사업은 쉽지 않아요. 성공하기까지 얼마나 오래 걸릴지 알 수 없으니까요. 그러니까 사업은 쉽지 않다는 사실을 아예 마음속에 품고 지내야 해요.

김 담대하게 마음을 먹어야 하겠군요.

강 맞아요. 그리고 가능하면 자신이 좋아하는 것을 해야 돼요. 특기가 있으면 좋지만 그렇지 않다면 평소에 관심 있는 쪽으로. 하기 싫은데 돈 될 것 같아서 뛰어들었다가 잘못돼봐요. 그럼 이중으로 괴로워지거든요. 그래서 돈이 적게 벌린다 해도 스스로 '나는 이걸 키우는 것 자체가 재밌어'라고 말할 수 있으면 오래갈 수 있죠. 단기간에 성공하는 사

람은 거의 없어요. 힘들지만 비전이 있을 거라고 생각하는 길을 가야
해요.

누군가는 도전을 해야 한다

인생엔 다양한 선택지가 있다. 정답은 없으며, 진로를 결정하는
데엔 저마다 이유가 있는 법이다. 그런 면에서, 나는 인터뷰를 진행
하며 최종적으로 궁금한 게 있었다. 과연 강 대표가 사업에 도전하
는 진짜 이유는 무엇일까. 그의 열정을 불타오르게 하는 원동력은
무엇인지 알고 싶었다.

강 나는 내가 사업하기로 한 건 잘한 결정이었다고 봐요. 요즘 우리나라
에선 양극화가 심해지고 있잖아요…….

잠시 그는 어린 시절을 회상했다.

강 우리 부모님은 가난했어요. 아버지는 화가 출신이었고, 우린 조그만
집에서 살았어요.

고등학교 시절 강 대표는 가고 싶은 대학이 있었다. 그러나 가정
형편 때문에 장학금을 주는 곳을 택해야 했다. 입학한 이후 학비
문제는 과외로 해결하려 했지만, 하필이면 그때 국가에서 과외를
금지하면서 돌파구 없는 시기를 보냈다. 그는 당시의 심정이 어땠

는지 들려주었다.

강 삶의 방향이나 목표가 흔들릴 지경이 된 거예요.

의외였다. 사업 이야기를 들을 땐, 그가 유년 시절 경제적 어려움을 겪었으리라 상상할 수 없었기 때문이다. 강 대표의 표정은 진지했다.

강 우리 어머니가 제일 궁금해하시는 게 그거예요. '너는 직장에 다녀도 월급 많이 받으면서 잘 다녔을 건데, 왜 집안의 장남이 외국까지 가서 생고생을 하고 사업을 하냐.' 그런데 어머니가 잘 모르시는 게 있어요. 내가 도전을 하지 않으면 내 자식들이 도전해야 돼요. 내 자식들이 도전할 때는 내가 겪은 때보다 더 힘들 거예요. 우리는 여유롭게 살지 못했어요. 나는 그걸 물려줄 수 없어요. 그래서 부딪히는 거예요. 누구 다리를 붙들고 늘어지는 한이 있더라도 저는 갑니다.

강 대표에게 중요한 건 빛나는 성공, 세상에 널리 알려지는 명예가 아니었다. 바로 가족이다. 대화를 하는 나도 덩달아 가슴이 먹먹해졌다.

강 자본주의가 뭐예요? 돈 싸움이란 말이죠. 권투도 레슬링도 체급이 있고 하다못해 이종격투기도 체급이 있어요. 그런데 자본주의 시장에는 체급이 없어요. 이런 현실이 몇 년 안에 바뀔 것은 아니잖아요?

김 그렇죠.

강 그러면 우리 집안에서 누군가는 도전을 해야 되는데, 누가 할 수 있을까요? 벽에다 헤딩하는 도전 정신을 가진 사람이 집안에 누가 있냐고요. 저밖에 없죠. 결국 누군가는 노를 젓고 강을 건너는 도전을 해야 돼요. 가다가 빠져 죽을 수도 있으니 사람들이 겁을 내고 말리죠. '가다가 다시 돌아오고 말걸?' '물살에 휩쓸리면 어떡할래?' 하지만 어느 정도 재산이 형성되지 않으면 주도적으로 살 수가 없어요. 종속되고 말죠. 평생 눈칫밥 먹고 살아야 되는 거죠.

열심히 하는 것만으로는 살 수 없는 세상이 되었다. 이 사실을 깨달은 강 대표는 그래서 지금도 도전하고 있었다.

김 자녀들에게 조금 더 편한 환경에서 시작할 수 있도록 해주고 싶은 건가요?

강 편안하게 해준다기보다, 발판이 되어주고 싶은 거죠.

자식들이 훗날 원하는 목표가 생겼을 때 발판이 되어주고 싶다는 그를 보며 많은 생각이 들었다. 가족은 오늘도 그가 태국에서 도전하게 하는 강한 원동력이 되어주고 있었다.

강 대표는 잠시 관점을 바꾸어 사업을 해야 하는 또 다른 이유를 설명했다.

강 우리나라는 풍속이 빠르지도 않고 지열이나 바이오매스 여건이 좋지도 않죠. 금이나 구리가 많기를 해, 가스가 나오기를 해. 자원 면에선 정말 볼 게 없는 나라에요. 전부 다 수입해야 하죠. 그러면 우리에게 있는 건 뭘까요?

김 기술요?

강 사람이죠. 사람들이 해외든 국내든 제 역할을 하면서 자리를 잡아줘
야 우리나라가 살 수 있어요. 사장이 돼서 사람을 많이 고용하면 고용
문제 해결하는 거 아니에요? 우리나라는 다 조심시키기만 해요. 부모
들도 안정, 선생님들도, 사회도 안정. 그러다 보니 다 은행원이 되고
공무원이 되는 거예요.

강 대표는 더욱 힘주어 말했다.

강 대만에 가보면 알 수 있어요. 거기선 다 사업을 하려고 해요. 국수 가
게를 하더라도 제 사업을 하려고 하죠. 직장에 다니는 건 자본을 모으
고 필요한 걸 배우는 과정이라 여겨요.

강금파 대표님과 함께.
현지화 경영의 중요성, 신재생 에너지 사업을 펼치는 보람 등을 들려준 그는,
"결국 청년들의 목표는 자기 사업이어야 한다"는 메시지를 강조했다.

김 그렇군요.

강 내 친구들은 이제 은퇴할 때가 돼서 고민을 해요. 이번에 명퇴 후보에 들어가냐 마냐. 우리끼리 소주 한잔하며 하는 얘긴데, 공부 잘하는 거 아무것도 아니다, 이거예요. 옛날에 공부 잘한다고 박수를 받았지만 결국엔 평생 종노릇하다 간다는 거죠. 지금 은퇴할 세대가 실제로 하는 푸념이에요.

안정적인 길을 찾아 취직을 해도, 은퇴할 시기에는 이처럼 아이러니한 일이 발생한다.

강 그런데 안타깝게도, 은퇴한 사람들이 사업을 시작해요. 겁이 나니 치킨 집, 맥주 집, 카페, 남들이 하는 것만 하죠. 결국은 너무 많아져서 서로 다 잘 안 되고 난장판을 만들어놔요.

쓸쓸한 현실이다. 그렇기 때문에 그는 젊은 사람들에게 해주고 싶은 말이 있다고 했다.

강 모험은 젊었을 때 해야 되는 거예요. 깨지면 또 일어나서 가면 되니까요. 그 경험은 자신에게 재산이 돼요. 그런데 나이 들어서 다 늦게 모험을 하다 실패하면 그걸로 인생 끝이죠. 그래서 나는 상우 씨에게, 구체적인 사업 계획은 없어도 사업을 해야겠다고 마음을 먹은 것 자체가 잘한 결정이라고 말해주고 싶어요.

그는 언젠가 모교에서 강연을 하게 된다면 꼭 하고 싶은 말이 있다고 했다. 바로 '사업을 하라'는 것이다. 그리고 또 한 가지, '당장은 여건이 안 돼서 직장을 다닌다 하더라도 결국에 여러분의 목표는 사업이어야 한다'고 했다.

> **강** 난 지금도 후회 안 해요. 왜? 내가 싫어하는 걸 억지로 하면서 살지는 않았거든요. 고생은 많았지만 그래도 후회는 없어요. 평생 자기 하고 싶은 거 한 번을 못 해보고 죽는 사람들이 천지인데. 나는 내가 하고 싶은 거 다 해보고 살았잖아요.

그의 목소리에는 자신감이 차 있었다.

마무리

인터뷰를 마무리할 시간이 되었다. 다년간의 컨설팅 경험으로 사업에 대한 넓고 깊은 조망이 있어서인지, 강 대표에게서 정말 다양한 것을 배울 수 있었다.

> **강** 도움이 좀 됐는지 모르겠네요.
> **김** 오늘 말씀, 참 많은 도움이 됐습니다. 정말 기뻐요.

나는 진심으로 감사하며 대답했다.

> **강** 한국에서 찾아왔다니 기특해서 말이 길어졌네요. 태국에서 왔다면 한

삼십 분쯤, 길어야 한 시간 정도 얘기하고 끝냈을 텐데. 용기를 내서 이렇게 멀리까지 찾아다니는 게 쉽지 않았을 거 같군요.

김　네, 사실 인터뷰하러 간다고 했을 때 많은 사람들이 말렸어요.

나는 미소를 지었다. 그간의 고생이 아깝지 않은 시간이었다.

강　훌륭한 사업가가 돼서 다시 또 얼굴 봅시다.

강 대표와 다음을 기약하며 인터뷰를 끝냈다.

인터뷰를 마친 나는 무척 상기돼 있었다. 인생이란 각본 없는 드라마라고들 말한다. 내 상황이 그랬다. 어제 막 태국에 도착했을 때 감히 오늘을 상상할 수 없었으니, 정말 맞는 말이다. 여행을 시작한 후로 나의 하루하루는 정말 예측할 수 없이 흘러가고 있었다.

사무실을 나서는 찰나, 인터뷰를 완수했다는 기쁨에 이어서 나를 흥분시키는 또 하나의 사실이 떠올랐다. 강 대표의 배려로 인터뷰가 오늘 바로 진행된 덕분에 태국에서 여유 시간이 생긴 것이다. 나는 건물 밖으로 나오며 굳게 결심했다. 가자, 코사멧섬으로!

섬에서의 여유로운 휴가

다음 날 아침, 나는 배낭을 메고 버스 터미널로 향했다.

대합실 안, 촘촘하게 들어선 매표소들 앞을 두리번거렸다. 각 창구에는 처음 보는 행선지들이 적혀 있었다. 방콕에선 이렇게 다양한 곳을 갈 수 있구나! 미지의 장소에 대한 호기심이 샘솟았다. 나는 그중 'Ko Samet'이라 적힌 창구로 향했다.

"가장 빨리 출발하는 차편은 몇 시에 있나요?"

"네. 11시에 있습니다."

유리창 너머 직원이 대답했다. 삼십 분 뒤면 출발하는 버스다.

"그걸로 주세요."

"네. 가격은 왕복 392바트예요."

우리 돈 1만 6000원이 채 안 되는 저렴한 금액이었다. 놀라운 건, 선착장에 도착해서 페리를 타는 것까지 합산된 금액이라는 사실이었다. 한국에서는 상상할 수 없는 비용이다. 언젠가 태국에 다시 온다면 다른 곳도 가보리라 결심했다.

버스는 곧장 세 시간 반을 달려서 '반페'라는 곳에 도착했다. 차에서 내리는 순간 나는 반사적으로 콧구멍을 벌렁거렸다. 바다에서 날아온 짠 내음이 코를 자극한 것이다. 바다를 좋아하는 나이기에 벌써부터 마음이 설렜다. 짐을 챙겨 얼른 밖으로 나왔다. 항구 마을은 생각보다 한적했다. 고즈넉한 풍경 속을 걸으며 수산물 시장을 지나 선착장으로 이동했다.

배를 타기 위한 대기소에는 이미 사람들이 줄을 서서 기다리고 있었다. 하지만 예정된 시간이 지나도 배는 움직일 기미를 보이지 않았다. 도대체 언제 출발하는 거지? 답답해진 내가 정박된 페리 안을 들여다보았다. 선원들은 갑판에 앉아 여유롭게 카드 게임을 하고 있었다. 나는 옆에 있는 다른 여행자에게 물었다.

"시간이 지났는데도 왜 출발을 안 하죠?"

"모이는 사람 수를 보고 출발하나 봐요."

어쩔 수 없이 다시 사람들 틈에 섰다. 기왕 쉬러 왔으니 이마저도 즐겨보기로 했다.

"여러분, 모두 배에 타세요!"

마침내 선원이 승선 안내를 했다. 나는 곧장 페리의 2층으로 올라가 자리를 잡았다. 시동이 걸린 배는 요란한 소리를 내며 움직이기 시작했다. 일정한 리듬에 맞춰 돌아가는 터빈 소리가 기대감을 고조시켰다. 선착장을 벗어난 페리는 바다를 가르며 이동했다. 물결을 타고 날아든 시원한 바람이 얼굴을 훑었다. 행복한 순간이었다. 고개를 들자 멀리 도착지가 보였다. 바다 한가운데 홀로 존재감을 드러내고 있는 코사멧섬, 푸른 녹음으로 기다랗게 덮인 모습은 오랫동안 내 시선을 빼앗았다. 얼른 카메라를 들어 풍경을 담았다. 하지만 사진이 실제만 못하다는 생각에 이내 기계를 내려놓았다. 그간에 쌓였던 피로는 바다 풍경을 보는 것만으로도 풀렸다.

페리가 섬의 선착장에 도착했다. 흔히 관광지라면 시끌벅적하고 사람이 붐비는 모습을 상상하게 된다. 그러나 이곳은 정반대였다. 섬은 적당한 인원을 수용한 채 평화롭고 조용한 분위기를 간직하고 있었다. 나는 여유로움을 느끼며 길을 따라 숙소를 찾기 시작했다. 시간이 허락하는 한 이곳에 오랫동안 머무르고 싶었다.

"하룻밤에 800바트예요."

"원룸? 하루에 1200바트예요."

이런! 가는 곳마다 숙소 주인들은 비싼 값을 불렀다. 관광지라 요금을 올려서 받는 모양이었다. 그러다 눈길을 끄는 표지판을 발견했다. '선풍기 방, 400바트에서 시작'이라 적혀 있었다. 나는 주인에게 말했다.

"선풍기 방 예약할게요."

"네, 보증금은 500바트예요."

수중에 현금 900바트가 남아 있었다. 나는 내친김에 스노클링 프로그램도 예약했다. 나중에 더 필요한 돈은 추가로 환전하기로 했다. 이곳에 있는 동안은 제대로 즐겨보리라고 다짐했다. 주인은 내일 예약을 진행해주겠다는 말과 함께 열쇠를 건넸다.

집기라고는 침대와 선풍기뿐인 작고 초라한 원룸. 하지만 방 크기와 상관없이 난 커다란 자유를 느꼈다. 생각해보니 그동안 도미토리만 사용하느라 개인 공간을 가져본 적이 없었던 것이다. 지금껏 모르는 사람들과의 공동 생활이 내심 편하지는 않았다. 누군가의 눈치를 보지 않아도 되는 이 순간을 기다려왔다. 기분 좋게 침대에 몸을 던졌다. 나는 눈을 감고 잠시 생각에 잠겼다. 그리고 한 가지 사실을 떠올렸다. 나에겐 동남아 여행을 앞두고 품었던 작은 소원이 있었다. 바로 야자수가 있는 해변 모래밭 위에 누워보는 것. 그리고 그곳에서 시간을 잊은 채 잠을 자는 것이다. 이 일을 내일로 미룰 필요는 없었다. 지금 해보자고 결심했다.

짐을 풀고 해변으로 나왔다. 아무도 없는 고요한 이곳은 파도 소리가 빈자리를 메꾸고 있었다. 잠시 바다를 응시하던 나는 웃옷을 벗고 물속에 뛰어들었다. 전세를 낸 개인 수영장인 양 나 혼자 유유히 수영을 했다. 그리고 물속이 지루해질 무렵, 하얀 모래밭으로 올라가 등을 대고 털썩 누웠다. 시선 너머로는 거칠 것 없는 푸른 하늘이 펼쳐졌다. 그래, 이게 여행이지. 이 상태로 잠에 들어서 일어나고 싶을 때 일어나야지 싶었다. 그러나 얼마 지나지 않아 그 꿈은 와르르 무너졌다. 모기와 온갖 벌레기 꼬여 온몸이 가려워지기 시작했다. 가려움은 다리에서 팔로, 다음에는 오른쪽 귀로 이어졌다. 아차, 벌레의 존재를 미처 몰랐구나. 결국 금세 몸을 툭툭 털고 일어나야만 했다.

　나는 느긋한 발걸음으로 숙소로 돌아갔다. 아무것도 하지 않아도 된다는 평온함 때문인지 그날 밤은 평소보다 시간이 두 배나 더디게 흘러갔다.

하얀 모래사장, 파도 소리만 가득 찬 고요한 바닷가.
코사멧섬에서의 한가로운 오후는,
'동남아 여행' 하면 떠오르는 정취를 잠시나마 느끼게 해주었다.

갑작스러운 일정 변경

이튿날, 평화로운 아침을 뒤흔든 것은 누나에게서 온 문자 한 통이었다. 잠에서 깬 나는 침대에 달라붙어서 휴대폰을 만지작거리고 있었다. 섬에서 이 여유로운 시간을 어떻게 보낼지 궁리하면서. 그러다가 가족 채팅방에 올라온 메시지를 확인한 나는 몸을 벌떡 일으키며 눈을 깜빡였다. 정말로? 내가 본 것을 의심했다.

누나는 "상우야! 합격 축하해!"라는 메시지와 함께 사진을 캡처해 보내 왔다. 머릿속에선 잠시 밀어놓았던 기억이 연기처럼 스멀스멀 올라왔다. 나는 몇 달 전 장교 필기시험을 치른 상태였다. 올해 초부터 열심히 준비했지만 결과에 대해선 조금은 포기한 상태였는데, 오늘 합격 발표가 난 것이다. 사진에는 수험 번호와 합격을 알리는 내용이 적혀 있었다.

"너 면접복도 사고 이것저것 준비하려면 18일에는 와야겠네?"

메시지를 받자마자 나는 황급히 날짜를 셌다. 7월 10일. 여행한 지 정확히 스무 날째 되는 날이었다. 이 사실은 합격의 기쁨만큼이나 큰 당혹감을 주었다. 이대로라면 남은 여행 기간이 단 8일밖에 없는 것이다. 예상치 못한 전개에 날벼락을 맞은 것 같았다. 다음 여행지는 말레이시아였다. 원래는 충분한 시간을 예상했기에 이곳에서 휴식을 마치고 천천히 열차를 타고 이동할 계획이었으나, 여행 일정을 대폭 수정해야 하는 상황이었다. 순간 마음이 약해졌다. 어차피 군대에도 가야 하는데, 인터뷰를 여기까지만 하고 쉬다가 가는 것은 어떨까 하는 생각이 들었다. 나쁘지 않은 선택 같았다. 굳이 촉박한 시간 동안 말레이시아에서 고생할 필요가 없어 보였다. 하지만 마음에 걸리는 점이 있었다. 이대로 입대한다면 한동안 해외에 나가기 쉽지 않을 것이었다. 나는 생각을 다시 고쳤다. 인터뷰를 위해서 해외에 왔으니 끝까지 도전해보기로 마음을 다잡았다. 이를 위해선 오늘 안에 섬을 떠나야 했다. 결국 가장 늦은 배편을 타기로 결심한 나는, 하루 동안 섬에서 최대한 즐기기로 했다.

복잡한 마음을 다잡는 데는 조깅이 딱이다. 나는 과감히 웃통을 벗고 섬 곳곳을 내달렸다. 해외에서는 눈치 볼 게 없기에 평소엔 없던 용기도 생기는 것 같다. 우측에 해변을 둔 길가는 영화에 나올 법한 완벽한 조깅 코스였다. 땀이 흐를 무렵엔 바다로부터 불어온 바람이 더위를 날려주었다. 샤워를 마치고 허기를 느낀 나는 식당으로 발걸음을 옮겼다. 의자에 앉자 긴 생머리에 치마를 입은 직원이 다가왔다.

"무엇을 도와드릴까요?"

어? 목소리를 들은 나는 고개를 갸우뚱했다. 중후한 남자 음성이었다. 고개를 드니 남자 얼굴이 보였다. 태어나 처음으로 트랜스젠더를 가까이 마주한 순간이었다. 나는 직원에게 태국식 꽃게볶음밥을 주문했다. 그리고 꽃게의 짭짤함이 밴 밥을 맛있게 먹어치웠다.

해는 아직 중천에 떠서 섬을 맹렬히 태우고 있었다. 섬에서의 마지막 날이라 생각하니 아쉬움이 커졌다. 좌우의 상점들 사이로 길을 걷던 나의 시선이 한 곳에 꽂혔다. 스쿠터 대여점. 스쿠터를 타면 섬을 한 번에 구경할 수 있겠다고 생각한 나는 두 시간 동안 스쿠터를 빌리기로 했다. 대부분이 숲으로 뒤덮인 코사멧은 차로 접근할 수 있는 곳이 한정돼 있었다. 두 시간의 짧은 주행이었지만 아름다운 섬을 둘러보는 데는 충분했다. 시계를 보자 어느덧 어제 숙소 주인과 약속한 스노클링 예약 시간이 다가와 있었다.

"여행 잘 하셨어요?"

카운터에 도착하자 주인은 웃으며 물었다. 그녀는 체크아웃을 해주면서 수상 레저 프로그램을 예약해주었다. 가격은 400바트. 바다 위에서 세 시간 동안 스피드 보트를 타고 스노클링을 하는 것이 모두 포함된 값이다. 그녀는 내게 "이 장소에 2시까지 가시면 돼요"라고 말했다. 잠시 후 도착한 해변에는 상어 머리처럼 날렵하게 생긴 보트가 보였다. 다섯 명씩 마주 앉으면 꽉 찰 만한 아담한 크기였다. 신청자는 나를 포함해 총 일곱 명. 중국인, 미국인 등 출신지도 생김새도 다 달랐다.

"자, 출발합니다. 타세요!"

선장의 말에 따라 뻥 뚫린 보트 뒤편으로 사람들이 들어갔다. 내 맞은편에는 선글라스로 멋을 낸 중국인이 앉았다.

"양옆에 있는 봉을 잘 잡으세요!"

운전석에 앉은 선장이 고개를 돌려 말했다. 움직이기 시작한 배는 점차 속도를 냈다. 그리고 잠시 후 사람들의 얼굴은 사색이 되었다. 고속도로를 질주하는 자동차처럼 보트가 바다 위를 달린 것이다. 사방에서 부는 바람은 머리카락을 사정없이 헝클어뜨렸다. 울퉁불퉁한 수면 위에서 배는 곡예 하듯 날아다녔다. 즐거움과 공포 사이에서 아슬아슬한 쾌감을 느꼈다.

"으아악!"

방금 전까지만 해도 멋지게 폼을 잡던 중국인이 고성을 지르자 모두 한바탕 웃었다. 그리고 스노클링 시간이 이어졌다. 배가 닻을

아름다운 코사멧섬에서의 두 번째 날.
느긋이 즐기려던 일정이 돌연 급박해진 덕분에,
하루뿐인 휴양의 시간을 더욱 알차게 보냈다.

내린 곳은 수심이 깊지 않은 장소였다. 하나 둘 구명조끼를 입고 물로 뛰어내렸다. 수경을 통해 본 바닷속. 어린 물고기들은 손가락 사이로 헤엄쳐 빠져나갔다. 구명조끼를 입고 바다 위에 둥둥 뜬 사람들은 모두 광활한 바다의 풍경에 감탄했다.

저녁 6시가 되었다. 코사멧을 떠나야 하는 시간. 프로그램을 마친 나는 선착장으로 발걸음을 옮기며 이곳에 작별을 고했다. 바다 위로 노을이 지기 시작할 때 배는 섬을 떠났다.

뜻밖의 템플 스테이

반페 항구에 발을 디딘 때는 하늘이 어둑해질 무렵이었다.

나는 왕복 버스를 예약해놓았었다. 이제 방콕으로 돌아간다면 즉시 밤 비행기를 예약하여 내일 새벽 말레이시아에 도착할 수 있는 상황. '버스가 몇 시에 출발하지?' 지급받은 항공권을 뒤집어 시간을 확인하는 찰나, 실같이 가는 내 두 눈이 놀란 토끼 눈처럼 커졌다. 문제가 발생한 것이다. 마지막 버스의 출발 시각은 저녁 6시. 하지만 지금은 그보다 사십 분이 지난 시간이었다. 당연히 마지막 배시간에 맞춰 버스가 있으리라 생각한 것이 문제였다. 그때 멍하니 서 있는 나를 향해 한 현지인이 다가왔다. 나는 애처로운 표정으로 물었다.

"지금 돌아가는 버스가 없는 건가요?"

그는 단호히 "없어요"라고 대답했다.

"어떡하죠? 오늘 가야 하는데…….'

"한 가지 방법이 있어요."

방법을 알려주고자 계획적으로 접근했다는 듯, 그는 준비된 말을 늘어놓았다. 자기 밴을 타고 인근 터미널로 가면 방콕행 버스를 탈 수 있다는 것이다. 그리고 대화의 마지막에 "가격은 다해서 1000바트예요"라는 한마디를 붙였다.

말도 안 되는 가격이다. 분명 내일 새벽에 말레이시아로 갈 수 있는 유일한 방법이지만, 공짜로 돌아갈 수 있는 상황에서 굳이 그만큼 돈을 쓰고 싶지는 않았다. 고민 끝에 그의 제안을 거절했다.

"저기요. 저기요."

그는 끈질기게 따라왔다. 기싸움을 하듯이 우리 둘은 붙잡음과 뿌리침을 반복했다. 마침내 돌아온 마지막 제안은 300바트. 아, 그때 그의 손을 잡았어야 했던 걸까. 괜한 자존심으로 어떻게든 내일까지 버텨보겠다는 생각에 매몰차게 거절했고, 결국 그는 어둠속으

259

로 사라졌다. 나는 과연 현명한 선택을 한 것일까? 입에서 나온 한숨은 공기 중에 맥없이 흩어졌다.

일단 저렴하게 묵을 곳을 찾아야 했다. 사람들에게 물으니, 멀지 않은 거리에 게스트하우스 단지가 있다고 했다. 주인을 찾아간 나는 숙박비를 물었다.

"하루에 800바트야."

주인 할머니가 대답했다. 섬도 아닌데 너무 비쌌다.

"너무 비싸요. 좀 깎아주세요."

실랑이를 벌여 가격을 내렸지만 여전히 비쌌다. 결국 협상 끝에 할머니는 "안 돼!"라며 몸을 휙 돌렸다. 닫힌 문을 바라보자 밴 기사의 제안을 뿌리친 판단에 후회가 밀려왔다. 어둠 속으로 사라진 사내가 무척이나 보고 싶었다. 다른 곳을 찾아가야 하나. 단지 밖으로 나가려는 순간 반짝이는 아이디어가 떠올랐다. 이곳은 숙소마다 문 밖에 해먹이 설치돼 있었다. 거기에 누워 노숙을 하자는 생각이었다. 나는 인상이 선해 보이는 한 현지인에게 다가가 조심스레 입을 열었다.

"실례합니다……."

해먹 위의 남자는 멀뚱멀뚱 나를 쳐다봤다.

"혹시 오늘 제가 그 해먹에서 자도 될까요?"

"여기요? 모기가 많을 텐데……."

하지만 그는 내 상황을 알았다는 듯이 흔쾌히 허락했다. 남자는 자신을 캄보디아에서 온 사람이라 소개하며 자리를 비켜주었다.

"감사합니다!"

그에게 감사의 표시로, 섬에서 산 과자를 선물로 건넸다. 그러자 그는 초면인 나를 위해 모기향을 가지고 나와 해먹 밑에 피워주었다. 해외에서도 오고 가는 정은 통하는 법이다. 그래, 여기서 어떻게든 하룻밤만 버텨보자. 모기를 피하기 위해 지퍼를 목까지 끌어 올렸다. 그리고 필사적으로 잠을 청했다. 하지만 곯아떨어지기도 전에 계획은 틀어졌다. 어떻게 알았는지 아까 그 주인 할머니가 쫓아나온 것이다. "돈 안 내고는 여기서 못 자! 다른 데로 가!"라고 말하는 듯 그녀는 속사포로 소리를 질렀다. 결국 나는 단지 밖으로 나서야 했다.

항구의 밤. 편의점의 불빛만이 어두운 거리를 밝혔다. 터벅터벅. 거북이 등딱지같이 어깨에 달라붙은 배낭은 나를 더욱 내리눌렀다. 그때 누군가 오토바이를 타고 따라왔다. 고개를 돌리니 방금 전의 캄보디아인이었다. 그는 내 처지가 안타까워 따라온 것이다. 마음 따뜻한 그의 도움으로 호스텔을 추천받아, 함께 두 곳이나 돌아볼 수 있었다. 그러나 역시 원하는 가격의 숙소는 찾기 힘들었고, 나는 그에게 정중히 감사를 표한 뒤 작별할 수밖에 없었다.

남은 열 시간을 꼭 침대에서 자란 법은 없다. 길바닥에 누워 있는 것도 나쁘지 않았다. 나는 숙소 찾기를 포기했다. 그리고 다시 길가를 걷고 있을 무렵, 등 뒤에서 오토바이의 작은 불빛이 점차 커지며 다가왔다.

"뒤에 타요!"

얼굴을 보니 방금 마지막으로 들른 호스텔의 사장이었다.

"네? 어디로 가는데요?"

"템플! 거긴 무료야!"

엉겁결에 올라탄 오토바이는 둔탁한 소리를 내며 달렸다. 잠시 후 좌우에 상점이 늘어선 길가는 점차 좁아져 외딴길로 접어들기 시작했다. 고개를 돌리자 나무들이 전봇대처럼 스쳐 지나갔다. 시원하던 바람은 서늘해졌다. 어디로 가는 거지? 내가 너무 쉽게 사람을 믿은 건 아닐까? 순간 불안을 느낀 내 머릿속에는 온갖 상상이 떠올랐다. 매연을 내뿜던 오토바이가 멈춰 선 곳은, 다행히 사원 안. 마치 대학교처럼 넓은 이곳에는 운동장도 있고 다양한 사찰 건물들도 서 있었다. 나는 어안이 벙벙했다. 사장은 미소를 지으며 말했다.

"여기서 자면 돼요"

그는 나를 위해 불편함을 감수하고 먼 거리까지 데려다 준 것이다. 나는 미안함에 어쩔 줄 몰랐다. 사장은 건물 앞에 나온 스님에게 합장을 하며 인사했다. 그리고 둘은 알 수 없는 태국어로 대화하기 시작했다. 잠시 후 스님은 나를 한 장소로 안내했다. 간단한 지붕이 있고 나무 평상이 깔린 실외 공간이었다. 베개와 이불을 받아 든 나는 이 모든 상황이 얼떨떨했다. 스님과 나를 데려다 준 사장에게 진심으로 감사를 표했다. 이불을 입술까지 덮고 눈을 감았다. 난생처음 템플 스테이를 하게 된 것이다.

꼬끼오! 고요함이 깔린 새벽. 목청 좋은 수탉의 울음소리가 사원 구석구석에 울려 퍼졌다. 댕댕. 바람에 흔들린 종들이 서로 부딪히며 연주곡을 만들었다. 나는 이불을 고이 개켜놓고 절 밖으로 빠져나왔다. 슬레이트로 진열창을 가려둔 가게들. 그 쓸쓸한 거리를 오랫동안 걸어 다시 버스 정류장에 도착했다. 그리고 아침 7시에 첫차를 탔다. 드디어 이곳을 떠나는 순간이다. 며칠간의 우여곡절을 생각하니 나도 모르게 한쪽 입술이 씰룩거렸다.

버스 터미널에서 나는 곧바로 주변 공항을 검색해서 이동했다.

"말레이시아 쿠알라룸푸르로 가는 비행기를 예약하려고 하는데 요."

안내 센터 직원에게 묻자 다양한 비행편을 알려줬다. 항공권 가격은 항공사마다 천차만별. 나는 그중에서도 가장 저렴한 에어아시아 항공권을 예약하기로 결정했다. 아차. 에어아시아는 이곳이 아닌 돈무앙 공항에 있다고 했다.

"이곳에서 티켓을 예매하면 무료 셔틀버스로 돈무앙까지 모셔다 드립니다."

에어아시아 부스의 직원은 환한 미소를 지으며 말했다. 나는 저녁 8시 20분 출발 편을 예약한 뒤 버스를 타고 돈무앙 공항으로 갔다. 그리고 늦은 저녁까지 기다려 말레이시아로 향하는 비행기를 탔다.

chapter 5

말레이시아
Malaysia

이렇게 유치한 계획이 통할까?

창문 밖엔 이미 짙은 어둠이 소복하게 내려앉았다.

기내의 승객들은 좌석 벨트를 풀고 나갈 채비를 하고 있었다. 나는 습관적으로 시계를 확인했다. 시간은 밤 11시 40분, 방금 전 비행기는 말레이시아 쿠알라룸푸르 국제공항에 안착했다. 베트남에서 시작된 여행은 어느덧 동남아시아 다섯 번째 나라에까지 무사히 이어지고 있었다.

내가 본격적으로 긴장하기 시작한 것은 입국 수속을 마치고 공항 내부로 들어섰을 때였다. 주어진 시간이 단 7일밖에 남지 않았다는 사실이 그제야 떠오른 것이다. 그 안에 한인 기업가를 만나야 하는 것. 더 이상의 시간 연장은 불가능했다. 나는 출입국 관리소를 나서며 남은 일주일을 최대한 잘 써보겠다는 굳은 다짐을 했다.

공항 안에 들어서자 곳곳에 여행객들이 진을 치고 있었다. 새벽 비행기를 기다리는 사람들에게 음식점이란 숙박 시설과 같았다. 감자튀김 하나를 시켜놓고 소파 위에서 새우잠을 자는 모습을 보니 남의 일 같지 않았다. 곧 나도 그들과 같은 신세가 될 것이기 때문이다. 하아. 순간 눈꺼풀이 무거워지면서 긴 하품이 나왔다. 머리가 멍해질 정도로 피곤했다. 하지만 나는 다시 정신을 바짝 차렸다. 지난 3주간의 경험을 통해 인터뷰에는 많은 변수가 존재한다는 점을 깨달았기 때문이다. 말레이시아에서 목표를 달성하기 위해서는 생각할 것이 많았다. 물론 최고의 시나리오는 태국에서처럼 단 하루 만에 사업가를 만나 인터뷰에 성공하는 것이다. 그러나 현실은 내 각본대로 진행되지 않는다는 사실을 이미 알고 있었다. 내가 만나려는 사업가가 일정상 멀리 가 있을 수도 있고, 만약 만나게 되더라도 인터뷰에 응해줄지 미지수이기 때문이다. 결국 내가 할 수 있는 일이란 미리 준비하고 움직이는 것밖에 없었다. 일단 나는 내일을 어떻게 보낼지 계획하기 위해 패스트푸드점 안으로 들어갔다.

말레이시아에서 꼭 만나고 싶은 기업가가 있었다. 바로 요식업 회사인 '다오래'의 윤선규 회장. 외식경영자인 그는 현지인에게 생소했던 메뉴인 한식으로 우뚝 섰다. 수도뿐 아니라 북서부에 위치한 피낭 섬에 이르기까지, 말레이시아 곳곳에 지점을 내며 현지인들에게 가장 인정받는 한식 브랜드를 운영하고 있었다. 그리고 그는 말레이시아 한인회의 회장을 역임했다. 그만큼 성공을 인정받은 동시에 교민들 사이에서도 신뢰를 얻고 있었다.

이번 역시 개인적으로 연락할 방법이 없는 나로서는 그를 어떻게 만날지가 문제였다. 직접 회사에 찾아가는 것 외에는 방법이 떠오르지 않았다. 그러나 이 역시 쉽지 않았다. 전국에 분산돼 있는 다오래 지점들 중 어느 곳을 가야 할지 몰랐던 것이다. 먼 곳을 응시하며 한숨을 푹 쉬었다. 만약 운 좋게 그를 만난다고 해도 나에게 시간을 내줄지는 알 수 없었다. 모든 노력이 허사가 될 수 있음을 감안하고 도전해야 하는 것이다.

스마트폰으로 구글 지도를 켠 뒤 다오래를 검색했다. 그러자 화면 곳곳에 각 지점을 표시하는 깃발이 꽂혀 있었다. 나는 두 손가락으로 지도를 확대하며 중얼거렸다.

"도대체 회장님은 어디에 계실까?"

가능하다면 텔레파시라도 보내고 싶은 심경이었다. 안개로 뒤덮인 산속을 헤매는 것과 같은 답답함이 밀려왔다. 지점 목록을 보며 나는 한참 고민했다. 생각을 거듭하던 끝에 마침내 결론을 내린 나는 한마디를 내뱉었다.

"음…… 1호점부터 가보자!"

찾아갔으나 불행히도 윤 회장이 보이지 않는다면? 2호점, 3호점, 4호점까지 모든 지점을 순차적으로 돌아보는 것이다. 너무나 단순한 방법이지만 내가 할 수 있는 유일한 선택이었다. 하지만 염려가 되기도 했다. 이렇게 전국을 돌다가 인터뷰를 못 하고 일수일이 다 가버리지 않을지 걱정이 된 것이다. 최악의 경우엔 말레이시아에서의 계획을 허탕 치고 한국으로 귀국하게 될 수도 있는 상황이었다. 그래도 할 수 있는 한 최선을 다해보기로 했다. 이 바보 같은 계획이 정말 통할까? 스스로 생각해도 어이가 없어서 웃음이 나왔다. 그래도 일단 계획이라도 세우니 마음은 편해졌다.

검색한 결과에 따르면 1호점은 '데사 스리하타마스'라는 지역에 있었다. 오랫동안 고민하다보니 어느새 시간은 새벽을 훌쩍 넘겼다. 밤을 새느라 눈 아래로 다크서클이 짙어졌다. 주변을 보니 사람들은 각양각색으로 곯아떨어져 있었다. 나도 내일을 위해 자야 했다. 의자 세 개를 이어 붙이니 간단하게 1인용 침대가 완성되었다. 나는 그 자리에 누워 눈을 감았다.

1호점을 향해 가는 길

나라와 지역을 막론하고 공항이라는 장소가 자아내는 특유의 설렘이 있다.

아침이 되자 이곳은 새로운 시작을 앞둔 여행객들의 웃음소리로 가득 찼다. 그들의 시끌벅적함은 알람이 되어 나를 흔들어 깨웠다. 나는 산발이 된 채 의자 위에서 침침한 눈을 껌뻑였다. 벌써 시간이 이렇게 됐나? 몸을 일으키자마자 화장실로 향했다. 부스스한 머리를 감고 추레한 얼굴을 씻으니 그제야 정신이 돌아왔다. 지금 내가 우선적으로 할 일은 쿠알라룸푸르 중심지로 이동하는 것이다. 그러나 공항은 도심 외곽에서도 한참이나 떨어져 있었다. 나는 시내로 가는 차편을 알기 위해 지나가는 사람에게 도움을 청했다.

"쿠알라룸푸르로 가려면 어떻게 해야 돼요?"

"음…… 세 가지 방법이 있는데요. 택시를 불러도 되고요, 철도나 공항버스를 이용할 수도 있어요."

남자는 친절하게 설명했다. 들어보니 방법에 따라 가격 차이가 꽤 있었다. 나는 그중 가장 저렴하게 이용할 수 있는 버스를 선택했다. 택시의 10분의 1 정도밖에 안 되는 비용이었다. 잠시 후 터미널에 정차되어 있는 빨간색 버스에 몸을 실었다. 일단 목적지는 시내 중심에 위치한 차이나타운. 잠을 제대로 자지 못해서 그런지 피로가 밀려왔다. 내 눈은 버스가 출발하는 동시에 스르르 감겼다. 그렇게 한 시간쯤 지났을까. 중국인 단체 여행객의 큰 목소리가 단잠을 방해했다. 반쯤 뜬 눈으로 창밖을 본 나는 깜짝 놀랐다. 거리에 늘어선 붉은 등의 행렬은 영락없는 차이나타운의 광경이었기 때문이다. 하마터면 잠을 자느라 내려야 할 곳을 놓칠 뻔했다. 차 안에서 크게 떠든 중국인들에게 고마울 따름이었다. 나는 안도의 한숨을 내쉬며 버스에서 내렸다.

배낭을 메고 거리를 걷기 시작했다. 고개를 돌리니 히잡을 둘러

쓴 여성들이 보였다. 말레이시아인 상당수는 이슬람교를 믿고 있다. 또한 이곳은 말레이계, 중국계, 인도계의 다양한 민족이 모여서 한데 어울려 살고 있었다. 태국과 인접한 나라인데도 전혀 다른 삶과 문화가 존재한다는 것이 새삼 신기했다. 순간 나는 새로운 장소에 대한 호기심 때문인지, 오늘 하루만 이곳을 마음껏 관광해보고 싶다는 욕구가 솟구쳤다. 하지만 마음을 다잡는 것 또한 스스로의 몫. 결국 본래의 목적지로 가기 위해 버스 정류장으로 걸어갔다. 나는 벤치 앞에 서 있는 한 아저씨에게 다가가 길을 물었다.

"버스를 타고 가려고? 그럼 U7 노선을 타면 돼."

"여기서 타면 되나요?"

"아니. 정류장은 이곳이 아니고 방콕은행 인근에 있어. 우선 저쪽으로 쭉 가봐!"

남자가 가리킨 방향을 따라가자 은행 건물이 있었다. 하지만 문제는 지금부터였다. 아무리 찾아도 버스 정류장이 보이지 않았다. 나는 엉뚱한 곳을 돌아다니며 시간을 허비했다. 배낭으로 덮인 등엔 땀이 흥건했다. 현지인들에게 길을 서너 번 물어본 끝에야 겨우 정류장을 찾을 수 있었다. 나중에 알게 된 사실은, 방향이 달랐을 뿐 정류장이 건물 바로 옆에 있었다는 것이다. 낯선 나라에서는 쉬운 길도 헤매게 된다.

버스를 기다리는 사람들 틈에 섰다. 하지만 U7 버스는 한 시간을 기다려도 오지 않았다. 혹시 잘못 찾아온 것은 아닌지 불안했다. 여기가 아니면 얼른 다른 정류장을 찾아야 했다. 옆에 있는 남자에게 물었다.

"여기 U7 버스 오는 거 맞나요?"

쿠알라룸푸르 거리에 모인 사람들.
다양한 민족, 다양한 종교, 다양한 외양의 사람들이 한데 어울려
즐기는 모습에서 이 도시의 다양성과 활력을 느낄 수 있었다.

그는 "조금만 더 기다려보세요"라고 답할 뿐이었다. 똑같은 번호를 단 다른 버스는 네 대나 지나갔다. 나는 정류장을 지나가는 버스들을 멍하니 바라보았다. 그때 남자가 나를 향해 입을 열었다.

"저기 오네요!"

"앗, 정말요?"

그가 가리킨 곳에서 그토록 기다리던 U7 버스가 다가오고 있었다. 버스가 멈추자 엄청난 인파가 몰려들며 긴 줄이 생겼다. 함께 기다리던 사람들 대부분이 이 버스를 기다리고 있었던 것이다. 나는 서둘러 요금을 내고 올라탔다.

내부는 한국에서 타던 노선 버스와 크게 다르지 않았다. 운이 좋게도 창문 쪽에 빈자리가 보였다. 나는 잽싸게 자리에 앉았다. 가방을 내려놓자 피로가 싹 가시는 기분이었다. 목적지까지 얼마나

271

걸리는지 궁금해서 인터넷으로 경로를 검색해보았다. 꽤 시간이 걸릴 것 같았다. 나는 잠에 들고 깨기를 반복했다. 시내 중심지를 벗어난 버스는 흙길을 달리기 시작했다. 창문 너머로 허름한 집들이 보였다. 그러다 버스가 언덕길을 오르자 풍경은 새롭게 전환되었다. 세련된 고층 건물들이 보이기 시작했다. 옆에 앉은 현지인에게 묻자 그는 이곳이 도착지 주변임을 알려주었다. 잠시 후 내가 내릴 정류장을 알리는 안내 방송이 흘러나왔다.

차에서 내린 나는 주변을 살펴보았다. 수많은 아파트가 꽉 들어찬 풍경이 눈에 들어왔다. 나는 인터넷으로 위치를 검색했다. 다오래 본점이 주위에 있었다. 나는 지도를 따라 샛길을 통과했다. 그러자 눈앞에는 또 다른 아파트 단지가 펼쳐졌다. 이어서 길을 따라 내려갔을 때 내 눈은 신기한 광경에 휘둥그레졌다. ○○중국집, ○○미용실 등 한국어로 쓰인 간판들이 보인 것이다. 나중에 알고 보니 이곳 인근 몽키아라 지역을 중심으로 우리 교민들이 상당수 자리 잡고 있었다.

윤 회장은 여기에서 처음 사업을 시작했을까? 나는 설레는 마음으로 아스팔트 위를 걸었다. 어느새 지도는 내가 목적지에 다다랐음을 알렸다. 일렬로 늘어선 상가 건물들을 꼼꼼히 살펴보았다. 마침내 나는 한 상가 건물 앞에 멈춰 섰다. 다오래 본점의 간판이 걸려 있었다.

사실 이곳에 온 이유가 있습니다

용기 있게 찾아왔지만 막상 안으로 들어가려니 쉽게 발걸음이 떨어지지 않았다.

윤 회장에게 인터뷰를 요청한다면 어떤 반응이 돌아올까? 면전에서 거절당할지도 모른다고 생각하니 들어갈 자신이 없었다. 나는 한참 동안 정면의 계단을 응시했다. 그때 꽤 괜찮은 아이디어가 떠올랐다. 우선 식당에 손님인 것처럼 방문한 뒤 그가 있는지 확인해보자는 것이었다. 길게 심호흡을 하고 계단을 오르기 시작했다. 식당 문을 열자 외국인 직원들은 일제히 나를 향해 인사했다.

"어서 오세요!"

인사말은 한국어였다. 한식당이라는 콘셉트에 맞춰서 직원들에게 한국식 응대 교육을 하는 것 같았다. 조용히 한 테이블에 자리를 잡았다. 이제 내 최대 관심사는 윤 회장을 찾는 일이었다. 나는 메뉴판을 보는 척하며 사방을 쓱 훑었다. 그러던 중 시선이 한 사람에게 가닿았다. 유일한 한국인을 찾은 것이다. 머리를 포니테일 모양으로 한 남자는 다른 직원과 대화를 하고 있었다. 저분인가? 동시에 나는 인터넷에서 본 사진을 떠올렸다. 그러나 얼굴이 완전히 달랐다. 순간 기대감이 와르르 무너졌다. 그는 이 지점의 사장인 것 같았다.

"혹시 윤선규 회장님이 여기에 오시나요?"

혹시나 하는 마음에 반찬을 들고 온 직원에게 물었다. 그리고 곧바로 스마트폰을 꺼내어 기사에 실린 윤 회장의 사진을 보여주었다. 그러자 직원은 고개를 끄덕이며 영어로 대답했다.

"네. 가끔씩 오세요."

"그러면 혹시 언제쯤 방문하시는지도 아세요?"

나는 답을 기다렸다. 만약 윤 회장의 방문 일정을 알게 된다면 그때에 맞춰 이곳에 오면 되기 때문이다. 하지만 대답하는 직원의 목소리에는 확신이 없었다.

"아쉽게도 그건 알 수가 없어요."

"아…… 그래요?"

나도 모르게 한숨이 나왔다. 수많은 지점 중 지금 이곳에 윤 회장이 있으리란 보장이 없으니 당연한 결과였다. 하지만 그 사실을 직접 확인하니 가슴 한편이 아렸다. 어떻게 해야 할까? 다른 방법은 생각나지 않았다. 일단 한식당에 왔으니 음식이라도 맛있게 먹기로 했다. 메뉴판을 확인한 뒤 직원에게 주문했다.

"김치찌개 주세요."

"네. 알겠습니다."

잠시 후 식탁 위에 한 상이 펼쳐졌다. 배고팠던 나는 음식을 흡입하듯이 먹기 시작했다. 쉼 없는 숟가락질로 국그릇은 빠르게 바닥을 보였다. 그릇을 비우고 배는 든든해졌지만 마음속의 허탈감은 사라지지 않았다. 그럼 이제 2호점으로 가야 하는 건가? 그다음은 3호점? 이런 생각을 하니 눈앞이 캄캄했다. 그러자 문득, 그냥 여기까지만 하고 나머지 인터뷰는 포기할까 하는 생각이 또 다시 고개를 들었다. '사실 기업의 회장을 만난다는 것은 쉽지 않은 일이잖아?' 이미 내 생각은 부정적인 쪽으로 기울고 있었다.

그러나 나는 이내 마음을 다잡고 새로운 방법을 찾아보았다. 생각을 거듭하던 끝에 하나의 계획이 뇌리를 스쳤다. 이곳 사장에게 윤 회장과의 만남을 부탁해보자! 이 방법 말고는 다른 대안이 없었다. 지점을 하나씩 찾아다녀봤자 지금의 상황만 반복될 터였다. 하지만 상대에게 실례일 수도 있는 방법이기에 조심스러웠다. 나는 사장이 있는 쪽으로 시선을 돌렸다. 그러자 직원과 대화하며 웃고 있는 그의 모습이 보였다. 면박을 줄 것 같은 인상은 아니지만 다가갈 용기가 부족했다. 나에겐 잠시 동안 마음을 추스를 장소가 필요했다. 직원에게 물었다.

"화장실이 어디예요?"

그는 손가락으로 위치를 가리켰다. 인터뷰 요청을 담은 편지를 꼭 쥔 채 화장실에 들어갔다. 흐르는 물에 손을 닦아보아도 긴장감은 씻겨나가지 않았다. 거울에 비친 표정은 중요한 대회를 앞둔 선수처럼 굳어 있었다. 더 이상 물러날 곳은 없었다. 나는 애써 마음을 강하게 먹었다. 그리고 숨을 한 번 깊이 몰아쉬고 사장이 있는 곳으로 향했다.

"사장님 안녕하세요. 저는 한국에서 온 학생입니다!"

나는 일부러 밝게 인사했다. 그러자 의자에 앉아 있던 사장은 활짝 웃으며 손을 내밀었다.

"아, 그러시군요. 반갑습니다."

"한국에서 이곳에 대해 알고 찾아왔습니다. 음식을 먹어보니 참 맛있네요."

"고맙습니다. 여행 오셨나요?"

"네. 말레이시아에는 오늘 도착했어요."

그는 한국인 여행객이 잠깐 식당에 들른 것으로 생각하는 듯했다. 이제 본론에 들어갈 때다. 나는 바짝 마른 두 입술을 뗐다.

"사실 제가 이곳에 온 이유가 있습니다."

"네? 어떤 일로……?"

사장은 궁금하다는 표정으로 대답을 기다렸다.

"사실 저는 해외 사업을 꿈꾸는 대학생입니다. 인터넷을 통해 윤선규 회장님에 대해서 알게 되었어요. 그분을 만나 뵙고 인터뷰하고자 말레이시아에 왔습니다. 혹시 회장님께서 이곳에 언제 오시는지 알 수 있을까요?"

그는 적지 않게 놀라는 눈치였다. 하지만 이어진 대답은 오히려 나를 놀라게 했다.

"저런, 어쩌죠? 회장님께서 지금 편찮으세요."

"네?"

"최근에 허리를 다쳐서 입원 중이세요. 방금 전에도 어떤 분이 사업차 찾아왔다가 그냥 돌아가셨거든요."

"아…… 그렇군요."

그 말을 듣자 윤 회장을 만나기 힘들겠다는 불안감은 더욱 커졌다. 나는 아쉬운 대로 편지라도 전달된다면 좋겠다고 생각했다.

"그럼, 미리 연락도 드리지 않고서 뵙자고 하면 무례하니, 회장님께 제 상황을 적은 편지를 전해주실 수 있으신가요?"

"네. 제가 전달해드릴게요."

"감사합니다."

내가 막 돌아서려는 찰나, 사장은 미소를 지으며 말했다.

"젊은 분이 멀리서 왔는데 그냥 돌아가게 된다면 참 아쉽겠네요. 회장님과 만날 수 있도록 제가 애써볼게요."

예상치 못한 답이었다. 절로 함박웃음이 지어졌다. 결과는 알 수 없지만 그의 말 한 마디로도 내겐 큰 힘이 되었다.

정류장으로 향하는 발걸음은 구름 위를 걷듯이 가벼웠다. 하지만 얼마 못 가서 가슴이 쿵 내려앉았다. 미처 편지에 적지 못한 내용이 떠오른 것이다. 출국까지 남은 기한에 대한 것이었다. 이 사실을 전하면 상대에게 무례하게 보채는 느낌이 들지 않을까 우려되기에 다시 돌아가서 그 내용을 말하기도 주저됐다. 그러나 내가 한국에 도착한 뒤에 답장을 받는다면 윤 회장께 더 실례가 될 것이라는 생각에 나는 본점으로 되돌아갔다. 그리고 최대한 예의를 담아 말을 전했다.

"사장님. 제가 편지에 출국하는 날짜를 쓰지 못했습니다. 저는 18일에 출국합니다."

"아, 그래요?"

"그리고 제가 미리 연락을 안 드리고 갑작스레 온 것이니, 만약 회장님께 제 부탁이 실례가 되었다면 저를 만나주지 않으셔도 괜찮다고 전해주시면 좋겠습니다."

"아니에요. 만나 뵙고 조금이라도 배우면 좋지요. 마실 것을 좀 드릴 테니 잠시 쉬다 가세요."

잠시 후 직원이 시원한 음료를 가져다 주었다. 얼음을 동동 띄운 음료를 보자 문득 멍해졌다. 음료를 다 마시고 감사를 표한 나는 버스를 타고 돌아왔다. 그리고 한 호스텔에 들어갔다. 날은 이미 어둑해진 뒤였다.

머피의 법칙

옥탑방에 마련된 작은 도미토리.

본점을 다녀온 지도 어느새 이틀이 지났다. 아직 어떤 연락도 오지 않은 상황이었다. 오늘 하루는 카페에서 차분하게 일기를 정리해야겠다고 생각했다. 방문을 열자 옥상 곳곳을 가로지른 빨랫줄이 보였다. 나는 그 너머로 뻥 뚫린 도시 전경을 바라보며 기지개를 켰다.

막 샤워를 마치고 나갈 준비를 할 때였다. 스마트폰을 들여다보자 뭔가 달라진 점이 눈에 띄었다. 방금 새로운 이메일이 도착했다는 알람이 뜬 것이다. 혹시 답장이 온 걸까? 어플리케이션을 누르는 내 손가락은 조심스러웠다. 제목을 보자 심상치 않았다. 나는 천천히 내용을 읽었다.

보낸이 : jaeno park
윤선규 회장님 연락처입니다.
6016-○○○○-○○○○로 연락해보세요.

나는 한동안 돌처럼 굳은 채 스마트폰 화면을 보았다. 윤 회장의 비서가 보낸 이메일 같았다. 운이 좋으면 통화를 해서 오늘 안에 인터뷰가 이뤄질 수도 있는 상황이었다. 이로써 카페에 가려던 나의 계획은 통째로 뒤집어졌다. 방금 전까지만 해도 건조했던 손바닥에서는 땀방울이 맺히기 시작했다. 일단 말레이시아에서 전화를 사용하는 방법부터 알아야 했다. 나는 로비로 내려가 호스텔 주인에게 갔다. 그녀는 나를 아들처럼 친절하게 대해주고 있었다.

"사장님, 여기에 전화하고 싶은데 어떻게 하면 돼요?"

"응. 어렵지 않아. 내가 도와줄게."

잠시 후 그의 도움으로 스마트폰에 전화번호가 입력되었다. 두 눈을 질끈 감고 통화 버튼을 눌렀다. 머릿속에서는 아무 말도 떠오르지 않고 통화 연결음만이 맴돌았다. 나는 바짝 마른 입술에 침을 발랐다. 그때 수화기 너머에서 목소리가 들려왔다.

"윤선규입니다."

"네, 회장님 안녕하세요. 저는 대학교 4학년 재학 중인 김상우입니다. 이메일을 보고 연락드렸습니다."

내가 차분히 숨을 고르며 말했다. 그러자 중저음의 나긋나긋한 목소리가 들려왔다.

"아, 너구나. 지금 어디 있어?"

"네, 차이나타운에 있습니다."

"그래? 잠은 어떻게 자?"

"여기 주변에 있는 호스텔에서 생활하고 있어요."

"고생이 많네. 오늘 저녁이나 같이 먹자, 아저씨랑."

그의 마지막 한마디에 긴장했던 마음이 스르륵 풀렸다. 윤 회장은 스스럼없이 자신을 낮추어 편하게 말을 건넸다. 금세 기분이 좋아진 나는 쩌렁쩌렁하게 "네, 알겠습니다!"라고 대답했다.

"그래. 그러면 본점에서 보자. 거기서 얼마나 걸려?"

"버스 타고 오십 분 정도 걸립니다."

"그래. 그러면 6시에 거기서 보자. 이따 봐."

"네. 조금 있다 뵙겠습니다!"

통화는 순식간에 끝이 났다. 복도 계단에 앉은 나는 무언가에 홀린 듯 허공을 쳐다봤다. 방금 일어난 일이 실감이 나지 않았다. 이제 내게는 한 시간 반 정도의 시간이 남아 있었다. 나는 재빨리 복장을 갖춰 입고 버스 정류장으로 향했다. 그러나 갑자기 떠오른 생각에 이마에선 식은땀이 났다. 며칠 전 버스를 한 시간가량 기다린 경험이 떠오른 것이다. 마음이 급해졌다. 정류장에 도착하자 다행히도 U7 버스가 막 도착하고 있었다. 하늘이 돕는 것 같은 기분이었다.

나는 좌석에 앉자마자 인터뷰 준비를 시작했다. 내게 주어진 시간은 충분했다. 우선 윤 회장에 대한 정보를 복습한 뒤 인터뷰 질문을 선별했다. 다행히 그간의 경험을 바탕으로 빠르게 준비할 수 있었다. 펜으로 휘갈긴 노트에는 두 면이 질문으로 빼곡히 채워졌다.

모든 준비는 끝이 났다. 잠시 긴장을 덜어내기 위해 눈을 붙였다. 얼마 후 잠에서 깼을 때는 마음이 한결 편안해진 기분이었다. 나는 아무렇지 않게 시계를 확인했다. 그 순간 몸에 얼음을 한 바가지 부은 것처럼 뒷골이 서늘해졌다. 윤 회장과 약속한 시간이 단 십 분밖에 남지 않은 것이다. 이미 버스를 탄 지 한 시간이 지난 상태였다. 혹시 도착지를 지난 건가? 첫 만남에서 지각이라니, 상상조차 하기 싫은 끔찍한 일이었다. 나는 다급히 스마트폰을 켜고 지도를 확인했다. 다행인지 불행인지 버스는 아직 목적지 도착 전이었다. 왜 이리 늦었는지는 창밖을 보자 알 수 있었다. 도로 위를 빼곡하게 메운 차들의 행렬이 보였다. 퇴근 시간이 되어 심각한 교통 체증이 진행되고 있었다.

약속 시간에 늦는 것은 기정사실. 현재 상황에서는 윤 회장에게 이 사실을 전하는 것이 우선이었다. 전화를 건 나는 상황을 설명하며 사과를 전했다. 그러자 그는 "그래 괜찮아. 나 지금 거기에 앉아 있어"라며 편안한 목소리로 안심시켜주었다.

"네. 얼른 가겠습니다. 늦어서 죄송합니다."

"아니야, 미안할 거 없어. 좀 있다 봐."

전화를 마친 뒤에 긴 한숨을 내쉬었다. 이제 버스가 빨리 가기를 바랄 뿐. 하지만 버스는 계속 속도를 높이지 못했다. 정류장 간격이 워낙 촘촘한 탓에 차는 가다 멈추길 반복하고 있었다. 조금이라도 빨리 갈 방법이 필요했다. 나는 버스에서 내린 뒤 택시를 타고 가기로 결심했다. 과감하게 다음 정류장에서 내렸다. 그런데…… 머피의 법칙이란 이런 걸까? 나는 눈앞의 상황에 망연자실했다. 곧 교통 체증이 풀리면서 버스가 속도를 내기 시작한 것이다. 심지어 눈앞의 택시들은 모두 승객이 타고 있었다. 어느새 버스는 시야 너머로 사라져버렸다. 나는 할 말을 잃었다. 등신 같은 놈! 왜 버스에서 내린 거야! 나는 속으로 욕을 하며 스스로를 탓했다. 시계는 약속 시간을 가리키고 있었다.

그때였다. 흰색 승용차가 깜빡이를 켠 채로 내 몇 미터 앞에 멈춘 것을 보았다. 나는 무작정 그 차를 향해 뛰어갔다. 한 여성이 운전석에 앉아 있었다. 나는 그녀에게 내 사정을 설명했다.

"직진해서 조금만 가면 되는데 혹시 태워주실 수 있나요?"

여자는 잠깐 생각하더니 이내 미소를 지었다. 그리고 엄지손가락을 쭉 빼고 뒷좌석을 가리켰다.

"뒤에 타세요."

"정말 감사합니다!"

차는 빠르게 달렸다. 그리고 내가 내렸던 버스를 곧 따라잡았다.

그녀는 버스 정류장에 나를 내려주었다. 나는 고개를 숙여 감사를 표한 뒤 곧바로 다오래 본점으로 뛰어갔다.

첫 만남, 그러나 인터뷰는 불발?

"왔어?"

나를 본 윤선규 회장의 첫마디였다. 오랫동안 알고 지낸 사람처럼 편안히 대해주는 말투가 인상적이었다. 내가 인사를 전하며 고개를 숙였다. 그러자 그가 입을 열었다.

"응, 이제 내려가자."

"여기서 식사하는 게 아닌가요?"

"다른 데로 갈 거야."

윤 회장은 아직 몸이 완치되지 않았는지 내 팔을 붙잡고 계단을 내려갔다. 그는 "내가 지금 좀 아파서"라고 웃으며 말했다.

건물 앞에는 고급 승용차가 대기하고 있었다. 나는 그와 함께 차에 올라탔다. 윤 회장은 좌석에 앉자마자 내게 말했다.

"너, 운도 좋다. 내가 허리를 다치는 바람에 다행히 시간이 생겨서 만나는 거야."

"네, 시간 내주셔서 정말 감사합니다."

그는 치료를 위해 외부 일정을 취소한 상태라고 했다. 마침 그 기간에 내가 찾아온 것이다. 생각할수록 신기하고 다행한 일이었다.

잠시 후 우리는 근처에 있는 다른 지점에 도착했다. 그는 직원을 불러 푸짐하게 상을 차리도록 주문했다. 그리고 직접 불판에 고기를 구웠다. 오랫동안 여행을 해온 나를 챙겨주는 그의 모습에 감사할 따름이었다. 우리는 식사를 하며 대화를 나누었다. 나는 그동안 내가 여행해온 과정을 자세히 전했다.

"그럼 입대는 언제 할 건데?"

"9월 예정입니다."

"음, 그래."

그는 내가 군대에 다녀오기 전이라는 사실을 아쉬워하는 눈치였다. 나는 사업에 대해 배우고 싶다고 했고, 그는 식사를 마칠 무렵 나에게 이렇게 말했다.

"자, 지금은 좀 이르다. 군대 갔다 오면 나를 다시 찾아와."

"네? 네……."

그는 내게 명함을 쥐여주었다. 얼떨결에 받아든 나는 명함을 멍하니 쳐다보았다. 사실 이것만으로도 감사한 일이었다. 하지만 인터뷰를 위해 찾아온 나로서는 식사로만 자리를 끝내기엔 아쉬움이 컸다. 나는 단 십 분이라도 좋으니 그에게 무언가 배우고 싶었다. 고민 끝에 내가 조심스럽게 말했다.

"회장님. 식사 끝나고 뭐 하시나요?"

"나? 집에 가서 쉬어야지."

"그러면…… 잠깐만이라도 더 뵐 수 있을까요? 제가 조금이라도 배우고 싶어서요."

"그래? 그럼 우리 집 아래 카페가 있으니 그리로 가서 얘기하자."

식사를 마친 우리는 차를 타고 한 카페에 도착했다. 이곳에서 마지막 인터뷰가 진행되었다.

다오래

윤선규 회장

성과 나눔을 통한 동기부여,
잘될 수밖에 없는 선순환의 경영

다오래Daorae 는 말레이시아의 한식 레스토랑이다.
윤선규 회장은 2003년에 조그만 식당을 연 것을 시작으로, 당시
현지인에게 생소했던 한식을 알리기 위해 품질과 서비스를 꾸준히
향상시켜왔다. 현재 말레이시아 전 지역에 16개의 직영점을 두고
있으며, 직원 수는 300명에 달한다. 말레이시아 전역에 한식당이
800개 넘게 있는데, 그중 다오래는 현지인들에게 단연 사랑받는
브랜드로 자리 잡았다. 말레이시아 한인회 회장을 역임한 윤 회장은,
지금도 K-Food를 통한 한류 확산에 노력하고 있다.

나와 윤 회장은 테이블을 사이에 두고 마주 앉았다. 그러자 내 머릿속에선 묻고 싶은 것들이 수두룩하게 떠올랐다. 나는 수첩에 빼곡히 적힌 질문 중 한 가지를 선택했다.

김　사업에는 다양한 분야가 있는데, 회장님은 어떤 이유로 요식업을 선택하게 되셨나요?

윤선규 회장(이하 윤)　예전엔 여기 한식당이 많지가 않았거든. 이걸 선택한 이유는 일단, 당시에 이쪽이 제일 쉬우리라 생각한 거지. 지금도 나는 음식에 대해서 잘 몰라.

윤 회장은 의외로 간단한 대답을 내놓았다. 그는 말레이시아에 온 뒤로 두 번의 사업 실패를 겪었다고 했다. 그리고 세 번째로 도전한 사업이 한식당이다.

윤　거짓말이 아니고, 식당을 처음 시작할 때 이 더운 나라에서 에어컨과 냉장고 없이 아이스박스에 얼음 넣고서 했어. 테이블 여덟 개로 시작했는데 한 달 돈 벌어서 에어컨 달고, 또 한 달 더 해서 냉장고를 사고……. 그렇게 키워나간 거야.

김　와, 정말 무에서 시작하셨네요.

그런데 나는 윤 회장의 말을 들으면서 의문점이 생겼다. 방금 전 음식을 잘 모른다는 말이 이해되지 않았던 거다. 처음엔 고수의 위치에 오른 전문가가 예의상 하는 겸손의 표현인 줄 알았다. 외식 기업을 운영하기 위해서는 창업자가 당연히 요리를 잘해야 한다고만 생각했던 것이다. 내가 조심스럽게 질문했다.

김　혹시 그러면 김치찌개도 못 끓이시나요?

윤　응. 아직 잘 못 끓여.

그는 진지하게 대답했다. 예상치 못한 대답에 당황스러워하는 나에게 윤 회장은 최근에야 부인에게서 김치찌개 끓이는 법을 배웠다고 했다. 자녀들이 한국에 있는데, 지난 봄에 가서 밥을 해주느라 전화로 물어서 알게 되었다고 한다.

김　요리를 어느 정도는 할 줄 알아야 요식업 창업에 도전할 수 있는 것이 아닌가요?

윤　그건 요리 실무를 뛸 사람에게 해당하는 거고, 난 운영을 하는 거니까. 식당이 두세 개로 늘면서 한국에서 주방장을 데려와서 주방 팀은 그 사람에게 맡겼어.

혼자 잘하는 사람은 자기만 힘들다

사실 그를 만나기 전, 나 홀로 상상했던 모습이 있었다.

윤 회장이 이뤄낸 사업적 성과를 생각할 때, 그가 직접 화려한 조리 기술로 음식을 만드는 분이리라 짐작했던 것이다. 예기치 않은 대답에 당혹스러움도 있었지만 한편으로는 더 큰 호기심이 생겼다. 그에게 정석적인 사업 방식을 뛰어넘는 색다른 노하우가 있을 것 같다는 기대감이 샘솟았다.

윤 나는 사극 보는 거나 옛날 이야기 책 읽는 걸 좋아하거든. 거기에 나오는 장수들을 보면, 본인도 잘 싸웠지만 사실 밑에 있는 사람들도 잘 싸워준 거야. 자기만 잘하면 혼자만 힘들게 돼. 사람을 잘 거느려야 성공하는 거야.

김 그렇군요.

윤 사업도 그래. 나만 잘해서 돈 버는 게 아니야. 사람들을 얼마나 잘 움직이느냐가 중요하지. 나 혼자서는 절대 돈을 못 벌어. 열심히 해봤자 자기만 힘든 거야.

윤 회장이 이렇게 말할 수 있는 건, 자기 혼자서 모든 일을 해본 경험이 있었기 때문이다. 그는 과거를 회상하며 지금의 깨달음을 얻게 된 계기를 말해주었다.

윤 내가 식당 세 개를 운영할 때, 매일 세 군데를 뛰어다니고 또 뛰어다녔어. 몸이 되게 힘들었지. 밤이고 낮이고 일이 생겼다며 나한테 전화가 오는 거야. 그런데 어느 날 깨달았지. 어? 거기엔 점장들이 있는데?

사업 초기에 직접 전 매장을 돌며 눈코 뜰 새 없이 뛰어다녀본 결과, 혼자 아무리 노력하더라도 한계에 부딪힌다는 것을 깨달았다고 했다. 혼자 매일 여러 지점을 살피며 모든 일에 대응하는 것이 체력적으로 불가능할 뿐더러, 그가 모든 일을 해결하는 것이 오히려 점장들이 날개를 펼치지 못하는 결과로 이어진다는 사실을 깨달은 것이다. 그는 이어서 말했다.

윤 그래서 내가 직원들에게 말했어. "너희 점장에게 전화해야지. 점장 말
    을 잘 들어야 해." 그랬더니 직원들 말이, 자기 보스는 나라는 거야. 그
    래서 내가 "아니야. 너희 보스는 점장이야"라고 말해줬지.

몸소 시행착오를 겪으면서 그는 혼자만 잘하는 슈퍼맨이 되기보
다, 어떻게 하면 점장들에게 힘을 실어주고 직원들의 의욕을 끌어
올릴 수 있을지 고민하게 되었다고 한다. 그 결과는 지금의 다오래
로 이어졌다. 인터뷰가 진행되는 한 시간 반 동안, 그는 경영 노하우
를 아낌없이 들려주었다.

프랜차이즈 말고 직영점을 내는 이유

외식 사업은 프랜차이즈 형태로 확장되는 경우가 다수이다. 하
지만 다오래는 오직 본사 직영점으로만 운영되고 있다. 처음에 나
는 그 두 방식의 차이를 잘 몰랐기에 이에 대해 질문했다. 그러자
윤 회장은 간단히 설명해주었다.

윤 프랜차이즈는 가맹 비용을 받고 체인점을 열게 해주고서는, 거기에
    재료를 납품해서 수익을 내는 거야. 반대로 직영은 내가 직접 지점을
    내는 거지. 자기 돈을 써서 오픈하고 점장을 세워 운영하는 거야.
김 그런 차이가 있군요. 그런데 회장님께서는 왜 프랜차이즈 운영을 안

하시나요?

나는 그가 직영점을 고집하는 이유가 궁금했다.

윤 만약 내가 돈 욕심이 있으면 프랜차이즈를 마구 퍼뜨리면 돼. 그러면
돈을 많이 벌 수 있겠지. 대신에 잘못 관리하면 회사 이미지가 한 번에
가버릴 수도 있어.

김 각 지점에서 어떻게 경영을 하고 있는지 잘 알 수 없기 때문인가요?

윤 그렇지. 체인점에서 손님을 어떻게 대하는지, 정말 회사를 내 것처럼
생각하는지, 아무리 본사에서 체크하려고 해도 정확하게 파악할 수가
없어.

그는 지금도 사람들로부터 프랜차이즈를 내달라는 부탁을 받는
다고 한다. 그때마다 윤 회장은 단호하게 "직영점만 한다"고 전한
다고 말했다. 그는 프랜차이즈 구조상 발생할 수 있는 문제점을 설
명했다.

윤 체인점에서 재료를 아끼는 경우가 있어. 예를 들어 본사에서는 1인분
에 200그램 주라고 했는데, 체인 사장이 이익금을 남기고자 150그램
만 내놓는 거지. 그러면 한 집이 욕먹고 끝나는 게 아니라 회사 전체가
다 같이 욕먹고 이미지가 실추돼.

물론 납품받은 대로 정직하게 운영하는 곳이 많을 것이다. 그러
나 일부 가맹점의 잘못으로 전체 브랜드 이미지가 타격을 입는 경

우를 종종 볼 수 있다. 그때 무고한 수많은 가맹점주들이 입는 손해는 이만저만이 아니다.

직영점을 낸다는 것은 단번에 사업이 확장되진 않지만, 브랜드 신뢰도를 튼튼하게 쌓으면서 롱런하는 데에 적합한 방법이라는 생각이 들었다. 윤 회장은 이번에 새 지점의 개점을 준비하는데, 거기도 직영점으로 낼 계획이라고 했다.

사내 주식 제도를 운영하다

어느 조직에 속하든 한 번씩은 들어봄직한 말들이 있다.

그중 1, 2위를 꼽자면 "주인 의식을 가져라" "애사심을 가져라"가 아닐까? 그러나 솔직히 이런 말을 듣는다고 해서 없던 주인 의식이 생길지는 의문이다. 지금도 많은 회사에서는 사원들이 열심히 일을 해서 성과를 올려도 그걸 사장이 독식하는 구조가 유지되고 있는 게 현실이다. 이에 대하여 윤 회장은 자신 있게 말했다.

윤 우리 회사에 한번 들어오면 나가질 않아. 그만두는 직원이 없어.

그는 말로만 주인 의식을 강요하는 게 아니라, 사원들로 하여금 스스로 열정을 쏟게 하는 시스템을 설계했다. 다오래는 수익을 분배하는 데 있어서 기존과는 다른, 특별한 방식을 쓰고 있었다. 그것은 바로 사내 주식 제도였다. 윤 회장은 상세하게 그 방식을 설명해주었다.

윤　지점을 하나 오픈할 때 일단 내 돈으로 해. 식당 하나 내는 데 5억이
　　든다고 가정해보자. 한 달 두 달 장사를 하고서 잘되면 직원들한테
　　40퍼센트를 주식으로 파는 거야.

김　2억 원이 직원들에게 주식으로 나눠지는 거네요?

윤　그렇지. 다른 사람은 사려 해도 살 수 없어.

　　그는 자부심 있는 목소리로 말했다. 특별한 점은, 주식은 오직 다
오래 직원들만 살 수 있다는 것이었다. 가게를 오픈한 뒤 8개월 만
에 원금을 회수한 적도 있다고 한다. 그렇기에 주식을 판다고 말하
면 직원들이 앞다퉈 몰려든다는 것이다.

윤　그래서 다오래만의 규칙이 있어. 해당 지점의 점장은 10퍼센트까지
　　만, 그리고 그 외 직원들에게는 5퍼센트씩만 주식을 줘. 그리고 60퍼
　　센트는 내 소유인 거야.

　　이 시스템은 이후에 새로운 지점이 오픈하면서 진면목을 발휘한
다. 윤 회장은 그 내용에 대해 이어 설명해주었다.

윤　A 지점 점장이 주식 10퍼센트를 가지고 있고, 다른 사람들은 5퍼센트
　　를 가지고 있어. 근데 새로운 B 지점이 생기면, 거기에 점장으로 부임
　　한 직원은 이미 A 지점 주식 5퍼센트를 가지고 있으면서 B 지점 주식
　　10퍼센트를 새로 갖게 되는 거야.

김　거미줄처럼 서로 연결되는 거군요.

지점이 많아질수록 점장들마다 투자가 분산되면서 촘촘한 수익 그물망이 형성된다. 이 시스템이 빛을 발하는 순간은 이때부터다. 지점 매출이 떨어지면 점장들이 서로 관리하게 될 수밖에 없다. "내가 이번 달에 얼마 보냈는데, 너도 장사 열심히 해." "너는 최근에 고기를 왜 이리 많이 썼어?" 회장이 따로 손을 안 대도 점장들이 알아서 관리하고 서로 챙겨주는 형태가 되는 것이다.

그리고 이로 인해 사입도 줄게 되었다고 한다. 점장 본인이 주주가 된 뒤로는 과거에 아무 생각 없이 버리던 회사 물건도 다시 쓰게 된다고 했다. 어느새 다오래는 직원들이 특정한 누군가를 위해 일하는 곳이 아니라, 본인 스스로를 위해 일하는 회사가 되었다. 나는 그의 기발한 경영 전략에 감탄하며 말했다.

김 회장님이 과하게 에너지를 쏟지 않으셔도 직원 각자가 수익을 위해 서로 챙겨주는 거네요. 훨씬 효율적으로 운영되는 거 같아요.

윤 그렇지. 그 덕에 내 머리도 좀 가벼워졌지.

김 이전보다 사업에 신경을 덜 쓰게 된다는 거죠?

윤 응, 덜 신경 써. 점장들이 더 신경 쓰니까 내 머리가 편하지.

그는 껄껄 웃으며 말했다.

윤 하지만 단점은 내게 돌아오는 몫이 줄었다는 거야. 40퍼센트가 줄잖니. 그래도 이전에 내가 다 챙기며 뛰어다녀야 했던 걸 생각하면 이게 훨씬 좋은 거지.

수익을 정확히 분배하니 몸이 피곤하지 않은 대신, 이제 사람 다루는 일로 사업이 전환된 것이다. 하지만 그가 그저 편하게만 경영한다고는 볼 수 없었다. 윤 회장은 이에 대해 언급했다.

윤 만약 오픈했는데 장사가 안 되면 나는 주식을 안 팔아.

그는 단호한 표정으로 말했다. 새 지점을 접어야 한다면 그가 혼자서 모든 손실을 안고 가는 거였다. 사실 윤 회장은 누구보다도 큰 모험을 하는 중이었다. 자신이 먼저 위험을 감수하면서 뛰어들고, 직원에게는 수익이 보장된 길을 따르도록 하고 있었다. 그가 말을 이었다.

윤 직원들도 나를 보고 쫓아오는 거지.

나는 이렇게 솔선하여 위험을 감수하는 경영자를 보며 직원들도 진심으로 따르는 것이 아닐까 생각했다.

윤 다행히 아직까지 실패한 적이 없어. 하는 족족 터뜨렸으니까.

그는 미소를 지으며 한마디 덧붙였다.

직원들에게 열정을 불어넣는 방법

대화가 진행될수록 윤 회장이 경영에 있어서 비상한 두뇌를 가졌다는 생각이 들었다. 나는 그에게 궁금했던 점을 좀 더 질문했다.

김   어떻게 하면 직원들이 더 열정적으로 일하도록 동기부여를 할 수 있을까요?

윤   내가 좀 놓으면 돼. 내가 욕심을 안 부리고 투명하게 운영하면 돼.

그는 간단하면서도 진심 어린 한마디를 들려주었다. 이렇게 말로 표현하긴 쉽지만 실제로 실천하기에 정말 어려운 일일 것이다. 하지만 자신의 수익 일부를 직원에게 주식 형태로 분배하는 그가 전하니 다르게 느껴졌다.

윤   내가 좀 덜 가져가면 되는 거야.

김   직원들이 좀 더 가져갈 수 있게끔 말이죠?

윤   그렇지. 나눠야지.

직원들이 사장을 위해 일하는 것이 아니라, 자기 자신을 위해 일하도록 하는 것. 이것이 바로 다오래가 성공한 비결이었다.

이 외에도 윤 회장은 직원들에게 지원하는 게 있었다. 차와 집을 무료로 제공하고 있는 것이다.

윤   오다가 도로에서 다오래 스티커 붙은 차 봤어?

김 네, 뒤 유리창에 스티커 붙인 차 말씀하시는 거죠?

그는 직원들에게 제공하는 차량의 뒤에 스티커를 붙인다고 했다. 직원들 연령대가 젊은 만큼 활동량이 많아서, 그들이 전국을 누비면서 자연스레 다오래를 홍보하게 되는 것이다.

윤 광고엔 그게 최고야.

김 직원에게 제공한 복지가 자연스럽게 홍보로 이어지는 거네요?

윤 그렇지.

그의 사업가적인 면모를 다시 한 번 볼 수 있었다. 또한 그는 다오래에 수익을 안겨주는 말레이시아를 위한 재투자도 잊지 않았다. 다오래 장학재단을 설립해서, 매년 3000만 원을 말레이시아 피낭의 중고등학교와 말라카에 있는 고아원에 기부하고 있었다.

윤 그러니 현지인들이 우리 다오래를 좋아하는 거야. 외국인이 돈 벌어서 모국으로 안 가져가고 현지에 되돌리니까.

김 현지인들이 좋아해주니 뿌듯하시겠어요.

윤 뿌듯하긴 뭘, 당연한 거지. 말레이시아에서 번 돈이니까 당연히 여기서 써야지.

그는 아쉽다는 듯이 말을 이었다.

윤 한국 음식이 전 세계에서 제일 싼 음식이 돼버렸어. 한국 음식을 세계
화하겠다고 했는데 말이지. 원래 주목적이 외국에 한국 식당을 많이
늘려놓자는 거였으니 일단 그것은 성공한 셈인데…….

나라가 선진국이면 그 수준에 맞게 음식 값도 높아져야 한다는
게 그의 주장이다. 미국, 일본은 선진국이니 그만큼 이곳에서 팔리
는 그 나라들의 음식도 비싼데, 유독 한식만 싼 음식이 되어 있다는
것이다. 윤 회장은 이런 결과가 발생하는 데에 한국인들의 무리한
경쟁도 한몫했다며 말했다.

윤 어느 지역에 한식당이 생겨서 잘되면 바로 옆집에 또 다른 한식당이
생겨. 한 집에서 반찬을 여덟 개 깔면 옆집은 열 개를 깔고, 그럼 그 옆
집은 열세 개를 까는 거야.
김 점점 경쟁이 심해지는 거네요.
윤 응. 그러면 이제 옆집에서는 어떻게 하는지 알아? 음식 가격을 내려.

승자가 없는 게임이 시작되는 것이다. 나는 우리 집 주변에서도
흔히 볼 수 있는 광경이 떠올랐다. TV에서 대박 난 사업이 소개되
면 사람들이 우르르 달려들어 비슷한 가게를 차린다. 이후에 경쟁
이 과열되면서 사장들은 울며 겨자 먹기로 가격을 깎기 시작하고,

못 견딘 가게들이 문을 닫는 것이다.

윤　알지? 이럴 때 딱 맞는 속담. 사촌이 땅을 사면…….
김　배가 아프다!

내가 반사적으로 대답했다. 그는 이런 현상이 안타깝다고 했다.
그러면서 중국 상인과 한국 상인 간의 사업 방식 차이를 설명했다.
화교와 경쟁하는 동남아 시장의 한인 사업가인 만큼, 그 역시 중국
인 사업가와 한인 사업가를 비교하며 한국식 경영의 아쉬운 점을
언급했다.

윤　어떤 한인이 장사가 잘되면 다른 한인이 그 옆에다 똑같은 사업을 차
　　리지. 그런데 중국인은 어떤지 알아? 일단 그 사장을 찾아가. 그러고

윤선규 회장과 나.
윤 회장은 프랜차이즈가 아닌 직영점만 운영하여 브랜드 신뢰도를 다지고,
사내 주식 제도를 통해 임직원의 자발적 참여를 이끌어냄으로써
다오래를 말레이시아 최고의 한식 레스토랑으로 키웠다.

는 사업을 같이 하자고 제안하는 거야. 회사를 확 키우는 거지.

그는 이어서 말했다.

윤　일흔 명이 1인당 500만 원씩 투자한다고 해봐. 얼마가 될까? 3억
　　5000만 원이라는 큰돈이 모여. 그 돈으로 식당을 내면 그 일흔 명 자
　　체가 스스로 손님이 되는 거지. 식사 시간이 돼서 밥 먹으러 가면 어디
　　로 가겠니? 당연히 자기 지분 있는 가게로 사람들을 데려가서 매상 올
　　려주게 할 거 아냐?

김　하하! 저라도 정말 그러겠네요.

윤　중국 가게는 조그만 술집에도 주인이 이삼십 명이야. 거기서 술 마시
　　는 사람들이 다 주인이지. 다른 데서 술 먹는 걸 좋아하더라도 별 수
　　없이 자기 가게에서 먹어. 그러면 규모가 커지게 돼. 홍보가 빠르니까.
　　나 혼자 홍보하는 것보다 서른 명이 홍보해봐. 얼마나 잘되겠니. 큰돈
　　안 들이고 잘되면 다른 동네에 서른 명이 또 하나 내고……. 이렇게 주
　　주가 돼서 쭉 가는 거야. 대신 경영은 한 사람에게 맡기는 거지. 월급
　　을 주면서 말이야.

그가 들려준 방법은 창업을 준비하는 내가 참고할 만한 내용이
었다. 생각해볼수록 여러 이점이 있었다. 일단은 적은 자금으로 사
업을 시작할 수 있으니 진입 장벽이 낮아 창업의 전 과정에 직접 참
여하면서 배울 수 있다. 또한 투자금이 적기 때문에 실패하더라도
부담이 덜하다. 혼자서 사업할 때보다 홍보 효과를 극대화할 수 있
다는 점도 빼놓을 수 없다. 다수의 주주들이 가게로 와서 자리를

차지해주니 사람이 북적거려 행인들의 호기심을 끌 수도 있고, 지인들에게 소개할 때도 혼자서 홍보하는 것보다 더 큰 효과가 발생하는 장점이 있다.

물론 무시하지 못할 단점도 있다. 투자자가 많은 만큼 개개인에게 돌아가는 수익이 적을 수밖에 없다. 그러나 경험과 노하우가 쌓여서 사업이 잘되면 투자자들과 함께 새로운 지점을 내며 수익을 늘려나가는 방법을 택할 수 있다. 윤 회장은 내게 말했다.

윤   네가 나중에 카페를 낸다고 하면 너 혼자 하지 말고 쉰 명을 모아봐. 학생들 쉰 명이 100만 원씩, 5000만 원을 모아서 조그맣게 카페를 차리면 일단 손님 쉰 명은 확보되잖아. 다른 데 가서 안 먹겠지?

김   네. 다른 데 가면 돈 아깝다는 생각이 들 거 같아요.

윤   그 쉰 명이 각자 열심히 홍보하면 금방 소문나서 잘돼. 그렇게 하면 대학 4년 공부 마치고 졸업할 무렵에는 권리금 2억 받고 팔 수 있을 거다. 하하!

그는 웃으면서 말했다.

해외에선 주위 사람을 잘 둬야 성공한다

나는 그에게 해외 사업을 할 때 주의할 점은 무엇인지 물었다. 그가 어떤 대답을 해줄지 궁금했다. 윤 회장은 잠시 고민하더니 입을 떼었다.

윤　해외에 나올 때는 엄마 뱃속에 있다가 갓 나온 아기와 같아.

김　어떤 의미인가요?

내가 잘 모르겠다는 표정을 지었다. 그러자 그는 차근차근 설명하기 시작했다.

윤　그 나라 풍속이나 국민성 등등, 아무것도 모르잖아. 아무리 공부해서
　　왔다고 해도 실제로 부딪혀보면 예상했던 것과 많이 달라. 그러니까
　　처음 태어난 아기와 같다는 거야. 그래서 얼마나 좋은 사람이 너의 주
　　위에 있느냐가 중요해. 주위 사람을 잘 둔 사람이 성공하는 거야.

세상 밖으로 나온 아기가 세상을 배워나가기 위해서는 반드시 부모가 필요하듯, 해외에 첫발을 디딘 사업가에게도 그를 이끌어줄 사람이 필요한 것이다.

윤　한국에선 학연, 지연이 있으니까 주변 사람들에게 도움을 청하기 쉽
　　잖아? 외국에선 그게 안 돼. 여기 사람들은 그전에 네가 어떤 일을 하
　　고 어떻게 살았는지 아무도 몰라.

나는 고개를 끄덕였다.

윤　교민들끼리 하는 얘기가 있어. 우리는 이곳에서 오래 살았잖아. 공항
　　에 가서 보면, 이민 가방 들고 애들 손 잡고 입국하는 교민들이 있어.
　　그때 그 사람을 픽업하러 누가 나왔나 보는 거야.

김 네. 그러면요?

윤 누가 나왔는지 보고서 '아, 저 사람 잘 살겠다' 생각하고 나중에 보면 실제로 잘 살아. 그런데 사람들이 흔히 얘기하는 사기꾼 같은 사람이 나온다? 그 사람이 데리고 나간 사람은 2년이면 거지 돼서 한국 돌아간다.

나는 정말 픽업하러 나오는 사람을 보고 해외 사업의 성패를 좌우할 수 있을지 반신반의하는 마음이 들었다. 그러나 윤 회장은 표정 변화 없이 진지하게 말했다.

윤 진짜야. 외국에 처음 나왔을 때 픽업하러 나온 사람이 누구냐에 따라서 그 사람 운명이 좌우된다. 우리 한인회에 가서 얘기하다 보면 다들 똑같은 얘기를 해. 해외에 아무것도 모르고 온 사람이 현지에서 좋은 사람 만나면 성공하는 것이고, 나쁜 사람 만나면 갖고 온 거 다 날리는 거야.

김 좋은 사람 만나야 좋은 정보도 얻을 수 있는 거죠?

윤 그렇지. 명심해. 너도 처음 해외에 사업하러 갔을 때 누가 널 픽업하러 나왔냐, 그거에 따라서 운명이 좌우된다.

나는 언젠가 해외에 나가 주변 사람 도움을 받아보게 된다면, 그때 윤 회장의 말을 다시금 되새기게 되지 않을까 생각했다.

사업가의 꿈과 행복

마지막 질문을 위해 노트 한 장을 넘겼다. 그러자 깜짝 놀란 윤 회장이 눈을 동그랗게 뜨고 장난스럽게 말했다.

윤   야, 또 있어? 이 녀석, 뒷장도 있네. 하하!

김   하하하! 마지막 질문인데요, 회장님이 생각하시는 행복이란 어떤 건 가요?

윤   행복이라……. 나는 말레이시아에 와서 계속 일밖에 모르고 살았었거 든?

그는 고민하지 않고 바로 말을 이었다.

윤   그러던 중에 우리 아들이 고등학교에 진학했는데, 학교 앞에 정말 작 고 화장실 하나 달린 원룸을 얻은 거야. 여름방학 때 아들, 딸, 집사람, 나 넷이서 요만한 방에서 나란히 누워 잤어. 화장실 가려면 줄 서야 하 고. 저녁 먹으러 나가려면 내가 샤워하고 밖에 나가서 한 시간 반 기다 려야 된다. 먼저 나가서 커피 마시며 기다리고 있어. 앞으로도 셋이 더 씻고 나와야 하니까.

김   엄청 불편하셨겠네요?

윤 회장은 그때 장면이 눈앞에 펼쳐진 듯 환한 미소를 지었다.

윤   나, 여기서 큰 집을 갖고 있지만, 사실 그때 그 작은 방에서 처음으로 가족이란 걸 배웠어.

김 아…….

윤 그전엔 나도 일만 하러 다녔거든? 근데 지금은 아는 사람 만나면, 딱
　　일주일만 조그만 원룸에서 온 식구 같이 살아보라고 권해.

그는 웃으며 말했고, 나도 그를 따라 웃었다.

윤 그때 처음으로 가족을 배운 거야. 그 모습이 너무 좋았고 가족애도 생
　　기고. 요즘 애들은 학교 갔다 오면 "다녀왔습니다" 하고는 자기 방 들
　　어가서 문 딱 닫고 컴퓨터 앞에 앉아 있잖아?

김 맞아요.

윤 우리 집 애도 그전에는 내가 저녁 먹으러 가자 하면 "아빠 다녀오세
　　요. 저는 라면 끓여 먹을게요" 하고 안 나왔어.

그는 자기 가족도 그전에는 벽을 쌓고 살았다며 아쉬워했다.

윤 그런데 원룸에서 살아보면 그런 벽이 사라져. 나는 진짜 그때가 제일
　　좋았어. 원룸에서 넷이서 아웅다웅하고, 화장실 가면서 싸워대고…….

　　사업을 크게 하며 회사를 넓혀나가는 사업가에게도 가장 큰 원
동력은 가족이라는 사실을 그의 경험담에서 배웠다. 어떤 큰 꿈을
향해 달려가더라도 나의 옆에서 묵묵히 응원해주는 가족의 소중함
은 잊지 말아야겠다고 다짐했다. 내가 입을 열었다.

김 지금도 충분히 사업이 잘되고 있는데 계속해서 도전하시는 이유가 무엇인가요?

윤 그건…… 사실 돈을 생각만큼 못 벌었기 때문이야.

의외의 대답이 돌아와, 나는 조금 놀랐다.

윤 왜 돈을 못 벌었냐면, 돈 생길 때마다 식당을 늘렸으니까. 그런데 그거 알아? 늘려놓은 식당은 사실 내 재산이 아니다.

김 왜죠?

윤 나는 처음에 식당을 늘려놓고서 '이게 다 재산이야' 하고 생각했어. 그런데 어라? 5년 지나니까 에어컨 고장 나지, 인테리어 오래돼서 바꿔야 한다고 하지……. 그거 뜯어고치는 데 3억 들어. 그게 반복되면서 결국 내 재산이 아니란 걸 깨달은 거야.

그는 이어서 자신이 생각한 행복에 대해 얘기했다.

윤 그런데 나는 워낙 조그맣게 시작했더래서, 다오래 지점이 이렇게 조금씩 늘어나는 것, 그 자체로 행복해. 어딜 가도 다오래가 있고.

김 정말 뿌듯하시겠어요.

윤 그렇지. 그만큼 행복한 게 어디 있겠어. 우리 다오래의 스토리를 현지인들이 잘 알아. 초창기에 조그맣게 했을 때 찾아오던 단골들이 지금도 와서 '너 빅보스 됐다'고 나한테 얘기해. 하하!

다오래라는 회사가 세워지기 전, 그는 타지에서 사업을 두 번이나 실패했었고, 그 뒤 테이블 여덟 개로 식당을 시작해 산전수전 다 겪었다. 무에서 유를 만들었기에 그만큼 애착을 갖는 것이 이해가 되었다.

김 오늘 말씀 정말 감사합니다, 회장님. 큰 가르침을 받았어요.
윤 다행이네. 그럼 이제 다 된 거지?

어느덧 시곗바늘은 9시를 훌쩍 지나 있었다. 윤 회장은 몸이 편찮은 상황에서도 내게 오랜 시간을 할애해줬다. 나는 그에게 진심으로 감사하다는 말을 전했다. 윤 회장은 어두워진 바깥을 보더니 내게 물었다.

윤 근데 집에는 어떻게 가려고?
김 네. 인근 정류장에 가서 버스를 타고 가려고 해요.
윤 여기는 버스가 없어. 택시 타고 가야 해.

하지만 돈이 넉넉지 않아 그렇게 할 수가 없었다. 여행의 끝이 다가오면서 수중의 돈이 거의 사라졌기 때문이다. 만약 버스가 끊겼다면 숙소까지 천천히 걸어갈 생각이었다. 나는 인사를 드리고 발걸음을 옮겼다. 그때 등 뒤로 윤 회장의 목소리가 들렸다.

윤 내가 차비 줄게. 택시 타고 가!
김 아니에요, 회장님. 저를 위해서 귀한 시간도 내주셨는데요!

나는 손사래를 했다. 하지만 그는 장난스러운 말투로 내게 말하며 100링깃을 손에 쥐여주었다.

윤　이 녀석아, 받아. 너 9월에 군대 간다 했지? 내가 8월에 한국 들어갈 예정인데, 가서 너한테 전화할 테니까 그땐 네가 쏴!

김　아, 네……. 그럼 감사히 받겠습니다. 다음에 또 뵐게요!

다시 한 번 고개를 숙여 인사를 한 뒤 택시에 올랐다. 이렇게 동남아시아에서의 모든 인터뷰는 끝이 났다. 도저히 불가능하리라 생각했던 이 도전은, 말레이시아 출국을 나흘 앞둔 시점에서 드디어 마침표를 찍었다.

See you, 동남아시아!

동남아시아에서의 마지막 날이 밝았다.

공항으로 향하는 발걸음은 어느 때보다 가벼웠다. 해외에서 생활한 지 4주째에 접어들자, 빨리 한국에 돌아가고 싶은 마음이 가득했다. 길게 내뱉은 숨에는 커다란 숙제를 마친 후련함이 담겨 있었다.

사람들로 북적이는 공항 안. 출국 수속을 밟고 들어선 대기실에는 많은 여행객들이 있었다. 이제 비행기 탑승까지 단 삼십 분을 남겨둔 상황. 거의 모든 인터뷰를 성사하고 돌아간다는 게 실감 나지 않았다. 나는 창밖의 비행기를 바라보며 의자에 등을 기댔다. 그러자 머릿속으로 지난 여행의 장면들이 하나씩 스쳐 지나갔다. 고개를 숙이며 포기를 생각하던 모습, 그리고 편지를 꼭 쥐고서 회사 문을 두드리던 모습. 그때가 떠올라 자연스럽게 미소가 지어졌다. 당시에는 한 치 앞을 볼 수 없는 안개 속을 걷는 것 같은 답답함의 연속이었지만, 그렇게 흘러가는 여행의 장면들 속에서 나는 조금씩 성장하고 있었다.

만약 한 달 전 내가 이 도전을 시작하지 않았다면 지금쯤 어쩌고 있을까? 해외 사업가들을 만나서 인터뷰하는 건 역시 불가능한 일이었다고 자기 합리화하며 살고 있었을 것이다. 먼 훗날에는 친구들에게 "예전에 졸업을 앞두고 이런 엉뚱한 생각도 해봤어"라고 말하게 되지 않았을까. 무엇이든 새로운 시도를 앞두고 앞날을 합리적으로 예측해보는 것은 반드시 필요하다. 하지만 그 미래를 직접 확인해보지 않고서는 어떤 것도 쉽게 예측하거나 단정 지을 수

무모해 보이던 도전, 포기하고 싶던 순간들……
그러나 모든 위기를 이겨내고 맞이한 이 고요한 시간은,
내 청춘의 가장 빛나는 순간으로 기억될 것이다.

없다는 것을 깨달았다. 나는 여행을 통해 깨달은 이 사실을 가슴에 새기기로 했다. 사람들의 반대에 밀려 포기하고 마는 기회 속에는 인생을 바꿀 어떤 선물이 숨겨져 있을지 알 수 없는 법이다. 나는 노트에 내가 느낀 점을 기록했다.

출국 대기실에 비행기 탑승을 알리는 안내 방송이 울려 퍼졌다. 사람들이 하나둘 의자에서 일어나는 모습이 보였다. 나는 마지막 일기를 적은 노트를 덮었다. 언젠가 동남아에 다시 올 날이 있을 것이다. 그날을 기쁜 마음으로 기다리기로 했다. 나는 미소를 지으며 몸을 일으켰다.

See you, 동남아시아!

새로운 도전을 앞에 두고

동남아시아 5개국에 걸쳐 진행한 28일간의 인터뷰 여행.

한인 기업가들을 인터뷰하며 보낸 이 기간은, 내가 지금까지 겪었던 한 달 중에서 가장 긴 시간이었다. 드디어 일정을 마친 나는 홀가분한 마음으로 비행기에 올랐다. 지인들은 반쪽이 된 내 얼굴을 보고 도대체 무슨 일이 있었냐며 깜짝 놀랐다. 집에 돌아와 몸무게를 재보니 이전에 비해 6킬로그램이나 빠져 있었다. 그동안 뙤약볕 아래서 묵묵히 배낭의 무게를 견딘 내 몸에 고마울 따름이었다.

나는 대학교를 졸업하고서 곧바로 군에 입대했다. 이후 3년간 장교로 복무하는 동안에도 종종, 동남아 한인 기업가들에게 들었던 이야기들이 생생히 떠올랐다. 그 가르침은 미래의 사업을 준비할 나에게 소중한 자산이 되었다. 그것을 나 혼자만 알기에는 너무 아깝다는 생각에, 틈틈이 시간을 내어 인터뷰 기록을 정리하여 원고를 작성했다. 그 결과, 전역 후 출판 계약을 진행할 수 있었다.

여행을 마친 지 이미 4년이라는 시간이 흐른 뒤였다. 나는 책의 내용을 보충하고 생동감 있게 글을 다듬기 위해 동남아 여행을 다시 떠났다. 4년 전에 그랬듯 베트남에서부터 말레이시아까지. 그리고 4년 전의 하루하루와 똑같이 살아보려고 노력했다. 그러다 보니 과거의 나를 객관적인 입장에서 되짚어보게 되었다. 좀 더 성숙해지고 나서 돌아보니, 당시의 나는 참 무계획적이고 충동적인 면이 많았다. 때로는 초조함에 눈이 흐려져 더 나은 길을 두고 바보 같은 선택도 했음을 새삼 깨달았다. 하지만 당시에 그렇게 무모했기 때문에 여행을 완수할 수 있었구나, 생각하니 얼굴에 미소가 번지기도 했다. 정말 감사하게도 이번 여행 기간 동안에 일곱 분의 대표님을 다시 만나 뵐 수 있었다. 잠깐 얼굴을 비추었던 나를 과연 기억하실지 염려도 되었지만, 한 분도 빠짐없이 나를 기억하며 기쁜 마음으로 사업에 대한 새로운 가르침을 전해주었다.

몇 달 전 개업한 사업체들이 하루가 멀다 하고 문을 닫는 요즈음. 빠르게 변하는 주변의 환경 속에서도 묵묵히 자리를 지키며 제 길을 걸어가는 선배 일곱 분의 모습은 더 큰 감동으로 다가왔다. 사람마다 사업 성공의 기준은 다르다. 내가 인터뷰한 분들 중에는 이미 그걸 이뤄낸 기업가도 있고, 아직 성공의 과정 중에 있는 분도 있을 것이다. 하지만 그들 각각이 이뤄낸 이야기는 지금도 나에게 나침반이 되어주고 있다. 그래서 나는 내가 인터뷰한 모두를 성공한 사업가라고 생각한다.

편지 한 장 달랑 들고서 회사 문을 두드렸던 순간들. 어쩌면 나의 여행은 무례함의 연속이었다고 할 수도 있겠다. 그런 내 모습을 보면서도 환영하며 인터뷰에 응해준 모든 대표들께 다시금 감사를 전한다. 그리고 도전의 과정 중에 포기하고 싶은 순간마다 떠올리며 용기를 되찾게 해준 은사님께도 감사를 드리고 싶다. 나는 이제 새로운 도전을 앞에 두고 있다. 나의 부족한 이 책이 누군가에게 조금이라도 영감을 주면 좋겠다는 바람을 가져보며 글을 끝맺는다.

— 다시 찾은 말레이시아에서 쓰다